M. K. WAUTHOZ

La Mort pour Maîtresse

Déjà paru dans la même série

La Mort pour Compagne
La Mort pour Divorce

Du même auteur

La Statue-Dragon – IL

A paraître

La Statue-Dragon – Le Livre de Gwendegarde
La Statue-Dragon – Le Voleur d'Âmes
La Statue-Dragon – L'Apogée du Mal
La Statue-Dragon – Déesse Edox

ISBN : 978-2-9601346-2-9

Je m'appelle Caroline. J'ai dix-sept ans … pour toujours.

Vous savez à présent ce qui m'est arrivé et si vous êtes encore là, c'est que mon histoire vous a touchés. J'aurais aimé dire que les choses se sont arrangées. Malheureusement, cela n'aurait été qu'un rêve de plus. Je venais de mettre les pieds dans un monde incroyable, à mille lieues de tout ce que j'aurais pu imaginer.

Marc, ce bel inconnu au charme évident, avait-il dit la vérité ? Est-ce que j'allais retrouver un corps et une vie normale ? Ce ne fut par malheur que partiellement vrai.

Dans un sens, ce fut pire encore et j'allais être le déclencheur d'évènements monstrueux.

Voici la suite de mon histoire.

Livre 3

Marc nous conduisit jusqu'à un hôtel. J'avais finalement décidé de le suivre. Lorsqu'il m'avait accostée dans la rue à quelques mètres du commissariat où j'avais décidé de me suicider, ses arguments m'avaient redonné un peu de courage. En réalité, il ne dut pas trop insister. N'importe quelle excuse devenait valable au vu de que j'avais prévu de faire.

Il y a peu, et pourtant il me semblait de cela un siècle, je n'avais pas eu le courage de mettre fin à mes jours, ma mère avait eu raison. Aussi, avoir une justification, même futile, de ne pas aller jusqu'au bout, était suffisant.

Je voulais me rendre à la police, non pour être jugée et condamnée … mais pour mourir. J'avais décidé d'agresser un policier pour forcer les autres à me tuer. Pour déclencher la réaction adéquate, je devais me montrer suffisamment ignoble et cruelle. Je prévoyais d'égorger un agent d'une brutale morsure. Le bien-être que cela me procurerait me ferait oublier le dégoût et surtout, le fait que j'allais mourir. Je ne me souciais alors pas de ce que ma victime pouvait avoir une famille et des enfants, mais lorsque Marc m'offrit une échappatoire, j'étais finalement heureuse de n'avoir pas dû accomplir ce geste.

Il était encore trop tôt pour dire que j'avais repris goût à la vie, d'autant que j'étais morte, mais au moins étais-je curieuse de savoir où cela pouvait me mener. Et je n'imaginais pas pire que l'expérience macabre vécue en compagnie de ma mère.

L'hôtel était sans prétention mais cosy ... dans un petit village perdu à quelques kilomètres de la ville. Marc voulait que nous restions discrets ... et il ne pouvait en être autrement ici.

Impossible que quelqu'un nous trouve à cet endroit. Je me demande même si cet hôtel était renseigné sur internet. Nous aurions pu y rester cachés des jours entiers sans que personne ne nous recherche.

Si Marc ne s'était pas garé dans un petit parking à ciel ouvert entouré de grandes haies de plus de trois mètres de haut, je crois que nous serions passés devant sans le voir.

La bâtisse était noyée au milieu de maisons mitoyennes quelconques. Pas de grande enseigne lumineuse, juste une façade à front de rue recouverte de plantes grimpantes, et quelques marches en pierre naturelle qui menaient à une porte d'entrée en bois sans fenêtre.

Nous entrâmes dans un étroit couloir éclairé par des lumières tamisées. Tout au fond, dans le dos de l'imposante hôtesse d'accueil derrière son comptoir, un tableau à clous où pendaient les clés des chambres. Celle-ci, qui devait aussi être la patronne, nous accueillit chaleureusement, avec beaucoup de classe.

Etant donné la couche de saleté qui me recouvrait et mes vêtements dépareillés, elle aurait pu, à juste titre, nous refuser l'entrée. Elle n'en fit rien, marque d'une très grande politesse.

En nous guidant jusqu'à la chambre, elle avait dû sentir à quel point j'empestais, il ne pouvait en être autrement, et j'en fus vivement gênée. Je restai quelques pas en retrait d'eux et poussai un profond soupir de soulagement lorsque la porte se referma sur nous.

La chambre était exigüe et la décoration devait dater d'avant l'invention du CD. Pourtant, elle était confortable et il y régnait une agréable chaleur. Un seul lit, recouvert d'un plaid en laine de couleur vive, suffirait puisque Marc précisa immédiatement qu'il ne dormirait sans doute pas. La salle de bain était propre.

La salle de bain !

Pour la première fois depuis mon réveil, une éternité me sembla-t-il, je pouvais me laver et faire disparaître cette odeur âcre de sang séché qui me collait à la peau.

Apercevant le miroir dans la pénombre, les images de mon rêve me revinrent immédiatement à l'esprit. Mon reflet était-il toujours celui d'une morte ? Je me rendis compte à ce moment qu'en fait, je n'en savais rien. Je ne m'étais pas vue depuis ma *renaissance*.

La main mal assurée, je pressai l'interrupteur. Le néon hésita avant de s'allumer au prix d'un grand effort. Cela me servi d'excuse pour ne pas entrer tout de suite.

D'un pas incertain, je pénétrai dans l'antre de mes peurs.

Mais je fus plus ou moins réconfortée.

J'avais toujours l'air livide, mais mises à part la crasse et la tempête qu'avaient essuyée mes cheveux, le cadavre de mon rêve avait disparu … pour l'instant. Car sans doute serait-ce pourtant le cas d'ici quelques mois … comme ma mère. Le réconfort fut dès lors de courte durée.

—Je vais nous chercher à manger, dit Marc, en me faisant sursauter devant le miroir. Oh, pardon ! Je ne voulais pas te faire peur.

Je signais *non* de la tête, ce n'était pas grave, j'avais seulement les nerfs à fleur de peau.

—Tu sais, continua-t-il, tu peux essayer ton don sur moi. (Je ne compris pas et fronçai les sourcils.) Parler par la pensée, clarifia-t-il. Cela fonctionnera peut-être avec moi aussi et cela nous permettrait de communiquer.

—*Comment pourrais-tu savoir pour mon don ?* dis-je sans espoir qu'il m'entende.

—Parce que je t'ai observée avec ta mère, …

Je sursautai, butant contre le meuble, surprise qu'il m'ait entendue. Un échantillon de savon tomba, me faisant frémir à nouveau.

— … je vous voyais converser sans ouvrir la bouche, avoua-t-il avec un léger sourire.

—*Converser ? Mais qui parle encore comme ça aujourd'hui, à part dans les livres.*

—Je te l'ai dit, cela fait longtemps que je suis comme toi et ceux qui m'ont élevé parlaient encore comme cela.

—*Ceux qui t'ont élevé ? Pourquoi ne dis-tu pas simplement tes parents ?*

—Tu comprendras plus tard que c'est un peu plus compliqué que cela. La relation que nous entretenions dans la famille n'était pas … comment dire … des plus communes. Je t'expliquerai tout en temps utile. A présent, il me faut aller chercher à manger.

J'opinai du chef et, après m'avoir lancé un sourire ravageur, il quitta la chambre. Sa façon de parler un peu précieuse me faisait également craquer.

Mais il était aussi vraiment étrange, fournissant des réponses qui amenaient plus d'interrogations encore. J'espérais vivement que les choses m'apparaissent plus claires, qu'elles soient positives ... ou négatives.

Je me retournai vers le miroir, laissant pour l'instant de côté ces considérations somme toute futiles et observai à nouveau mon reflet livide.

M'y ferais-je un jour ?

Sur le bord du meuble, une brosse bon marché menaçait de tomber, poussée par un gobelet en plastic dans son emballage transparent. Je la saisis et entrepris de me coiffer ... mais il faudrait une douche pour espérer démêler ma broussaille.

Sur le rebord de la baignoire, deux échantillons de shampoing entouraient un savon. L'hôtel était vieux, mais le service était correct.

J'enlevai mon pull et le pliai soigneusement sur le tabouret malgré son état. Il m'avait été offert par le jeune de la cité dont je ne connaissais même pas le nom. C'était le seul geste amical et désintéressé à mon intention depuis mon *réveil* et dans ma situation, cela lui conférait une valeur particulière. J'espérais du fond du cœur avoir l'occasion d'aller le lui rendre et le remercier. Pour l'instant, dans l'inconnu de ce quotidien, rien n'était moins sûr.

Affublée d'un top ensanglanté, j'étais vraiment effrayante, et la lumière pâle du néon n'arrangeait rien. Je l'enlevai avec empressement et le jetai dans la poubelle. Mon corps était resté le même, simplement plus grisâtre et légèrement marbré, mais mes formes étaient identiques.

Je retirai la jupe qui me collait au corps après plusieurs jours sans l'avoir ôtée. Elle était clairsemée de taches bordeaux, certainement dues au massacre dans la boite de nuit.

Je revis, comme des flashes, ces images immondes de violence et de sang, entendant encore au fond de moi les cris de peur et de douleur. Les chasser de mon esprit d'un mouvement sec de la tête ne servit à rien. Elles étaient déjà moins nettes qu'au premier jour, mais latentes malgré tout ...jusqu'à l'instant où elles resurgiraient dans toute leur horreur.

Je terminai de me déshabiller et entrai dans la baignoire. Il n'y avait personne mais je tirai malgré tout le rideau à fleurs. L'eau était chaude et me procurait une incroyable sensation de bien-être. Jamais je n'aurais pu imaginer une douche aussi bienfaisante, mais après plusieurs jours d'activité intense, ensanglantée, elle me parut libératrice.

J'avais l'impression qu'elle me décrassait de toutes les atrocités commises ces derniers jours. Le savon diluait facilement le sang et devint, l'espace d'un instant, un ami proche ... *mon précieux*.

Je souris à cette pensée.

Lorsque ma main effleura mon sexe, elle dévoila une sensibilité exacerbée. J'en sursautai presque. Un simple effleurement accéléra ma respiration et fit naître une incroyable envie.

J'avais tellement besoin d'un moment d'évasion.

J'insistai, accélérant mon rythme cardiaque et intensifiant encore ma respiration. Un simple contact n'avait jamais été si libérateur de sensation, si bien que je finis par ne plus rien contrôler … accentuant mon geste.

Alors que j'arrivais à peine à tenir encore debout, une main contre le mur, la jouissance se transforma soudain en faim et la douleur et la colère resurgirent intensément. Un volcan de souffrance m'envahit et me fit presque perdre l'équilibre.

D'un coup sec, j'écartai le rideau et sautai hors de la baignoire, manquant de glisser et de m'étaler de tout mon long. Le souffle court, chaque muscle de mon corps me torturait à nouveau.

Je tombai à genoux.

Je n'avais qu'une envie, manger de la chair humaine et boire du sang ! Les images des massacres des jours précédents me revinrent à l'esprit et plutôt que de m'effrayer, elles décuplèrent encore mon envie, me faisant presque saliver. Je voulais que la douleur cesse et que la faim s'en aille … et surtout qu'elles ne reviennent jamais.

Pendant plusieurs minutes, je luttai contre l'envie de sortir de la chambre, même nue, et d'attaquer la première personne qui croiserait mon chemin.

Assise en chien de fusil sur le carrelage froid, j'attendais le retour de Marc.

En rentrant, il m'aperçut immédiatement, déposa en catastrophe ses courses sur la petite table semi-circulaire accrochée au mur et saisit la couverture sur le lit pour m'envelopper et me serrer dans ses bras.

La faim disparut, emportant avec elle la colère et la tristesse. Je me sentais à nouveau bien. Comment pouvait-il provoquer cela chez moi ? Je voulais qu'il ne me quitte plus pour que cette faim ne revienne jamais. Je me sentais si bien à ses côtés.

—Je t'ai apporté de nouveaux vêtements, dit-il avec détachement sans retirer ses bras.

— *Je me fiche des vêtements, je veux rester près de toi. Quand tu es là, je n'ai plus faim et je ne suis plus en colère. Mais il a suffi que tu partes pour que tout revienne.* (Je me mis à pleurer.) *J'irai où tu veux, mais je veux que tu restes près de moi, je ne veux plus vivre dans une souffrance permanente et risquer à tout moment de tuer des gens de manière atroce. Je ne veux plus ...*

—C'est mon don, dit-il soudain si froidement.

— *Quoi ?*

—C'est mon don. Toi, tu peux parler par la pensée et moi, je rassure les gens et leur permets de ne plus avoir faim.

— *Ton don est formidable.*

—Pour les autres, oui, mais pour moi, il est bien inutile.

— *Ce n'est pas inutile de rassurer les gens ?*

—C'est un point de vue.

— *Tu regrettes d'être là ?*

—C'est ma mission, dit-il en retirant ses bras pour se relever, me laissant à même le sol. Je devais te sauver.

Une intense déception m'envahit. Sans doute avais-je espéré plus, quelqu'un qui me dise que j'étais vivante et que j'étais importante à ses yeux. Cela m'aurait redonné du courage.

Mais il n'en fit rien.

Je me relevai à mon tour, relevant la couverture sur mes épaules. Sa soudaine froideur et sa distance m'incitèrent à changer de sujet.

— *Tu as des vêtements pour moi, as-tu dit?*

—Oui, dans le sac sur la petite table.

Malgré l'heure tardive, je me moquais de savoir comment il avait fait pour se procurer des vêtements aussi vite. J'étais simplement heureuse de pouvoir en changer. Il avait bon goût … et le coup d'œil ! Tout m'allait à la perfection. Une femme avait dû l'aider d'une manière ou d'une autre, un homme aurait été incapable d'une telle prouesse.

Je souris à cette idée.

Un complet de maquillage dans le fond du sac termina de me rendre le sourire. Mais subitement, je réalisai ce qu'il en était exactement.

Je n'étais pas la première !

Ils avaient l'habitude d'aider des gens et leur système était bien rôdé. Il ne pouvait en être autrement. *Nous étions nombreux*, c'est ce qu'il avait dit dans la ruelle. Pourtant, je n'avais vu personne. Leur discrétion était remarquable.

Je m'enfermai dans la salle de bain et n'en sortis qu'une fois douchée rapidement, habillée et maquillée.

—Waw, s'exclama-t-il. Tu as l'air …

—*Normale ?*

—Oui, normale. Tu te débrouilles bien avec le maquillage, tu as l'air humaine.

Nos regards se croisèrent et restèrent un instant figés l'un dans l'autre.

—Viens, j'ai autre chose pour toi, finit-il par dire pour briser ce moment gênant. Assieds-toi.

—*Je n'ai pas très faim*, dis-je en regardant un yaourt et un cube de jus posé sur la table, *et en plus on ne peut plus manger ces choses-là.*

Mais il ne m'écouta pas vraiment.

—Si je n'exerce plus mon pouvoir sur toi, la faim et la douleur vont revenir, et tu connais le seul moyen de les faire disparaître. (Je cédai à nouveau à la peur, ne voulant plus souffrir, plus jamais !) Bien sûr que tu le sais. Mais il existe un substitut. Ce n'est pas très bon, mais ça fait exactement le même effet que le sang et la chair humaine. Tu veux essayer ?

— *Ai-je le choix ?*

— On a toujours le choix.

— *Tu parles ! Comment vais-je savoir que cela fonctionne réellement et que ce n'est pas toi avec ton don.*

— Je n'ai aucune raison de te mentir. Tu le découvrirais tôt ou tard quand je ne serai plus auprès de toi.

Comment ça *plus auprès de moi* ? Je ne voulais pas qu'il parte. Il devait rester pour m'empêcher d'avoir faim, d'avoir mal et surtout ... d'avoir peur.

Un instant plus tard, la faim s'insinua en moi tel un serpent progressant vers sa proie. Je ne m'étais plus nourrie depuis des heures et je savais que, bientôt, elle prendrait le dessus sur toute autre sensation. Puis la douleur m'enlèverait toute capacité de retenue, m'incitant à me jeter sur le premier humain à ma portée.

Désormais, la peur était intimement entrelacée avec la faim. Les deux croissaient en moi, s'alimentant mutuellement, et je ne pouvais rien y faire. Je sentais la sueur poindre sur mon front et s'insinuer, froide, dans mon dos.

Je n'avais dès lors d'autre choix que de faire confiance à Marc.

Lisant l'inquiétude dans mes yeux, il sourit discrètement et pointa le substitut de nourriture sur la petite table.

Cette fois, il n'utilisa pas son pouvoir sur moi pour

me rassurer afin de m'inciter à me nourrir. Je devais faire ce choix moi-même … ce choix … Tu parles !

Je saisis le jus et y plantai la paille.

— *Est-ce du sang ?*

— Non. Et le yaourt n'est pas de la chair humaine broyée. Ce ne sont que des produits synthétiques infâmes, mais ils nous permettent de ne pas devenir des assassins hors de contrôle comme tu l'étais ou comme le sont les zombies que nous créons.

Vu comme ça, cela valait la peine de tenter le coup. La douleur de la faim montante balayèrent tout reste d'hésitation, j'aspirai doucement le liquide insipide.

Je craignais la brûlure comme la nourriture que June m'avait donnée mais ce ne fut pas le cas. Elle laissait seulement une sensation salée désagréable dans la gorge. Par contre, la douleur s'estompa rapidement et un vif sentiment de soulagement m'envahit.

Je jetai un sourire approbateur à Marc en reprenant confiance. Il me le rendit.

Je saisis ensuite le yaourt et l'ouvris avec beaucoup moins d'appréhension que le jus. Marc me tendit une petite cuillère. En quelques bouchées, la faim disparut complètement, emportant la peur avec elle et laissant la place à une réconfortante vague d'euphorie.

Je n'avais plus faim !

Je n'avais plus mal !

Et seul persistait un faible sentiment de stress, résidu d'une colère qui n'avait plus de raison d'être. Et ça, je pouvais le gérer.

— *Merci, merci infiniment,* pulsai-je mentalement vers lui.

— Ne me remercie pas, tu es des nôtres à présent, tu n'auras plus jamais à t'inquiéter de cela tant que tu seras à nos côtés.

— *Tant que je serai à vos côtés ?* ... *Je me doutais qu'il devait y avoir une contrepartie.*

C'est toujours la même chose. Qu'allais-je devoir faire ? Du trafic de drogue, tuer des gens ou devenir leur esclave ... bon d'accord, cette dernière option semblait un peu exagérée et sans doute notre culture cinématographique influençait-elle mes pensées.

— Non, dit-il en riant. Rien de monstrueux, rassure-toi. Nous ne sommes pas de cet acabit. Nous sommes une relativement grande communauté et nous subvenons simplement au besoin les uns des autres. Nous avons des tâches différentes et chacun y participe à sa manière. Tu te doutes bien que notre nourriture ne se fabrique pas toute seule et, en plus, nous devons le faire à l'insu des humains. Cela demande donc d'énormes précautions et une logistique très précise. Tu choisiras ce qu'il te plait et pour t'aider, nous te ferons des propositions. (Il me mit une main sur l'épaule) D'ici peu, j'espère que tu nous feras confiance. Tu verras que ta vie en sera facilitée et tu pourras en savourer les avantages.

— *Les avantages ?*

— Bien sûr, aurais-tu déjà oublié que tu es à présent quasiment immortelle. Ça ouvre pas mal de perspective.

— *C'est vrai, on en a souvent parlé en riant avec June en regardant tous ces films sur les vampires et ... June ! Mon dieu, que va-t-il lui arriver ?*

— Tu ne dois plus penser à elle, dit-il en s'enfonçant dans sa chaise, elle n'est plus de ton monde.

— *Mais que va-t-elle devenir ? J'ai tué sa mère, moi, sa meilleure amie, jamais elle ne s'en remettra.*

Il resta silencieux et ses yeux trahirent une pensée dérangeante. Je ne savais pas ce que c'était, mais j'eus l'impression qu'un nuage noir flotta derrière ses yeux, c'était une sensation très étrange.

— *Que se passe-t-il ? On dirait qu'il y a quelque chose que tu ne veux pas me dire ... ou ne peux pas me dire.* (Il hésitait) *Dis-moi, je t'en supplie ! Qu'y a-t-il avec June ? Est-elle en danger ?*

— J'en ai peur, avoua-t-il, après quelques interminables secondes de silence. Elle sait pour nous et j'ai peur que de ce fait elle soit condamnée.

Ses paroles me transpercèrent le cœur plus mortellement qu'une flèche empoisonnée. Ma visite à June n'avait pas seulement gâché sa vie, j'allais être responsable de sa mort. Je ne pouvais accepter une telle idée et si je ne pouvais réparer l'atrocité que j'avais commise, je pouvais ... je devais ! ... au moins tenter de lui sauver la vie.

— *C'est impossible ! Nous devons la sauver ! Elle ne peut pas mourir, pas par ma faute en tout cas, je ne pourrais jamais me le pardonner.*

— Et pourtant, il n'y a rien que nous puissions faire. Elle est certainement déjà morte, les autres familles sont très puissantes, bien plus puissantes que nous. On ne peut pas prendre ce risque ...

— *Peu m'importent les risques !* (J'avais l'impression de hurler en me levant de ma chaise ... mais mentalement, cela n'avait pas la moindre signification) *Si je dois mourir pour la sauver, ce ne serait que justice après ce que j'ai fait.*

— Je comprends, dit-il calmement en croisant les jambes, mais il n'y a rien que nous puissions faire.

— *Alors j'irai la sauver moi-même !*

Ma phrase à peine terminée, j'arrivais déjà à la porte de la chambre, bien déterminée à ne pas laisser ma meilleure amie se faire assassiner. Lorsque ma main s'enroula autour de la poignée de la porte, Marc m'arrêta.

—Attends. Si nous y allons, nous sommes morts aussi. Ils sont plus nombreux et plus fort que nous … Je … Je vais essayer de convaincre notre *baksicar*, notre chef en quelque sorte, de t'aider. S'il envoie une dizaine de sicars, peut-être pouvons-nous encore la sauver. Mais je crains son refus.

Je ne savais pas ce que le mot *sicar* signifiait mais j'imaginais qu'il devait s'agir d'une sorte de soldats.

—*Pourquoi ?*

—Parce-que cela voudrait dire risquer la vie de plusieurs pour quelqu'un qui n'a rien à voir avec nous.

—*S'il refuse, j'irai moi-même et ce ne sera plus la peine de chercher après moi, je ne vous rejoindrai jamais.*

—Tu te méprends sur beaucoup de choses. Tu n'es pas quelqu'un d'important que nous cherchons à récupérer à tout prix, tu es juste une des nôtres que nous essayons d'aider, et même pas encore une sicar. Si tu refuses notre aide, nous ne te retiendrons pas. Faire du chantage n'a, dès lors, aucune chance d'aboutir, les Delarivière ne fonctionnent pas comme ça.

—*Alors comment fonctionnent-ils ?*

—Nous nous entraidons … volontairement.

—*Je croyais que je n'étais qu'une mission pour toi*, dis-je froidement.

—Une mission que j'ai librement acceptée, dit-il sèchement avant de s'adoucir, et que je suis heureux de remplir pour t'aider. Mais si d'aventure, tu devais *exiger* des choses de nous au lieu de t'intégrer à notre groupe, je te laisserais tomber sur le champ et sans le moindre remord. Il n'y a pas de place chez nous pour les filles à papa capricieuses, cela nous mettrait en danger. (Il m'avait vexée, le bougre, mais ça fonctionnait) Alors laisse-moi le temps de passer un coup de téléphone avant de prendre une décision définitive. C'est d'accord ?

— *Oui*, pulsai-je vers lui, après une courte réflexion.

— Asseyons-nous.

Il prit son portable dernier cri et fit glisser son doigt sur l'écran. Quelques sonneries plus tard, quelqu'un décrocha.

— C'est Marc, dit-il pour toute présentation, j'ai le contact, mais nous avons un souci.

Lorsqu'il eut fini d'expliquer la situation, il s'ensuivit un long moment de silence. Il mit sa main sur le micro et me parla tout bas.

— Ils en discutent, c'est bon signe. (Je sentis mes muscles se détendre.) Mais il leur faudra encore trouver des volontaires.

— *Et cela posera problème ?*

— Pour sauver une future sicar comme toi, non, ils devraient même en refuser. Mais pour une humaine, c'est plus compliqué. Rassure-toi malgré tout, ça s'est déjà vu. Il y en a parmi nous qui sauteraient sur n'importe quelle mission qui leur permet de se défouler un peu.

— *Je l'espère.*

Quelques secondes plus tard qui me parurent une éternité, il signa oui de la tête avec un sourire. Mon cœur se libéra du couteau qui y était planté.

— *Merci, merci infiniment.*

— C'est la deuxième fois en peu de temps que tu me

remercies *infiniment* alors nous allons nous mettre d'accord sur une chose. Si tu dois nous remercier à chaque fois que nous t'apporterons quelque chose, tu ne t'arrêteras pas une seconde pendant l'année à venir. Un petit signe de tête sera suffisant pour tout le monde. C'est d'accord ?

Je signai *oui* de la tête, il sourit.

— *Quand June nous rejoindra-t-elle ?*

— Pas tout de suite, il serait trop risqué d'avoir deux rapatriements sur le même trajet en aussi peu de temps. Nous devons être très prudents pour ne pas dévoiler notre cachette aux Familles. June, ... s'ils arrivent à temps, car n'oublie pas que rien n'est moins sûr, ... sera emmenée dans un autre manoir dans la direction opposée et (il leva la main pour m'empêcher de poser ma question suivante) il te faudra patienter un certain temps avant de pouvoir la retrouver, peut-être des semaines.

— *Pourquoi ?*

Il se leva et marcha jusqu'à la fenêtre où il contempla un instant les lumières de la ville, au loin.

— Je ne sais pas où elle sera emmenée et nous n'établirons aucune communication pour le savoir. C'est le prix de notre sécurité. Sur ce point, il va vraiment falloir que tu me fasses confiance. Mais d'ici un mois environ, elle sera rapatriée vers nous, lorsque le lien ne pourra plus être fait avec toi.

— *Un mois ?*

— Je suis désolé, mais notre vie à également ses mauvais côtés. Pense aux volontaires qui quittent leur maison pendant un mois pour une inconnue qui n'est même pas une sicar. Le sacrifice est bien plus grand.

— *Je comprends, pardon.*

—Prie pour ne pas avoir de nouvelle avant un mois.

—*Pourquoi ?*

—Les nouvelles ne pourraient être que mauvaises.

—*Très bien, j'attendrai.*

—Maintenant repose-toi, tu en as bien besoin.

—*Avons-nous besoin de dormir ? Depuis deux jours, je n'ai pas fermé l'œil et je ne suis pas fatiguée.*

—Si, nous en avons encore besoin mais moins que les humains. Si tu tiens encore pour l'instant, c'est uniquement sur l'adrénaline. Dormir permet aussi de passer un peu de temps sans ressasser les mêmes sempiternelles questions du début de la vie de sicar. Plus tard, tu pourras t'en passer, mais là, crois-moi, ça te fera un bien fou. (Je signai *oui* de la tête) Je monte la garde, tu n'as rien à craindre.

Il fit face à la fenêtre et ne se retourna plus tandis que je m'allongeais sur le lit. Sa présence était réconfortante, même lorsqu'il n'utilisait pas son pouvoir. A mes yeux, il toisait le monde extérieur comme un avertissement. *N'essayez pas d'entrer, je veille*, semblait-il dire. *Quelle que puisse être votre tentative, elle ne pourrait vous mener qu'à la mort.* Un roc inébranlable veillait sur moi.

Je m'endormis facilement en pensant à lui.

Quelques heures plus tard, il me réveilla en douceur alors que la nuit n'était pas encore terminée. Le ciel était d'une clarté cristalline sous l'intense lumière argentée de la pleine lune. Les étoiles scintillaient avec une netteté incroyable. C'était la première fois, me semblait-t-il, que je les voyais de la sorte.

Ma vie prenait un nouveau tournant et je voyais les choses bien différemment. Beaucoup de ce qui me semblait insignifiant, il y a peu, prenait à cet instant une toute autre saveur. Peut-être que ma nouvelle vie allait en valoir la peine, malgré tout, qui aurait pu l'affirmer ? J'essayais tout du moins de m'en convaincre.

Il me prévint de fermer les yeux avant d'allumer puis, lorsque je m'habituai enfin à la lumière, il était assis devant le lit, l'air sévère.

—*Pourquoi m'avoir réveillée en pleine nuit ?* demandai-je mentalement. *Je croyais que je devais me reposer.*

—Trois heures sont suffisantes pour te libérer un peu l'esprit. A présent, il nous faut nous mettre en route. Il y a quelque chose que nous devons faire avant de rejoindre les autres et cela ne peut être fait que de nuit.

— *Pourquoi ?*

—Nous allons au laboratoire où les sérums sont fabriqués. Là, nous prendrons celui qui te rendra ton apparence humaine.

— *Un sérum ?*

—Oui. Lorsque je t'ai accostée dans la rue, je t'ai dit que nous avions le moyen de te rendre ton apparence humaine. Eh bien, c'est grâce à un sérum relativement similaire à celui que ton père a mis au point pour te redonner vie. Tu n'auras dès lors pratiquement plus besoin de maquillage ... sauf pour ton plaisir naturellement.

— *Pourquoi y aller en pleine nuit, tout sera fermé ?*

—Nous ne voulons pas ébruiter trop vite ton existence. Comme je te l'ai dit, nous devons rester aussi discrets que possible dans nos mouvements et éviter que trop de gens ne soient au courant pour l'instant, même dans notre communauté. Et comme tu es encore novice, que tu ne connais pas tous nos protocoles, la nuit reste notre meilleure couverture.

— *Je comprends.*

—Tu es prête à me suivre ? (J'acquiesçai d'un signe de tête) Alors, allons-y. Le reste de tes vêtements est sur la table. Habille-toi pendant que j'efface toute trace de notre passage ... surtout tes anciens vêtements pleins de sang.

Il alla ramasser mes guenilles ensanglantées et mit le tout dans son sac à dos. Lorsqu'il revint dans la chambre, j'étais habillée.

— *Le pull, j'aimerai le garder*, lui dis-je mentalement

lorsqu'il revint.

— Pourquoi ?

— *En souvenir des jeunes qui m'ont aidée lorsque j'en avais besoin.*

— C'est d'accord, je le mettrai de côté.

Le pas plus sûr que quelques heures auparavant, je passai devant la concierge toujours à son poste en lui adressant un salut et un sourire amical.

Quelques minutes plus tard, nous étions à deux rues du laboratoire. La nuit s'effacerait dans deux ou trois heures et les employés ne tarderaient pas à arriver. Nous parcourûmes les deux rues à pied, nous fondant dans l'ombre des bâtiments malgré la noirceur nocturne.

Cela me ramena quelques heures en arrière, alors que je m'échappais des griffes de ma mère. Une tension me saisit la poitrine et la peur s'insinua dans mon ventre. J'avais espéré en avoir fini avec tout cela … mais je m'étais trompée.

Lorsque nous arrivâmes devant une porte sur le côté du grand bâtiment, il m'indiqua une plaque accrochée au mur.

— Prête à faire la preuve que tu es des nôtres ? me demanda-t-il en souriant.

A l'approche de ma main, la plaque coulissa pour dévoiler un écran d'ordinateur. Je reculai instinctivement le bras. On se serait cru dans un film d'espionnage. Je posai la main sur l'*écran*. Je l'imaginais s'allumer, une ligne verte scannant ma main … mais au lieu de cela, je ne ressentis qu'un léger picotement. Ce n'était pas vraiment agréable mais comme cela ne faisait pas mal, je maintins la position.

Je sursautai au claquement sec de la gâchette de la porte. Marc la poussa immédiatement. Malgré la pénombre, je pus voir le large sourire qu'il affichait, il était manifestement satisfait.

—Ceci est la preuve, dit-il tout bas en entrant dans le bâtiment, que tu es des nôtres, tu es une véritable Delarivière. C'était la dernière chose dont nous avions besoin pour t'autoriser à avoir accès au sérum. A présent, ta nouvelle vie peut commencer.

Ses paroles étaient douces à mon cœur, comme si je venais de retrouver une famille que je n'avais plus depuis près de deux ans, depuis la mort de ma mère.

Je me demanderais sans doute jusqu'à la fin de mes jours pourquoi mon père ne m'avait jamais parlé de ma famille au sens large, et je continuerais à imaginer que c'était à cause de ce secret qui l'entoure. Mais cela ne revêtait plus qu'une importance mineure. Le testeur ADN venait de donner la preuve que je n'étais pas seule et que ma *famille* était là pour me soutenir. A l'instant, c'était pour moi tout ce qui comptait.

Le temps de me réjouir, quelques couloirs et escaliers plus loin, nous arrivâmes devant une porte vitrée. Derrière, une grande pièce et des armoires plongées dans une lumière d'ambiance bleuâtre.

D'un signe, souriant à nouveau, Marc m'invita à apposer la main sur le détecteur. Je m'exécutai avec plaisir, comme une enfant ouvrant un cadeau d'anniversaire, vérifiant, si c'était encore nécessaire, que ma nouvelle famille m'accueillait à bras ouverts … et ce fut le cas. La porte coulissa. Marc entra sans tarder.

Dans la pièce, tout était rangé dans des vitrines, chaque produit étiqueté clairement.

Pendant le trajet en voiture, il m'avait parlé de deux sérums.

Un bleu pour ressusciter et un rouge pour relancer l'activité corporelle et arrêter la décomposition de notre corps mort.

Nous devions donc trouver une fiole ou une éprouvette avec un liquide noirâtre étant donné la lumière d'ambiance bleue. Nous les trouvâmes facilement dans la deuxième partie de la pièce.

—Alors, prête à ressembler de nouveau à une vrai jeune fille ?

J'acquiesçai frénétiquement *oui* de la tête. J'étais tellement excitée que je n'arrivai même pas à lui pulser une pensée. Mais avec l'excitation, la peur réapparut, la peur de l'inconnu. J'allais boire un produit dont les effets étaient finalement on ne peut plus extrêmes et même si, en l'occurrence, je n'avais plus rien à perdre, cela ne diminuait pas la crainte.

Je bus la fiole, cul-sec. Elle avait un léger goût sucré assez agréable. Je m'attendais à ressentir des effets, mais rien ne se passa.

—C'est bien, me dit-il tout bas, partons à présent, il ne faut pas s'éterniser ici.

—*C'est tout ? Alors c'est fait. Comme ça, simplement ?*

Il ne répondit pas, se dirigeant déjà vers la sortie.

Waw, il fallait vraiment que j'arrête de paniquer pour rien. Toute tension venait de me quitter d'un coup et je poussai un large soupir de soulagement qui ressemblait toujours à un râle macabre. Il me semblait que rien n'avait changé. Combien de temps faudrait-il pour que je retrouve un corps normal et que je puisse à nouveau parler ? Pas trop, j'espère.

Un instant plus tard, nous étions de retour à la

voiture, Marc avait pressé le pas. Sur le moment, je ne compris pas pourquoi il se dépêchait tant, regardant souvent sa montre. Je suivais machinalement sans le ralentir. Euphorique, je ne m'inquiétais plus vraiment. Marc venait de me redonner une famille, et, grâce au sérum, une vie presque normale. Peut-être allais-je pouvoir un jour retrouver June et recommencer notre vie d'avant. Qui sait ? Même retourner à l'école ! Je n'aurais jamais cru dire cela un jour, mais cette vie banale me manquait. Cette vie où les problèmes les plus importants sont finalement si dérisoires. Peut-être ...

Il ne me restait plus qu'à attendre que le sérum fasse son effet.

—Est-ce que tu me fais confiance ? me demanda-il alors que nous venions d'entrer dans la voiture.

— *Oui, bien sûr. Pourquoi ?*

—Je vais devoir t'attacher au siège, dit-il en regardant encore une fois sa montre.

— *Hein ? Mais ...*

—Ta transformation va commencer dans une minute ... et ce sera douloureux. (Il put lire la panique instantanément dans mes yeux) Non, n'aie pas peur, c'est normal, c'est juste un mauvais moment à passer.

Mais je ne voulais pas, je ne voulais plus jamais ressentir de douleur, j'en avais déjà trop ressenti ces derniers jours, plus que de raison à vrai dire. Je la voulais aussi éloignée de moi que possible. Les larmes voilèrent mon regard et je me collai contre la porte de la voiture comme pour m'éloigner de lui.

—Je t'en prie, insista-t-il, c'est pour ton bien. Crois-moi, il vaut mieux t'attacher ... et tu devrais mordre là-dedans.

Il me tendit un morceau de caoutchouc dur qui ressemblait à un os pour chien. Des larmes coulaient sur mes joues tandis que la peur m'envahissait à nouveau. Qu'avais-je fait ? Pourquoi avais-je bu ce sérum sans même chercher à me renseigner ?

Je signais *non* de la tête, non que je ne veuille pas lui faire confiance, mais parce que je refusais l'idée d'avoir mal à nouveau, je paniquais.

— *Plus de douleur … jamais … je t'en supplie.*

— Désolé, c'est le prix de ta nouvelle vie. Cela ne dure qu'une minute mais, je ne te mentirai pas, ça te paraîtra une éternité. Par contre, je peux t'assurer qu'après, tu n'auras plus de raison de souffrir. Tout cela sera derrière toi. Prends-le, insista-t-il, en me tendant le morceau de caoutchouc.

Mais je signais inlassablement *non* de la tête contre la douleur à venir, j'avais peur, j'étais terrifiée.

Soudain, une intense chaleur consuma mon ventre. J'y apposai les mains pour tenter de la calmer et regardai Marc, paniquée, en larmes. Tristement, il déposa l'os sur la console centrale et sortit de la voiture.

— *Non ! Ne me laisse pas ! Qu'est-ce qui m'arrive ?*

— Je suis désolé, donna-t-il pour toute réponse.

La portière claqua.

A l'aide de sa télécommande, il verrouilla les portes. Pourquoi faisait-il cela ? J'actionnai frénétiquement la poignée et poussai le bouton de la vitre de mon côté, puis du sien … rien. J'étais bloquée !

J'entrai dans une panique incontrôlable, frappant la vitre et le pare-brise en hurlant. Je les frappai si fort qu'ils auraient dû se briser sous ma nouvelle force, mais ils tinrent bon. Cette voiture n'était pas normale, tout avait été prévu pour … subir une transformation !

Je frappai si fort que du sang coula aux jointures de mes doigts.

Marc me regardait tristement. Je l'implorai encore une fois de me libérer mais il n'en fit rien. Je lus sur ses lèvres « Je suis désolé » puis il se retourna pour ne plus me voir, la tête basse.

J'étais piégée !

Une violente décharge me secoua brusquement la colonne vertébrale, provoquant un spasme qui me cambra à m'en briser les os. La douleur fulgurante, plus forte que tout ce que j'avais ressenti jusque-là, toute la douleur du monde, se concentrait en une fois dans mon dos comme une violente électrocution.

Le dossier de mon siège s'effondra sous le choc et je me retrouvai allongée. La douleur disparut aussi vite qu'elle était venue, me laissant sans force.

Je respirais fort.

La seconde suivante, un nouveau spasme me tordit. Mon bassin se braqua presque jusqu'au plafond de la voiture et mon bras heurta violemment le montant renforcé des portes. Les os de mon poignet se brisèrent comme du verre. Une douleur insupportable me parcourut le bras.

Je ne contrôlais plus rien. Je n'arrivais même pas à ramener le bras contre moi pour tenir mon poignet.

L'intervalle entre les spasmes devint de plus en plus court et ils étaient de plus en plus violents, ne me laissant que de faibles répits.

La voiture était secouée dans tous les sens.

Les secondes s'écoulaient lentement et chaque décharge semblait durer des minutes entières. Je me brisai successivement, le bras, une jambe et le bassin, mais cette douleur n'était rien comparée à celle qui me transperçait la colonne vertébrale à chaque convulsion. Mes râles d'agonie déclinèrent progressivement et ma gorge semblait se délier. Finalement, je hurlai toute ma douleur dans cette voiture parfaitement insonorisée.

Mes muscles se tendaient à se déchirer et ne trouvaient plus le temps entre deux spasmes pour se relâcher, tout mon corps n'était plus qu'une énorme crampe de douleur.

Je m'épuisais, perdant peu à peu l'envie de me battre, mais les spasmes n'en devenaient pas moins puissants. Pleurer ne m'était même pas possible. Je n'étais plus qu'une poupée de chiffons, agitée par une fillette peu scrupuleuse, à la limite de la perte de conscience.

Puis les spasmes diminuèrent d'intensité et finirent par disparaître complètement.

Je me retrouvai couchée, le torse sur la banquette arrière et les jambes sur le siège, la tête courbée contre la portière. La douleur de mes multiples fractures se réveilla, mais la force de m'en soucier m'avait quittée.

Une larme coulait le long de ma joue sans que je l'aie commandée ; mon corps agissait seul, je n'étais plus capable de rien.

Ma vision se brouillait peu à peu.

Mes yeux se fermèrent lorsque la lampe du plafonnier trop forte s'alluma, Marc revint à mes côtés. Cela me rassura, je me sentis partir.

—C'est fini, entendis-je encore dans le lointain. Tu peux te lais… aller à présent, je vais te rame… mi les tiens, nous pren… soin de t…

Et ce fut le noir … enfin !

Une chaleur bienfaisante m'envahissait, et d'après ce que je pouvais en juger à mon réveil, le lit était confortable. Je n'arrivais pas à ouvrir les yeux. Une agréable odeur de pin emplissait la pièce et j'entendais quelqu'un rincer une serviette dans de l'eau. L'instant d'après, je sentis la compresse se poser sur mon front.

J'étais bien. Je n'avais pas vraiment mal, mais je sentais mon poignet droit et mon bras gauche engourdis. Mon corps pesait une tonne.

Sur ma droite, j'entendais un *bip* régulier … le même qu'à mon réveil dans le laboratoire de mon père, ce qui me procura un vif sentiment d'inquiétude. J'ouvris doucement les yeux. La lumière était tamisée, je m'y habituai rapidement.

Une très belle fille se tenait assise à côté du lit, prenant soin de moi. Ses cheveux d'un noir profond cachaient partiellement ses yeux d'une incroyable clarté, blancs presque lumineux. Un sourire se dessinait sur ses lèvres généreuses. Malgré la faible clarté, je pouvais voir son teint pâle … mais pas livide, ce qui aurait pu être le cas car je présumai qu'elle était comme moi.

La pièce claire était sobrement meublée. Un lit, une petite table et une commode, rien de spécial, moins encore que dans une chambre d'hôpital. Si cette pièce devait devenir ma chambre, il me faudrait la décorer rapidement sous risque de grave dépression.

—Com … (Je dus me racler la gorge) … Où suis-je ?

— Au manoir, rassure-toi, tu ne vas pas si mal étant donné les circonstances. J'ai vu pire.

—Pire ?

—Un poignet, un bras et la hanche après une transformation, tu t'en sors pas mal, crois-moi.

Encore étonnée de ses propos, je me rendis soudain compte de ce qui m'arrivait.

—Je parle !

—Bienvenue parmi nous.

Je pouvais parler ! C'était merveilleux ! J'aurais voulu me lever et sauter de joie dans la pièce. Ce fut naturellement impossible tellement mon corps semblait alourdi.

—Je peux avoir à boire ?

—Bien sûr !

Elle prit un verre d'eau et me souleva délicatement la tête pour m'aider. Ce simple mouvement, sans effort grâce à elle, m'infligea pourtant une terrible douleur. Mais en me remémorant ma transformation dans la voiture, je compris très bien l'état de courbature et de fatigue dans lequel je me trouvais. Elle me fit boire à petites gorgées, retirant chaque fois le verre de ma bouche pour être sûre que je ne risquais pas de m'étouffer. En vain. Je me mis à tousser.

—Qui es-tu ? lui demandai-je.

—Peitane, pour te servir.

—Me servir ?

— C'est une façon de parler, ne te fais pas d'illusion.
C'est moi qui vais t'aider pendant ta convalescence.
Elle était vraiment belle. Son corps athlétique n'en
faisait pas un sac d'os pour la cause. Elle m'adressa un
sourire qui, comme je l'avais imaginé, me fit fondre.
— Merci, dis-je un peu gênée à cette pensée.
— Trop tôt pour les mercis ! Tu ne me connais pas
encore et tu pourrais ne plus avoir envie de me
remercier d'ici peu. Je suis là pour t'aider, pas pour te
chaperonner. Si c'est ce que tu attends, tu es mal
tombée.
— Non, je …
— Je rigole ! Relax. Tiens, bois encore un peu.
Un caractère assez trempé, manifestement. J'aimais
cela, au moins les choses seraient claires.
Elle déposa le verre sur la petite table, prit une fiole
et en versa quelques gouttes dans un bassin d'eau. Des
huiles essentielles sans doute car l'odeur de pin
s'intensifia. Elle trempa la serviette et m'épongea à
nouveau le front. Ses gestes étaient précis, elle savait ce
qu'elle faisait.
— Je ne suis pas ta première patiente, dirait-on.
— Si, les deux autres étaient des garçons, de vrais
loosers. J'ai eu un mal fou à terminer leur apprentissage.
— Apprentissage ?
— Bien sûr ! s'exclama une voix.
Je tentai de relever la tête, mais la douleur me
rappela vite à l'ordre, comme si une lanière invisible
attachait ma tête à l'oreiller.
— Ne bouge pas. C'est moi.
— Marc ?
— Bien sûr, qui d'autre. Comment te sens-tu ?
J'étais heureuse qu'il soit là, cela me réconfortait.

—Le train qui m'est passée dessus n'a même pas remarqué ma présence, je présume.

—Non, en effet, rigola-t-il. Tu t'es bien battue et tu t'en sors très bien. D'ici quelques jours, il n'y paraîtra plus.

—Quelques jours ? Seulement ?

J'articulais encore péniblement et cela m'irrita la gorge, mais au moins je parlais, c'était une incroyable libération. Il s'approcha du lit pour expliquer.

—Le sérum que je t'ai injecté redémarre l'activité du corps. Ce n'est pas un processus aussi rapide qu'il y parait, cela prendra quelques jours pour que tout ton corps fonctionne à nouveau correctement. Par contre, l'avantage, c'est que le sérum est suffisamment actif pour réparer aussi tes fractures et ce, très rapidement. Heureusement d'ailleurs, ajouta-t-il en pouffant de rire, sinon, pourrais-tu imaginer notre état à tous, une joyeuse bande d'handicapés.

—Et donc, on est invincibles en plus d'être immortels ? demandai-je sans réagir à sa tentative d'humour.

—Non, pas exactement, répondit-il. Tout ce qu'on raconte sur les zombies n'est pas faux. C'est notre cerveau, réactivé par le sérum de ton père, qui nous tient en vie. Si on nous éclate la tête, c'est fini. Par contre, tant qu'elle est intacte, il semblerait que nous puissions vivre éternellement.

Cette allusion à mon père me ramena au jour où je l'avais sauvagement tué. Une profonde tristesse m'envahit alors que ces souvenirs me revenaient à l'esprit. Des images horribles où j'avais voulu le dévorer.

—Eternellement ? demandai-je à Marc, pour

essayer de détourner mon esprit de ces souvenirs atroces.

—Les plus vieux de notre espèce ont quelques centaines d'années.

—Cent… Oh mon dieu !

—Et non, il n'a rien à voir là-dedans, dit-il en prenant une chaise. Pour les Delarivières et les sicars, c'est à ton père que nous le devons, c'est lui notre dieu en quelque sorte, mais nous ne sommes pas très nombreux. Son sérum est très récent et le rouge encore plus. (Il s'assit à côté de Peitane) Nous sommes une trentaine tout au plus. Pour les autres familles, c'est différent, mais je t'expliquerai cela plus tard, ou plutôt le Prof t'expliquera. Pour l'instant, il faut que tu te reposes. Peitane prendra soin de toi.

—Et toi, quel âge as-tu ?

—… Vingt-cinq ans.

Sa voix avait marqué une courte hésitation et lorsque je plongeai sur le regard de Peitane, elle détourna la tête.

Il m'avait menti ! D'autant plus qu'à l'hôtel, il m'avait expliqué son langage recherché par ses années de vie.

—… j'ai reçu le sérum rouge il y a trois mois.

Il me mentait, pourquoi ?

—Et toi ? lançai-je à Peitane.

—Dix-neuf ans, pour toujours.

—Tu as l'air déçue.

—Moi ? Tu rigoles ou quoi ! pouffa-t-elle. Pas du tout. Quelle fille ne rêverait pas de garder son corps de dix-neuf ans toute sa vie. Et en plus, sans eux, je serais morte. Il y a des désavantages naturellement, leurs substituts de repas sont infects et nous devons vivre cachés la plupart du temps, mais pour le reste, c'est une belle opportunité qui n'est pas offerte à tout le monde.

J'aurais voulu me redresser un peu dans mon lit pour mieux discuter avec eux mais j'oubliais mon poignet, mon bras et ma hanche plâtrés. Ils me rappelèrent rapidement à la réalité et une grimace me défigura.

Je regardai tour à tour Marc et Peitane.

Marc avait un charme évident, plus encore que mon Marc … enfin mon ex. Il était bien bâti et sous son t-shirt, je devinais une musculature fine mais bien dessinée. Il devait avoir des fesses magnifiques. Je rougis légèrement à cette idée. Ses cils épais et d'un noir prononcé lui dessinaient magnifiquement les yeux, les rendant envoûtants dans un sens. Par contre, il fallait qu'il change sa coiffure de jeune étudiant d'Harvard.

Quant à Peitane qui prenait soin de moi, ses lèvres généreuses offraient un sourire qui me faisait craquer. Autrement, elle avait l'air tellement sérieuse, presque froide. C'était un paradoxe intriguant et ses cheveux noirs ajoutaient encore à l'énigme que ses yeux tellement clairs venaient compléter.

Elle semblait s'être parfaitement acclimatée à sa nouvelle vie … même si cela signifiait rester cachée.

— Pourquoi devons-nous nous isoler ?

— Tu plaisantes, j'espère, souffla Peitane.

— Non. Vous avez une apparence normale et d'après ce que j'ai pu comprendre ce sera le cas pour moi aussi. Donc, qui pourrait croire que vous n'êtes pas normaux.

— Personne en effet, répondit Marc, sur ce point tu n'as pas tort. Mais imagine que l'un d'entre nous ait un accident ou, plus simplement, subisse un contrôle de police pour une raison ou une autre. Que révèleraient les analyses de sang ou tout autre test médical ? Que donnerait un alcotest ? Que se passerait-il si nous devions passer une nuit ou plus dans une cellule sans substitut de repas et que la faim revenait ?

—Je n'avais pas pensé à cela.

—C'est normal, ne t'inquiète pas. Tout le monde se pose ce genre de question au début.

—Tu avais dit que je retrouverais une vie normale, mais ce n'est pas vrai.

—En effet, ça ne l'est qu'en partie. J'ai dit cela pour te remonter un peu le moral. Notre vie a certes ses limitations et obligations, mais quelle vie n'en a pas. Tu le découvriras bien assez tôt. A présent, repose-toi, tu en as besoin. En attendant que tu guérisses nous allons te maintenir dans un sommeil artificiel et ne te réveiller qu'une fois par jour quelques minutes.

—Pourquoi ?

Il s'approcha du lit et regarda Peitane avec un rien d'hésitation.

—Je ne vais pas te mentir mais la vérité risque de ne pas te faire plaisir. Nous avons essayé de laisser s'opérer le processus de guérison en donnant les substituts de repas. (Il hésita et déglutit, Peitane baissa les yeux) Ce furent de cuisants échecs.

—C'est-à-dire ?

—Une douleur intense, un rejet du sérum … et la mort. C'est pourquoi, pour contrôler la faim et la douleur pendant le sommeil, nous avons dû …

—… utiliser du vrai sang humain, l'interrompis-je. (Il opina du chef) Je comprends, j'espère juste qu'il s'agit de poches de sang et non de …

—Rassure-toi. Nous nous fournissons à l'hôpital.

—Et pour la chair humaine ? demandai-je, craignant la réponse.

—Ce n'est pas nécessaire, heureusement.

—Alors je crois que je pourrai vivre avec.

—C'est tout ce que j'avais besoin d'entendre, s'exclama-t-il enjoué. Es-tu prête à te rendormir ?

J'acquiesçai.

Il fit signe à Peitane qui remonta la roulette de ma perfusion. Dans les secondes qui suivirent, ma vue se troubla et je sombrai dans un profond sommeil.

A mon réveil, Peitane me sourit, assise à côté du lit. J'aimais toujours autant son sourire généreux.

Elle me donna immédiatement à boire en me soutenant la tête pour me libérer la gorge. Je poussai un profond soupir de soulagement, l'eau faisait un bien fou ... l'eau ?

—Pourquoi est-ce que je peux boire de l'eau ? lui demandai-je bien que les mots sortaient encore difficilement de ma gorge.

—Comment ça ? Ce n'est que de l'eau.

—La dernière fois que j'en ai bue, je me suis presque consumée de l'intérieur.

—Ah oui, c'est juste, je ne m'en souvenais plus. Maintenant que ton corps a repris une activité normale, tu as besoin d'eau comme n'importe qui d'autre. Mais ne te réjouis pas trop vite, en dehors des repas de substitution, c'est le seul aliment que nous tolérons. Les autres nous font toujours autant de mal, malheureusement.

Alors qu'elle m'expliquait cela, je repensais à la sensation atroce que ce fut lorsque June m'en ... June !

—June ! Où est-elle ? (Peitane blanchit d'un coup) Où est June ?

—Ton amie ? Je ... Je n'en sais rien. Je sais qu'un groupe est parti la chercher mais je n'ai pas de nouvelles.

— Appelle Marc, s'il te plait, je veux savoir.

Sans la moindre hésitation, elle se leva et, d'un pas hâtif, trouva Marc pour le ramener quelques minutes plus tard.

—Que se passes-t-il ? demanda-t-il calmement.

—June, où est-elle ?

—Elle est en sécurité, ne t'inquiète pas. Nous avons également mis son père à l'abri avec elle.

—Je veux la voir.

—Nous en avons déjà parlé, c'est impossible avant plusieurs semaines. Je ne mettrai pas la vie de tout le groupe en danger pour ton amie.

C'est vrai, il me l'avait dit dans la chambre d'hôtel mais cela m'était sorti de la tête. Elle était en sécurité, c'était le plus important. Je n'avais plus qu'à attendre le temps nécessaire pour la retrouver. J'espérais seulement qu'elle comprendrait et qu'elle ne serait pas trop terrorisée. Mais je n'étais pas convaincue de mes propres espérances.

—Et ma mère ?

—Ta mère ?

—Oui. Vous m'avez retrouvée mais je présume que vous avez également retrouvé ma mère. Je t'ai vu me suivre dès que j'ai quitté notre cachette, car c'était bien toi n'est-ce pas ? (Il acquiesça) J'imagine donc que cela faisait un certain temps que tu m'observais et si tu es venu me chercher, d'autres sont certainement allés vers elle aussi.

—En fait non, dit-il après une courte hésitation. (Je fixais à nouveau Peitane, mais cette fois elle ne réagit pas) Nous avons voulu la retrouver après t'avoir sauvée, mais, lorsque nous sommes revenus sur nos pas, elle avait disparu. Comme elle ne peut plus être transformée et que les autres l'ont certainement déjà attrapée, on ne peut plus rien faire.

Je trouvais son raisonnement un peu simpliste et j'étais outrée qu'ils laissent tomber aussi facilement quelqu'un sur de simples présomptions.

Je tentai de me redresser encore une fois, mais mon corps était trop douloureux. Peitane m'aida en soulevant l'oreiller ce qui me permit de redresser la tête.

—Plus rien faire ? Alors vous l'abandonnez sans même savoir si c'est vrai.

—Je sais que cela peut paraître égoïste ou lâche, mais nos sicars ne sont pas assez nombreux pour une telle chasse. Surtout que ta mère ne veut pas être retrouvée. Je suis désolé, mais nous devons admettre que nous ne pouvons rien y faire.

—Je veux bien l'admettre, dis-je excédée, mais pourquoi dire qu'elle ne peut plus être transformée.

—Si le sérum n'est pas injecté avant que le cœur cesse de battre, il est sans effet. Et c'est le cas depuis longtemps pour ta mère. Elle est donc condamnée.

—Que va-t-il lui arriver ?

—Si elle continue à se cacher, (sa voix devint triste) elle continuera à se décomposer et deviendra de plus en plus faible à mesure que ses chairs se putréfieront. Qu'elle mange ou non n'y changera rien. Sans sérum, d'ici quelques années, peut-être moins, elle ne saura plus marcher et peu après, même plus ramper, mais elle restera en vie. Comme elle ne pourra plus se nourrir, elle souffrira en permanence sans possibilité de mourir.

—Combien de temps avant qu'elle meure enfin ?

—Je ne sais pas. Tout ce qu'on pourrait lui souhaiter, ce serait de se faire dévorer par des rongeurs, sinon, ça pourrait ne jamais finir.

—Comment pourrais-tu le savoir ?

—Je n'en sais rien, tu as raison, mais j'ai entendu des choses. Une des familles aurait fait des expériences. Certains zombies auraient vécus des centaines d'années … et seule leur tête avait été conservée. Peut-être sont-ils même encore en vie aujourd'hui à souffrir un martyr permanent.

—Quelle horreur !

—Je suis d'accord. Ecoute. Quand tu iras mieux, nous t'expliquerons en détail l'histoire des *familles*, mais pour l'instant, continue de te reposer.

—C'est quoi un *sicar* ?

—C'est toi, c'est Peitane, c'est moi et chaque personne dans ce manoir. Nous sommes les ressuscités par le sérum. Mieux que des zombies, mais plus vraiment humains non plus. Nous sommes plus forts et plus agiles qu'un humain normal mais notre faim en chair humaine est une immense faiblesse. Nous ne pouvons pas mourir à moins qu'on nous explose le cerveau mais nous continuons à nous décomposer.

—Je croyais que ce n'était plus le cas avec le sérum rouge.

—C'est vrai, mais temporairement. Après un certain temps, le sérum cesse d'agir et il faut une nouvelle injection. C'est notre faiblesse par rapport aux *élégides* créés à l'aide de la *source*, et ce n'est pas la seule.

Généralement, les sicars n'ont pas de pouvoir, ils sont simplement plus forts. Toi et ta mère êtes des exceptions, sans doute parce que vous êtes des descendants directs des Delarivière.

— A-t-on une idée du temps qu'il faut avant que le sérum ne produise plus d'effet ?

— Six mois, un an, parfois plus, c'est très variable d'une personne à l'autre et pour l'instant, nous ne sommes pas arrivés à isoler le facteur qui induit cette variation.

A ce niveau de la conversation, je pensai à ma mère. Sans sentiments, même plus pour moi, elle était devenue une machine sans cœur programmée pour assassiner. Elle était morte ... il y a deux ans. Et pourtant, je ressentais encore de la tristesse de l'avoir perdue et j'espérais qu'elle n'arriverait pas à un tel point de souffrance.

— Parle-moi de la *source*.

— Dès que tu seras en état, Peitane t'amènera voir le Professeur Sornes. Il se fera un plaisir de tout t'expliquer dans le détail, il en sait bien plus que moi sur l'histoire. Pour l'instant, il faut te reposer.

— Quand pourrais-je arrêter de me reposer pour bouger un peu ?

— La prochaine fois que tu te réveilleras, tu devrais pouvoir te balader un peu.

— Déjà ! Après si peu de temps.

— Si peu de temps ! s'exclama Peitane. Ça fait déjà cinq jours que je m'occupe de toi nuit et jour. Comme tu es inconsciente, c'est moi qui dois te faire bouger pour éviter les escarres et c'est moi aussi qui doit te laver complètement (Je crus la voir rougir légèrement) ... et crois-moi, ce n'est pas une mince affaire avec un corps inerte.

Je rougis à mon tour, mais cela ne me dérangea pas outre mesure. Quitte à être lavée par quelqu'un, autant que ce soit par elle. Sous les traits durs qu'elle essayait d'afficher, je décelai une grande finesse et une certaine fragilité accentuées par sa bouche généreuse et une apparente douceur de peau.

—Merci, et désolé de t'imposer cela.

Voyant que j'étais un peu gênée, elle se radoucit immédiatement et fut plus embarrassée encore que moi.

—Non, je … ce n'est pas … ça ne me dérange pas, je veux dire … c'est que … oh et puis m...

—Comment t'es-tu retrouvée ici ? dis-je pour désamorcer la situation.

—Pourquoi demandes-tu cela ?

—Ben, ils m'ont ramenée parce que je suis une Delarivière, je viens de l'apprendre, dis-je en fusillant Marc du regard puisqu'il m'avait dit le contraire pour me convaincre de le suivre, mais ça n'a pas l'air d'être ton cas. Alors pourquoi toi et pas n'importe quel autre cadavre.

—Waw, dit comme ça, c'est un peu cru. Mais bon, c'est pas grave, ça me plaît assez. Qu'est-ce que tu voudrais entendre ? Que j'étais une junkie, que je suis morte d'overdose et qu'ils pouvaient donc me faire revenir sans que quiconque ne le remarque. Et bien non, j'étais une fille avec une famille cool, surtout mon père. Je suis morte bêtement. Je pratiquais des arts martiaux depuis mes six ans. Dans un combat d'exhibition, j'ai pris un mauvais coup de talon à la tempe. Je suis tombée sur le sol … mais je crois que j'étais déjà morte avant de heurter les tatamis. Et je me suis réveillée ici, dans un lit similaire au tien.

— Je suis désolée.

— Faut pas ! Ah oui, j'ai oublié de préciser, je volais aussi, et cambriolais des maisons pour me faire du pognon pour sortir et m'acheter des fringues. Comme quoi, une bonne éducation ne t'évite pas toujours de faire des conneries. Mais bon, ça, c'est du passé. Ici, je peux me racheter une conduite.

J'en restai bouche bée.

Marc s'approcha de moi et, en souriant, me fit un clin d'œil avant de tourner la roulette de ma perfusion. Dans les secondes qui suivirent, mes yeux se brouillèrent à nouveau. Dommage car j'aurais bien profité encore un peu de la présence réconfortante et du sourire de Marc … et de la beauté de Peitane … avant de sombrer dans un profond sommeil.

L'odeur de pin me rassura dès mon réveil. Il m'apparut réconfortant d'ouvris les yeux dans un endroit qui me paraissait à présent un peu plus familier. J'avais un sentiment de légèreté et me rendis vite compte que ce n'était pas qu'un sentiment. Ils m'avaient enlevé tous les plâtres. Même s'ils étaient encore engourdis, je pouvais bouger le bras et le poignet sans être transie de mal. Lorsque j'essayai de bouger le bassin, ce fut encore légèrement douloureux, mais peu en comparaison de ce que j'avais subi ces derniers jours.

Je tournai la tête, Peitane me regardait. J'étais heureuse. Je lui souris.

— Alors ? Prête à visiter le manoir ?

— Je peux ?

— Oui, vous pouvez, répondit une voix dans le coin de la pièce.

Face à une petite table, me tournant le dos, un homme en grande tenue blanche se tenait courbé, sans doute le docteur, pour remplir quelques papiers. Il se retourna vers moi. Il n'était pas très beau et pas très jeune, mais son visage était rassurant et chez un docteur, on n'en demandait pas plus.

—Caroline, dit Peitane, je te présente *Maboul*. C'est lui qui t'a soignée.

—Bonjour docteur, merci.

—De rien, répondit-il d'une voix rauque, ce fut avec plaisir. Mais vous pouvez m'appeler Robert ... ou *Maboul* si vous préférez, ajouta-t-il en fusillant Peitane du regard avec le sourire, ils m'appellent tous comme ça, ici.

—Mab ...? Ah oui, d'accord, j'ai compris. Quoi qu'il en soit, merci ... Docteur Maboul.

—Profitez-en, maintenant que vous pouvez vous déplacer.

—Je peux marcher ?

—N'exagérez tout de même pas, (il se pencha devant le lit et tira à lui une chaise roulante qu'il poussa vers Peitane) mais avec ça, c'est possible. Permettez que nous vous aidions.

Je tendis d'un coup les bras en guise de réponse.

Dieu que j'étais heureuse de quitter ce lit et d'enfin découvrir le fameux manoir ! Docteur Maboul souleva mes cinquante-cinq kilos du lit sans trop de difficulté et m'assit dans le fauteuil roulant.

—Voilà mesdemoiselles, à vous pour la suite.

Peitane poussa le fauteuil sans difficulté.

Le couloir longeait une immense baie vitrée tenue par des fers forgés de toutes formes et s'étalait sur au moins vingt mètres. On ne construisait plus de pareilles choses aujourd'hui, ce manoir devait être très ancien. La hauteur sous plafond avoisinait les cinq mètres, immense ! Je ne m'étais pas attendue à cela car la chambre dans laquelle je me trouvais était relativement moderne et sobre, comme un chambre d'hôpital, mais sans fenêtres, rien à voir avec le style antique du manoir. J'en prenais plein les yeux.

Les vitres ouvraient sur une cour intérieure arborée et fleurie au milieu de laquelle trônaient une marre zen et une fontaine. On se sentait immédiatement à l'aise … mais la première question qui me vint à l'esprit fut « qui entretient tout cela ? ».

D'après ce que j'avais pu comprendre, nous devions vivre en ermite la plupart du temps, il était donc peu envisageable d'engager un jardinier. En plus, cela aurait été très imprudent d'amener un humain ici. Dès lors, cela ne m'amenait qu'à une seule conclusion, nous devions le faire nous-mêmes et c'est là que je m'inquiétai. Je n'avais pas du tout la main verte et je détestais ça. Je priai donc qu'il y ait des jardiniers parmi nous.

— Qui s'occupe de toute cette végétation ? demandai-je.

— Certains trouvent cela reposant et aiment bien s'en occuper, heureusement pour moi, répondit Peitane.

— Pour moi aussi, ajoutai-je en souriant, tête dressée en arrière pour capter son regard. Donc, chacun a un peu ses tâches ici ?

— Oui, c'est le seul moyen de fonctionner de manière autonome.

— Qu'est-ce qu'on t'a demandé de faire ?

— Rien. On ne te demande pas de faire quelque chose, pas au sens strict du terme en tout cas. Il existe un grand tableau accroché à l'un des murs de la bibliothèque, c'est juste là, on va s'y arrêter.

Quelques mètres plus loin, nous franchîmes une double porte en bois finement sculpté qui s'ouvrait sur une immense bibliothèque. A part dans les films, je n'en avais jamais vu d'aussi ancienne, quoiqu'en parfait état.

Toutes les personnes que nous croisions me saluaient avec un large sourire en me souhaitant la bienvenue puis reprenaient leur activité.

Cela faisait très artificiel.

Une seule personne ne me rendit pas mon sourire et arriva même vers moi d'un pas décidé et l'air sévère. Ce ne pouvait être que la responsable. Vieille, fripée, un horrible chignon au sommet du crâne, de fines lunettes et des vêtements que même mes grands-parents n'auraient plus osé porter. Une vraie caricature.

— Bonjour, aboya-t-elle, je suis la responsable.

Gagné !

— Sachez, jeune demoiselle, que je ne tolère ni bruit ni distraction d'aucune sorte dans cet endroit. Cette pièce est réservée à la réflexion et au silence.

Une vraie caricature, encore gagné !

— Je comprends, rétorquai-je d'une voix apaisante. Je ferai de mon mieux pour ne pas vous décevoir, d'autant que la tâche ne doit pas être aisée en ces temps dominés par internet et toutes ces consoles de jeux qui font que les jeunes ne tiennent plus en place. (Elle hoqueta, surprise d'une telle réponse venant d'une adolescente, puis vira immédiatement à l'autosatisfaction) Je vous reconnais un grand courage, ajoutai-je pour accentuer encore ce moment riche en hypocrisie.

— Merci … en effet, ce n'est pas évident. (Elle redevint sévère fusillant Peitane du regard.) Enfin une jeune fille avec le minimum d'éducation requise, vous devriez en prendre de la graine, miss Roanne.

Peitane sourit, crispée, et lui fit une révérence exagérée en la narguant.

— Pfff, petite peste, vociféra la femme en s'éloignant.

Elle ne m'avait même pas dit son nom et je ne le demandai pas. J'étais certaine que nos rapports allaient être très sporadiques et peu amicaux après un certain temps, lorsqu'elle se rendrait compte que je n'étais pas différente des autres. Dès lors, connaître son nom n'avait pas la moindre importance ... mais j'allais bientôt apprendre son surnom, j'en étais persuadée.

— Tu l'as bien mise dans ta poche, siffla Peitane, tu es forte.

— Elle n'a pas l'air si méchante que ça.

— La Taupe ? (Et encore gagné !) Tu rigoles ou quoi ? Ne la cherche pas, tu perdras toujours plus qu'elle. Elle a le bras long ici et c'est une vraie teigne. Evite-là au maximum, c'est un bon conseil.

— C'est ça le mur ? demandai-je pour changer de sujet.

— Oui.

Incroyable ! Le tableau s'étalait au moins sur dix mètres et toute la hauteur de la pièce. Toutes les tâches visant à assurer l'intendance du manoir y étaient répertoriées et face à chacune d'elles, les noms de ceux qui s'en chargeaient. Une grande échelle légèrement inclinée, fixée à une barre au-dessus du tableau, coulissait tout du long. Au milieu, un homme était sécurisé par un singe qui courait le long d'une barre longeant l'échelle.

— Devant chaque tâche, expliqua Peitane, tu as trois couleurs possibles. Le bleu, c'est le chef. C'est celui qui coordonne avec les autres chefs de tâches, ils ont une réunion par semaine, j'espère ne jamais être chef.

—Pourquoi ?

—Leurs réunions se terminent toujours en disputes. Mais bon, ce sont eux également qui sont en charge de fournir les moyens nécessaires pour effectuer la tâche. Ce sont donc quasiment les seuls à quitter régulièrement le manoir.

—Et les autres ?

—Nous sommes bien sûr libres de quitter quand nous voulons, mais nous l'évitons autant que possible. Si les humains ne nous font pas peur, on a toujours la crainte de s'en prendre à eux. Mais les *Familles*, elles, nous terrorisent. C'est dangereux dehors.

—Je comprends.

—Pas encore, non, mais bientôt, lorsque Prof t'aura expliqué notre histoire.

—Doc, Prof, vous utilisez toujours les abréviations ?

—Non, c'est juste comme ça. D'ailleurs, tu viens de voir Grincheux, dit-elle en souriant. Bon, revenons à nous. Les noms inscrits en noir, c'est nous, les exécutants. Les croix rouges, ce sont les endroits où il manque cruellement de la main d'œuvre. Comme tu vois, ce n'est pas le choix qui manque, nous ne sommes pas encore très nombreux pour un si grand manoir.

—C'est pour ça que tu m'as dit qu'on ne nous imposait pas de tâche au sens strict. Nous avons le choix, mais dans la liste des postes à pourvoir.

—Et oui, nous sommes une société dans la société, avec ses joies … (elle pointa ensuite le tableau) et ses obligations. L'avantage de ne pas être assez nombreux, c'est qu'on a l'embarra du choix donc, c'est comme si tu choisissais librement.

—Et toi, tu es … (Je cherchais sur le tableau)

Talsicar ?

—Oui, ça veut dire *Entraîneur de sicar*. C'est drôlement plus fun que de tondre la pelouse ou faire la bouffe. La partie pénible, c'est celle du début. S'occuper d'amorphes et handicapés, ce n'est pas trop mon truc, sans vouloir te vexer. Mais d'ici une semaine ou deux, on pourra commencer l'entrainement, ça va devenir plus drôle, tu verras.

—Je ne suis pas sûre, je ne suis pas quelqu'un de très physique, mais on verra. Et Antoine Cerid, ton baksicar, il est comment.

—Tu sais déjà ce qu'est un baksicar ?

—Oui, Marc a déjà dû me l'expliquer.

—Ah, ok. Cerid ? Il est bien. Il fait attention à nous et essaie toujours de nous faire prendre le moins de risque possible. Parfois un peu trop d'ailleurs. On loupe parfois des missions parce qu'il ne la sent pas. J'en ai encore raté une le jour où tu es arrivée. Une mission de dernière minute …

June sans doute, me dis-je, sans lui en faire part.

—… ça aurait pu être fun. C'est comme ça aussi que je me suis retrouvée à m'occuper de toi.

—Je suis désolée pour toi, lui dis-je … mais je suis contente pour moi.

—Merci, ça fait plaisir … mais si t'avais eu une autre gardienne, tu aurais pu lui servir le même discours.

—C'est pas faux, mais quand même, je suis contente, confirmai-je sans lui avouer que j'avais l'impression qu'elle me faisait craquer.

Elle fit le tour de la chaise pour se placer devant moi et me regarda avec un large sourire avant de continuer. Un sourire à faire fondre un glacier grâce à ses magnifiques lèvres d'une incroyable douceur. Je pensai à cet instant que mon rêve avait peut-être simplement réveillé en moi des choses déjà enfouies depuis longtemps. Certes Marc m'attirait, je serais bien hypocrite de le nier, mais certaines choses chez Peitane me faisaient également beaucoup d'effet. Allais-je réellement changer à ce point ? Ou pas ? Voire prendre les deux orientations ? Je n'en savais encore rien à cet instant.

— Moi aussi, dit-elle me sortant de mes pensées. Tu es bien plus agréable que les deux derniers blaireaux qu'on m'a confiés.

— Dans l'état où je suis, ça m'étonnerait. C'était des garçons ?

— L'un d'eux était déjà un homme depuis longtemps, mais des mecs oui.

— Et tu as dû les laver ?

— Ça va pas non ! s'écria-t-elle, provoquant un regard foudroyant de la part de *la taupe*. Oups ! (Elle baissa de plusieurs tons) T'es malade ! S'ils se sont retrouvés avec moi c'est parce qu'il n'y avait pas de talsicar masculin disponible, on n'est pas très nombreux comme tu peux le constater sur le tableau, mais il n'était pas question que je fasse ça, t'es folle ou quoi ?

— Je ne sais pas moi, je demande simplement, affirmais-je en souriant.

— Oui ben, demande plus des trucs pareils à l'avenir, sourit-elle à son tour.

— Promis. Qu'est-ce qu'on fait maintenant ?

— On continue la visite, répondit-elle en poussant la chaise un peu sèchement.

Nous traversâmes encore quelques couloirs ornés

de vieilles peintures, aussi démesurées les unes que les autres, éclairées par des luminaires antédiluviens. Elles représentaient des vieux bonhommes ou des scènes de chasse, parfois même des scènes de guerres anciennes.

Ci et là, bien calé dans le coin de certains couloirs, des vases fleuris égaillaient notre passage. Le chemin était délimité par des tapis d'époque qui étouffaient nos pas. Par contre, il était visible que nous devions entretenir le manoir nous-mêmes et que nous manquions cruellement d'effectifs car rien n'était réellement propre, ni même en excellent état à l'exception de la bibliothèque. Malgré tout, le manoir gardait un charme certain.

Le dédale de couloirs déboucha finalement sur l'entrée principale du manoir. Elle était exactement comme je l'imaginais. Une énorme double porte donnant sur un hall immense renfermant un large escalier aux garde-mains sculptés. Tout était dans la démesure à une époque où l'on construit strictement fonctionnel.

Nous croisâmes quelques personnes pressées mais toutes me saluèrent avec courtoisie … alors que ces dernières avaient mon âge ou à peine plus. Cela venait sans doute du fait que j'étais une Delarivière pure souche. C'était vraiment artificiel et me mit un peu mal à l'aise.

Peitane gravit ensuite les escaliers vers le premier étage en tirant ma chaise à reculons, et y arriva sans difficulté. J'avais oublié un instant que nous étions bien plus fortes qu'avant. Quelques séries de marches plus loin et quelques couloirs lugubres plus avant, nous arrivâmes devant une grande porte, de près de trois mètres de haut. Je fus envahie par un fort sentiment de petitesse. La porte ancienne était parfaitement sculptée. Celle-ci, contrairement aux autres portes que nous avions dépassées, était bien entretenue, presque brillante.

Peitane pressa le bouton à droite et l'instant d'après, une lumière verte s'allumait ... vieux manoir, nouvelles technologies.

Nous pénétrâmes dans une pièce où trônait un bureau Louis XV parfaitement ciré. S'agissait-il bien d'un Louis XV ou d'un autre Louis où même est-ce que cela existe, pas la moindre idée, mais c'était à ça que le bureau massif me fit penser. Derrière le bureau, une chaise au dossier démesuré nous tournait le dos, faisant face à une grande fenêtre quadrillée de métal. Quelques carreaux de couleur en aurait fait un magnifique vitrail d'église.

Je souris tant cela me fit penser à une grossière caricature de film d'épouvante, il ne manquait plus qu'une musique d'ambiance, que Dracula apparaisse lorsque le fauteuil tournerait et le tableau serait complet.

— Professeur Sornes, je vous ai amené Caroline.

La chaise pivota lentement, je pense même qu'elle grinça, mais il est possible que ce soit mon imagination. Je ris de plus belle ... une vrai caricature à nouveau !

Peitane me fila une tape sur l'épaule pour me rappeler à l'ordre avant que le fauteuil n'ait fini de tourner pour dévoiler un homme de petite taille, un peu bouffi, presque chauve dans un costume de velours ... C'en était trop, je pouffai de rire. Cette fois, la claque m'arriva sur l'arrière du crâne.

— Mademoiselle Delarivière ! Je suis réellement enchanté et honoré de vous rencontrer. L'arrivée d'une

Delarivière est chose rare, nous nous devons d'y faire honneur. Vous remettez-vous correctement de vos blessures ?

— Oui, je vous remercie, tentai-je, pour rester polie entre deux rires. La guérison est rapide.

— C'est en effet un des avantages de notre constitution. Et êtes-vous bien installée ?

— La chambre est un peu militaire. Si elle devait devenir mon logement définitif, il me faudrait l'arranger un peu.

— C'est le but, je pense. Dès que vous serez en état, vous pourrez la peindre à votre goût et la décorer comme bon vous semble. Tant que nous sommes si peu nombreux, tout le monde peut avoir sa propre chambre dans ce manoir. C'est un confort non négligeable.

J'essayais réellement de contenir mon fou rire, mais cela m'était quasiment impossible, même sa voix et l'intonation qu'il prenait étaient caricaturales.

Je pris une nouvelle claque derrière l'oreille et j'éclatai bruyamment de rire.

Lorsque je me retournai pour fusiller Peitane du regard, elle rigolait également et nous pouffâmes à l'unisson. Bizarrement, notre très distingué hôte ne se vexa pas, il devait en avoir l'habitude... ou s'en moquer.

— Je le pense aussi, confirmai-je pour ne pas lui laisser l'impression qu'il monologuait. Ainsi, vous êtes notre spécialiste d'histoire des Familles.

Il s'approcha d'une grande toile qui devait être blanche à l'origine mais virait aujourd'hui au jaune pâle et poursuivit en gardant le sourire.

— On m'a chargé en effet de vous expliquer l'histoire des *Familles*, mais comme je sais que ce genre de chose peut vite se révéler rébarbative pour les jeunes, je vous propose de nous limiter à une brève introduction aujourd'hui et de poursuivre plus tard si d'aventure le cœur vous en disait.

— Si cela me dit ?

— Bien sûr ! Vous n'êtes en rien obligée de venir me voir. Je suis à votre disposition et vous décidez de profiter de mon enseignement ou pas.

J'acquiesçai en toussant pour tenter de dissiper mon rire mais mes yeux rougis de larmes me trahirent sans équivoque.

Je me redressai dans ma chaise roulante et détournai le regard vers la grande toile accrochée au mur.

Elle représentait un arbre généalogique très détaillé qui se déclinait en trois couleurs. Je n'avais jamais vu de vrais arbres généalogiques, à part celui que nous avions dû composer à l'école primaire, des années auparavant, mais celui-ci était particulièrement grand. Il s'étalait sur tout un mur, comme le tableau de répartition des tâches dans la bibliothèque.

— Comme vous pouvez le constater, l'arbre n'a qu'une seule racine qui se divise en trois. Trois branches pour trois familles et trois couleurs, même si cela n'est pas très représentatif historiquement parlant. Il n'y a pas réellement trois familles, mais sans doute beaucoup plus, il s'agit ici d'une représentation montrant ce qui, *aujourd'hui*, forme les trois familles.

— On ne dirait pas, intervint-je. On dirait que la toile est très vieille.

— C'est parce que cela est plus agréable à la vue, dit-il malicieusement avec un clin d'œil. Un arbre généalogique si ancien, même conçu aujourd'hui, mérite un look ancien … hum, j'avoue également m'être un peu amusé.

Je souriais de nouveau … caricatural ! Mais je décelai bizarrement chez lui quelque chose de … cool. Oui, c'était le bon terme, cool.

— … Mais cela n'a pas d'importance. La racine est constituée par les époux Laneiros, Adolfo et Adelma. Il s'agissait d'une riche famille disposant d'un important domaine en Espagne. Ils vivaient heureux et avaient cinq enfants tous aussi charmants les uns que les autres … et bla bla bla. Ça, c'est ce que l'histoire nous raconte, dit-il avec un nouveau clin d'œil. En réalité, ils étaient des commerçants sans pitié ayant fait fortune en n'hésitant pas à assassiner leurs ennemis. Leur progéniture d'enfants gâtés qui n'avaient de respect pour rien ni pour personne, dilapidaient l'argent pour leurs petits plaisirs sadiques personnels.

— J'aime quand l'histoire est expliquée comme ça, lui dis-je.

— Je n'en doute pas un seul instant. (Il se retourna vers la peinture) Ils avaient cinq enfants. Trois garçons, Cayetano, Eras et Giordano, et deux filles, Gaia et Iona. C'est à ce niveau que les *trois familles* vont se créer. Les trois garçons vont perpétuer la racine originelle des Laneiros et bien sûr, les deux filles vont ouvrir sur les deux autres familles. Gaia épousa Lautaro Acostas, fils de la riche famille Acostas du sud de l'Espagne. (Là, il commençait déjà à me perdre) C'est la deuxième famille. Iona épousera bien plus tard Louis Delarivière dans le sud de la France … et oui, c'est ton aïeul. Et là, je vois que je récupère ton attention.

Il quitta la peinture pour s'asseoir sur le coin du bureau.

—Mademoiselle Roanne, si vous avez du travail, ne vous sentez pas obligée de rester. Je ramènerai Mademoiselle Delarivière à sa chambre dès que nous aurons fini.

—Merci, Prof. (Elle se pencha à mon oreille et parla bas) Bonne chance.

Son souffle caressa ma joue et sa lèvre effleura le lobe de mon oreille provoquant une vague de frisson d'une incroyable sensualité dans tout mon corps.

—Je vous ai entendu, rigola le professeur Sornes, me sortant de mes pensées.

Peitane quitta la pièce après m'avoir fait un clin d'œil.

—Bien, s'exclama-t-il. Nous pouvons à présent entrer dans le vif du sujet.

—Excusez-moi professeur, puis-je faire une remarque.

—Je vous en prie.

—Vous ne semblez pas affecté par le manque d'intérêt que les membres du manoir semble vous témoigner.

—En effet. Je considère que chacun est libre de ses centres d'intérêts, et je conçois parfaitement que les miens soient à mille lieues de ceux des autres. J'aime mon travail, c'est tout.

—Je comprends, c'est très noble de votre part. Excusez-moi de vous avoir interrompu.

—Pas la peine, mais je salue votre politesse et votre courtoisie. Bon, revenons à nos moutons… espagnols. Je ne vais pas détailler toutes les familles à moins que vous me le demandiez plus tard, je vais plutôt en venir directement à ce que nous sommes devenus, les *sicars*. Savez-vous d'où vient le terme « sicar » ? (Je fis *non* de la tête) Non, bien entendu, je n'en attendais pas moins des jeunes d'aujourd'hui, aussi ignares que les autres, dit-il en souriant.

— N'est-ce pas un genre d'épée ?

Il y eut un court moment de silence. Je crus que j'avais dit une véritable bêtise mais …

— Vous m'épatez ! Vous êtes la première à en avoir une vague idée. En fait, la famille originelle, les Laneiros se sont basés sur le nom littéraire des *tueurs à gage*, les *Sicaires*, Sicario en espagnol.

— Charmant.

— En effet. Au départ, le but des sicars était de régler des situations … disons … délicates. Rappelez-vous ce que je viens de dire sur leur fortune de marchands. Aujourd'hui, ce terme a perdu sa substance bien entendu, mais il est resté. L'épée dont vous parliez est la *Sica*, une épée courte utilisée par les Thraces dans l'antiquité et qui prit très vite le symbole d'arme de prédilection des assassins et des brigands. Lorsque les premiers humains furent ramenés à la vie par les Delarivière, ils reprirent ce même terme par facilité. Dès lors, pour marquer leur différence, les Laneiros changèrent leur dénomination pour s'appeler les *élégides*, les élus. Mais, allez-vous me dire, cela n'explique pas encore ce que nous sommes devenus.

— Mais dites-moi, dis-je avec un léger ton sarcastique, quel est le lien avec ce que nous sommes devenus ?

— Il n'y en a aucun, pour l'instant. Ce n'est que l'exposé d'une situation familiale, rit-il en rejoignant le grand tableau. J'en arrive donc au vif du sujet. Adolfo, le *père originel* en quelque sorte, est féru d'alchimie et il parvint, il y a presque quatre cents ans, à créer une eau de jouvence. Tout du moins, était-ce son but. Il le mit au point avec une jeune femme qui fut brûlée peu après en tant que sorcière ... quelle belle époque, n'est-il pas ?

Son accent légèrement british-my-dear m'amusait, mais il était sympa et son histoire, je veux dire *notre* histoire, commençait à se préciser. J'acquiesçai pour qu'il continue.

—Mais voilà, le breuvage ne fonctionna pas ... pas comme il l'espérait en tout cas. Il continua à vieillir normalement et regretta alors que la *sorcière* ne fut plus à ses côtés car ses compétences étaient loin d'égaler celles de la jeune femme. D'aucuns disent qu'elle était devenue sa maîtresse, mais de cela nous n'avons aucune preuve historique. Les choses se compliquèrent lorsqu'il mourut quelques années plus tard, assassiné par ses concurrents ... juste retour des choses, me direz-vous. Le problème fut qu'il ne le resta pas. Quelques heures plus tard, il se réveillait sur son lit encore plus assoiffé de sang, mais au sens propre cette fois. Le premier élégide était né, l'*élégide originel*.

—Et le début des ennuis ...

—En effet, et vous êtes encore loin de la vérité, très chère. Il ne mit pas longtemps à comprendre ce qui s'était passé et peu après, il fit boire le sérum à sa femme et à ses enfants qu'il assassina à leur tour afin de leur donner la même immortalité qu'à lui. Car même s'il ne pouvait en être certain, il en était tout du moins persuadé ... et il s'avéra qu'il avait raison. En quelques jours, sept élégides assoiffés de sang terrorisaient les rues espagnoles, provoquant une vague de panique sans précédent ... et créant un nombre impressionnant de zombies. Car ils s'aperçurent vite que les gens qu'ils assassinaient ne restaient pas morts. Un peu comme eux mais en plus … basiques. Lorsqu'enfin Adolfo reprit possession de son esprit, il se rendit compte de ce qu'il avait fait. Oh, bien sûr, il ne regrettait rien, ce genre de considération ne l'affectait nullement et il y avait même pris beaucoup de plaisir, mais il y vit une opportunité d'étendre son pouvoir. Son esprit marchand refit surface. Il reprit son contrôle sur toute sa famille et, ensemble, ils exterminèrent tous les zombies. Fin négociateur, il arriva à faire passer ces meurtres sur le compte de la peste.

—La peste ! Les gens étaient-ils si crédules ?

Se dirigeant vers sa chaise, il rit de mon enthousiasme.

—Il y a quatre cents ans, la population n'était pas aussi lettrée que maintenant, ne l'oubliez pas jeune fille. De plus, vous ne le savez sans doute pas, mais au XVI et XVIIème siècle, pas moins de cinquante épidémies de peste éclatèrent en France et en Espagne et ce, pour des durées plus ou moins longues. La peste était donc un mal bien présent abhorré de la population. A cette époque, d'autres infections telles que choléra, dysenterie, charbon ou fièvre hémorragique virale, ont parfois été désignées à tort comme des épidémies de peste par ceux qui les ont subies. Ce qui faisait de cette maladie un mal redouté dans toute l'Europe d'alors.

—En effet, cela leur facilita bien les choses.

—A qui le dites-vous.

—Oui, à qui ?

Il s'adossa à son fauteuil, arborant un large sourire.

—Vous me plaisez, jeune demoiselle, vous avez bien plus d'esprit que la plupart des jeunes de votre âge. (Je remerciai intérieurement les séances de lecture des philosophes avec mon père) Nous pouvons arrêter ici pour aujourd'hui, cela fait déjà pas mal d'informations en une fois. Si vous le désirez, nous pourrons continuer demain.

— Volontiers, répondis-je en poussant sur mes bras pour me dégourdir le corps. Je suis un peu fatiguée.

— Si vous le permettez, je vais vous ramener à votre chambre.

— Vous m'obligeriez.

— Mon dieu ! Elle est merveilleuse, s'exclama-t-il en riant.

Je souris à mon tour et me laissai raccompagner.

Des rêves et cauchemars sur la famille originelle agitèrent mon sommeil. Je les imaginais devant un grand chaudron rempli d'une potion écumante d'une couleur phosphorescente verdâtre. Un sourire pervers déformait leurs visages. Complètement nus, ils buvaient à tour de rôle à la grosse louche, renversant le breuvage sans s'en soucier et terminaient le rituel par une débauche de chair, croquant de pauvres innocents en forniquant, membres d'une même famille, orgie consanguine malsaine.

Puis, peu à peu, mon rêve se transforma. Je retraçai l'assassinat mon père et n'en ayant que peu de souvenirs, j'assistais à toute la scène comme si j'y étais étrangère.

Ma mère sortit alors de sa pièce forte. Elle n'avait rien à voir avec le corps en décomposition qui m'avait tiré de ce mauvais pas, elle était rayonnante, comme de son vivant. Elle me regardait tendrement, comme si elle voulait me rassurer au milieu des zombies qui assassinaient les retardataires du labo. La scène était démesurée. Des dizaines de zombies marchaient bras tendus, râlant de faim, et autant d'humains couraient dans tous les sens pour sauver leur vie … en vain. Quel que soit le chemin qu'ils prenaient pour s'enfuir, chaque issue était murée et lorsqu'ils se retournaient, paniqués, cherchant une autre issue, des mort-vivants les attendaient déjà. Je ressentis une profonde tristesse pour eux.

Ma mère s'approcha lentement de moi, tel un ange. Je sentis mon ventre se serrer et les larmes mouiller mes yeux. Je voulais lui dire à quel point elle m'avait manqué mais aucun mot ne parvint à franchir la paroi qui s'était construite dans ma gorge. Je sentis les larmes couler à flot et mon ventre se nouer plus encore. Elle s'approcha de moi avec une telle douceur que je me sentis rassurée malgré les horreurs qui faisaient aujourd'hui mon quotidien. Sa main allait toucher la mienne lorsque …

Peitane me réveilla brusquement.

Le cœur battant, transpirant de grosses gouttes, je mis un certain temps à me situer dans la chambre, d'autant qu'elle me secouait pour tenter de m'arracher plus vite à mon sommeil. Elle expliquait, volubile, que l'épreuve finale des *Azuls* allait bientôt commencer et que je devais absolument y assister. J'essuyai d'une main les larmes qui avaient coulé sur mes joues et de l'autre, je rassurais mon ventre de la frayeur que Peitane venait de lui infliger.

Elle me souleva avec facilité avant même que je reprenne totalement mes esprits et poussa rapidement la chaise dans l'impressionnant dédale de couloirs de la résidence. Elle ne me laissa même pas le temps de me rafraîchir un peu.

Dans l'immensité du manoir, nous montions et descendions des rampes et autres escaliers jusqu'à des couloirs de plus en plus sombres pour arriver finalement à une grande double porte s'ouvrant sur un vaste gymnase. Nous montâmes nous installer sur les gradins parmi la foule accourue.

— Tu vas voir, me dit Peitane, toute excitée.

— Que se passe-t-il ?

— C'est leur *Ahari*, leur test final. Les azuls qui réussiront deviendront des sicars.

— C'est quoi les azuls ?

— Les *bleus*, toi, en quelque sorte. Mais ceux-ci ont déjà quelques mois d'entrainement et c'est leur ahari. C'est un grand moment pour eux. Regarde-les, ils sont tous tremblants.

— Oui, ça peut être drôle comme jeu.

— Un jeu ? s'exclama-t-elle. Pas du tout ! C'est très sérieux. Ceux qui réussiront l'épreuve défendront notre manoir, les autres manoirs et les sicars de leur famille en cas d'attaque, expliqua-t-elle toute excitée. C'est loin d'être un jeu. Ceux qui gagnent pourront même devenir talsicar un jour, comme moi et peut-être plus tard, baksicar …

— Comme Marc ?

— Comme M… Ah oui, Marc … Oui, comme Marc.

Pourquoi avait-elle hésité ? Ce n'était pas comme si je connaissais beaucoup de monde ici. Cela me remémora qu'elle semblait toujours nerveuse quand nous étions avec lui. Pourquoi était-elle mal à l'aise en sa présence ?

— Regarde ! hurla-t-elle m'arrachant à mes pensées. Ça commence !

Sur le « *sable de l'arène* », les azuls formaient un cercle presque parfait, se faisant face. On aurait vraiment dit une arène comme du temps des gladiateurs, à part que le sol était du béton bien rugueux.

Les gradins débordaient de monde, tout le manoir devait être présent, un peu plus d'une cinquantaine de personnes dans un bruit d'enfer.

Mauvais réflexe de mes cours d'histoire ... ou de films que j'aurais vus ... je cherchai une sorte de loge où se serait tenu le patron du manoir, mais n'en trouvai pas. Mes yeux tombèrent sur Marc qui fixait la scène avec un calme et un sérieux presque troublants. On aurait dit qu'il attendait quelque chose de particulier, comme si le spectacle devait lui dévoiler des secrets.

Comme s'il avait senti que je le regardais, il tourna la tête vers moi et m'adressa un sourire implacable. Je détournai immédiatement la tête pour me focaliser sur les dix azuls.

Ils étaient droits comme des « i », de vrais soldats, mais dans leurs yeux on pouvait lire la peur chez certains et l'excitation chez les autres.

— Il y en a à toi, demandais-je à Peitane.

— Oui, mes deux garçons, je t'en ai parlé. Ils sont là, t-shirt orange. Ils ont accepté de porter le même t-shirt pour que je les retrouve facilement.

Je ne compris pas la raison de cette remarque. Où voulait-elle qu'ils aillent ? La salle était grande, je voulais bien l'admettre, mais l'arène était bien au centre, on ne pouvait pas les perdre de vue.

Un bruit de corne me fit sursauter à tel point que je faillis en tomber de ma chaise roulante. A partir de là, je ne suivis plus grand-chose et je compris pourquoi

71

Peitane avait voulu qu'ils portent un t-shirt bien voyant.

Les participants bondirent dans les airs, atteignant d'un saut les premières lignes des gradins. Je reculai profondément dans ma chaise tandis que tous les autres regardaient la scène avec beaucoup d'enthousiasme.

Les azuls s'agrippaient aux murs pour se propulser à une vitesse prodigieuse sur leurs adversaires. Les chocs étaient d'une rare violence, j'étais certaine qu'ils se brisaient bon nombre d'os et pourtant, ils repartaient aussitôt à l'assaut. On aurait cru que leur vie en dépendait. Leurs visages affichaient une incroyable rage, ils allaient sans aucun doute s'étriper.

J'arrivais à peine à les suivre du regard tellement ils viraient dans tous les sens, mais je distinguais nettement les deux trainées oranges qui voltigeaient dans les airs d'un côté à l'autre de la salle.

Peitane à mes côtés hurlaient à tour de rôle sur ses deux protégés, les encourageant à chaque fois qu'ils frappaient avec succès et les insultants lorsqu'ils se faisaient malmener. Et pourtant, je la trouvais très belle, même dans les insultes. Elle devenait toute rouge à chaque hurlement et ses veines gonflaient sur son front tant elle y mettait de l'ardeur.

Elle me faisait sourire.

Soudain, son visage se figea. Je tournai les yeux et aperçus un des participants arriver vers moi à toute vitesse. Je levai les bras pour me protéger et fermai les yeux en attendant le choc qui n'allait pas manquer de briser à nouveau tous mes os à peine réparés.

Mais rien ne se produisit.

Lorsque j'osai ouvrir les yeux, Peitane était deux

mètres plus loin, sur ma gauche, et le boulet de canon qui m'était destiné s'était écrasé contre le mur avant de retomber groggy sur le sol. Elle avait eu un réflexe inouï pour me protéger.

—Ça arrive, me lança-t-elle en se relevant avec un large sourire. Génial non ?

Je ne répondis pas. J'avais failli mourir et elle trouvait ça drôle.

—Ne t'inquiète pas, tu ne risquais pas grand-chose même s'il t'avait heurté. Au pire, aurions-nous dû attendre un peu plus longtemps que tes fractures guérissent. N'oublie pas que nous sommes quasi immortelles.

—En effet, ça rassure, dis-je d'un ton sarcastique, malheureusement ça n'enlève pas la douleur, ajoutai-je plus sérieusement.

Et je ne voulais plus jamais souffrir ! J'avais déjà eu plus de douleurs en quelques jours de résurrection que dans toute ma vie précédente. J'avais peur de la souffrance plus encore que de mourir.

Peitane reprenait déjà ses cris et invectives vers l'arène où les corps inconscients commençaient à s'agglutiner. Soudain, l'un des participants, enfiévré par le combat, frappa si fort un autre concurrent que sa tête se tordit vers l'arrière dans un angle improbable. Lorsqu'il retomba sur le sol, sa joue était marquée de quatre griffes de sang. Il porta la main à son visage et constata les dégâts avec surprise .Il s'essuya la main sur son t-shirt orange.

Peitane entra dans une rage folle, insultant l'autre combattant et le menaçant de descendre lui faire sa fête puis, s'immobilisa et se tut.

La seconde qui suivi, toute la salle, hystérique

auparavant, se fit silencieuse et l'on n'entendit plus qu'un long cri de douleur au milieu d'un calme pesant. Paradoxalement, le hurlement ne venait pas du blessé mais de l'agresseur qui se tordait au sol, serrant son estomac aussi fort qu'il le pouvait. Il semblait souffrir atrocement et pourtant, personne ne l'avait touché.

Je regardai Peitane. Ses yeux étaient tournés vers un homme d'une trentaine d'années qui fixait l'arène d'un regard sévère. Pour peu, j'aurais cru que c'était lui qui torturait le pauvre garçon … comme je l'avais fait à Axelle dans mon rêve. Ce pourrait-il que … ? Oui, c'était sûrement lui !

Soudain, le regard de l'homme s'adoucit et il tourna la tête vers … Marc ? … qui signa *non* de la tête. Je crois que l'homme aurait tué le garçon si Marc n'était pas intervenu.

Lorsque les cris de douleur cessèrent, Marc se tourna vers moi et m'adressa un nouveau sourire implacable. Je détournai les yeux vers le centre de la salle en rougissant sans doute un peu.

Je crois que je ne compris pas grand-chose à ce qui venait de se passer, je ne disposais pas de tous les éléments nécessaires, mais je me posai beaucoup de questions. Qui était Marc ? Il s'était présenté comme un sicar normal, effectuant une mission comme beaucoup d'autres et pourtant, il dégageait une telle prestance, bien supérieure à celle des autres. Et manifestement, il était loin d'être un novice. Les gens semblaient l'écouter en se sentant parfois mal à l'aise en sa présence … comme Peitane.

—Ça y est ! Il recommence ! lança Peitane alors que le combat reprenait.

Et la foule s'exclama de plus belle, comme si rien ne

s'était passé. Quelques instants plus tard, il ne restait plus que cinq garçons debout et les deux protégés de Peitane étaient du lot, ce qui lui arracha un hurlement de satisfaction presqu'inhumain.

Visiblement, le combat était terminé.

Ils se tournèrent vers le public, le souffle court, chacun se tenant un muscle ou l'autre, meurtri par la violence des chocs. Leur constitution, *notre* constitution, était d'une incroyable résistance.

Peitane ne se tenait plus, sautant sur place comme un enfant attendant une crème glacée.

— Ils ont réussi tous les deux ! Tu te rends compte ?

— Euh, non, pas vraiment.

— C'est pas grave, un jour, quand tu seras à ma place, tu comprendras.

Je venais d'assister à un spectacle totalement surréaliste. Leur rapidité, leur agilité, leur puissance et leur résistance étaient tout simplement incroyables mais même si cela m'impressionna, ça m'inquiéta plus encore. Pourquoi une telle débauche de violence ? Les *Familles* se déchiraient-elles à ce point qu'elles devaient s'entraîner autant.

Contrairement à toute l'assemblée, je n'étais pas euphorique, mais sceptique. Une nouvelle fois, les choses se compliquaient dans mon esprit. J'avais espéré trouver une famille où reprendre une vie normale, j'avais trouvé une sorte de guerre latente.

Je voulais en finir avec la violence et les meurtres et, il y a peu, je voulais même mettre fin à mes jours … et je me retrouvais à tenter de légitimer cette brutalité et ces assassinats avec les autres.

Ce n'était pas ce à quoi j'aspirais.

Lorsque j'imaginais les confrontations entre

familles, je voyais plutôt des hommes en costumes discuter argent, possession familiale et autre problèmes administratifs. Jamais la guerre au sens propre, et avec elle le sang, ne m'étaient venue à l'esprit.

Ma désillusion était profonde.

Je tournai mon fauteuil et envisageai de quitter le gymnase mais j'oubliais qu'il y avait bon nombre d'escaliers d'ici à ... à quel endroit ? Je ne savais même pas où aller ... à ma chambre ... je présume.

Peitane s'en aperçut et me rattrapa rapidement pour me guider. Je ne crois pas qu'elle avait saisi ce qui me tourmentait, mais elle respecta le silence qui se lisait sur mon visage fermé et ne posa aucune question.

Elle me ramena à ma chambre et me souleva pour me déposer sur mon lit, je la remerciai d'un sourire pincé.

—Je vais te remettre la perf, me dit-elle solennellement. Il est temps pour toi de retrouver une certaine indépendance. Tu te réveilleras dans deux jours. Tes blessures seront guéries et tu pourras marcher. Tu feras alors ce que tu voudras.

J'acquiesçai d'un signe léger de la tête, sans dire un mot.

—On est tous passé par là. Tu ne dois pas te sentir mal par rapport à ça ou par rapport à nous. Ce n'est pas facile de se réveiller en sachant qu'on est mort et que notre vie ne sera plus jamais la même. Ça te fait te poser des milliers de questions. Mais tu verras, je n'ai encore vu personne qui n'ait pas passé le cap. Dors, conclut-elle en me caressant les cheveux.

Quelques instants plus tard, je sombrais dans un sommeil noir, sans rêve, pour me réveiller près de trente heures plus tard.

L'odeur de pin me rassura encore dès mon réveil. Même si ce n'était plus vraiment nécessaire, Peitane continuait à égayer la pièce par des odeurs agréables devenues familières. Elle voulait indubitablement que je me sente chez moi.

J'avais pensé exactement la même chose à mon dernier réveil, mais cette fois, la sécurité olfactive fut rapidement balayée par mes pensées noires sur la guerre latente entre les *Familles*. Devais-je rester ici où les gens m'avaient si bien accueillie et risquer de me retrouver au milieu d'une confrontation ... ou partir ? Et où ? Aucun endroit n'allait m'accueillir à bras ouverts, et pour ceux qui me connaissaient dehors, j'étais morte. Je ne pouvais dès lors pas aller les voir.

De plus, sans la nourriture synthétique du manoir, je finirais par me jeter sur le premier venu ... et la douleur reviendrait.

La douleur ... hors de question !

Je me souvins également de ce que Marc m'avait dit sur le fait que les autres familles allaient me rechercher avec des intentions bien moins nobles que les siennes. Il me faudrait d'ailleurs éclaircir ce point avec lui.

En attendant, je décidai de rester, sans avoir vraiment le choix, le temps d'en savoir plus, et pour cela le professeur Sornes pouvait m'aider.

Je souris à Peitane. J'aimais la savoir à mes côtés pendant mon sommeil. Elle était rassurante et son doux visage sous ses cheveux charbon offraient un spectacle rassurant comme première vision de la journée. Son sourire, accentué par ses lèvres généreuses, me réchauffait le cœur mieux que n'importe quel mot. Dès lors, sa simple présence suffisait à me fournir une bonne raison de rester au manoir.

—Salut beauté, lui dis-je encore partiellement dans les nuages.

Son sourire éclata.

Je fondis !

—Hey, heureuse de te voir émerger, dit-elle en me passant une main dans les cheveux.

J'aurais pu ronronner.

—Alors, poursuivit-elle, prête à te lever cette fois.

—Tu penses ?

—Je pense surtout que je ne vais pas passer ma vie à te pousser.

Nous gloussâmes de bon cœur, ce qui m'arracha une quinte de toux. J'étais encore faible.

Je m'assis sur le bord du lit et pris un verre de la mixture mise au point dans les laboratoires Delarivière. Malheureusement, nous ne pouvions rien boire d'autre, toute autre boisson nous aurait torturés, mis à part l'eau … et le sang naturellement.

Comme la faim commençait à me tirailler l'estomac après deux jours de sommeil artificiel et que je sentais la colère monter subrepticement en moi, j'accueillis le sérum comme un breuvage salvateur. D'autant que je savais également qu'il éviterait le retour de la douleur.

A côté du verre, une barre de céréales m'attendait. Elle me soulagerait bien plus longtemps que le simple jus et je la mangeai sans même me demander quel goût elle pouvait avoir. La seule chose qui m'intéressait était de ne plus ressentir la faim, la souffrance et la colère.

— On y va ? dis-je à Peitane.

— Je te regarde.

— J'aurais préféré que tu dises que tu restais à mes côtés en cas de problème.

— Ne fais pas l'enfant, tu vas très bien te débrouiller.

Je me penchai en avant pour aider les muscles de mes cuisses et poussai doucement. Ce n'était pas douloureux, mais l'engourdissement était bien réel.

Je me redressai doucement et faillis perdre l'équilibre, Peitane ne bougea pas. Je me rattrapai de justesse au meuble voisin de mon lit en lui lançant un regard noir. Elle sourit.

— Tu t'en sors bien, continue.

— Tu parles ! On dirait une enfant qui fait ses premiers pas, à cette différence près que *elle* a ses parents pour lui tenir la main et l'encourager.

Où était passée l'assurance dont je faisais preuve à la fin de mon rêve avant mon réveil auprès de mon père ? Je sais que ce n'était qu'un rêve, mais j'aurais bien voulu la retrouver pour me sentir moins maladroite et moins pitoyable.

Je reportai doucement le poids de mon corps sur une jambe et soulevai l'autre pour avancer. Après quelques pas hésitants, mon corps se débloqua et je retrouvai une certaine aisance. Je ne courrais pas encore un cent mètres, mais c'était déjà pas mal.

Les yeux rivés sur moi, Peitane me suivait sans rien dire, un sourire aux lèvres.

— J'ai l'air ridicule, non ?

— Pas du tout, tu es aussi belle debout que couchée et ... (Elle se rendit compte de ce qu'elle venait de dire) bref, tu t'en sors mieux que la plupart de ceux que j'ai coaché. Où veux-tu aller ?

— Chez Sornes.

— Chez Sor... ! Alors là, je m'attendais à tout sauf à ça. Personne ne demande à retourner chez lui ! Pas volontairement en tout cas. T'es vraiment bizarre.

Je lui souris.

— Ok, capitula-t-elle, je t'accompagne.

— Merci, mais j'ai envie de voir si je peux y arriver seule, si tu veux bien.

— Bien sûr ! Plus tu seras indépendante, moins j'aurai de travail. Je vais aller m'entraîner pendant ce temps. Rejoins-moi au gymnase quand tu as fini. Tu trouveras le chemin ?

— Je crois, oui

— Alors à bientôt. Amuse-toi bien ... chez Sornes ! ... N'importe quoi !

Elle quitta la chambre en signant *non* de la tête.

Avant de rejoindre le professeur, je pris une douche réparatrice. Depuis les quelques jours que j'étais ici et malgré les soins de Peitane pour me garder propre, j'en avais besoin pour me sentir mieux.

D'une démarche maladroite et lente, je mis quelques minutes à arriver chez le professeur, m'égarant à plusieurs reprises dans les couloirs.

Les sicars qui me croisaient me remettaient sur la bonne route à grands renforts de politesse. Je trouvais cela tellement artificiel que je maudis une fois de plus le fait d'être une Delarivière.

Le professeur répondit immédiatement lorsque je frappai à la porte. J'entrai et avançai jusqu'à son bureau, le pas encore légèrement hésitant mais déjà plus sûr.

—Vous avez déjà oublié qu'il y a un système électronique au lieu de frapper à la porte. Les jeunes ne sont-ils pas supposés mieux s'habituer aux technologies que nous, les vieux ?

—C'est vrai, je vous l'accorde ...

Je dus marquer une pause, essoufflée de l'effort fourni pour arriver jusqu'à lui et m'affalait dans le fauteuil, les jambes douloureuses. Je profitai de ce court moment pour recentrer mes idées. Je devais surveiller mon langage si je voulais garder la bonne impression que j'avais faite lors de ma première visite. Pour cela, il était certain que les lectures de philosophie avec mon père allaient grandement m'aider.

—... mais vous conviendrez que ce n'est pas nécessairement ce à quoi on peut s'attendre dans un manoir aussi vétuste.

—En effet. Cependant, s'il est ancien, il n'en est pas pour autant vétuste. (Zut ! Je me suis fait avoir.) Il est remarquablement entretenu comme vous avez pu le remarquer.

—Je me dois d'être d'accord avec vous sur ce point.

—Mais, dites-moi, je doute que ce soit l'architecture de notre manoir la cause de votre retour si prompt auprès de moi. Que puis-je faire pour vous ?

—Je confesse en effet mon impatience d'en savoir plus sur ce que je suis et sur notre histoire.

Il se leva de sa chaise, contourna le bureau et s'assit sur le coin du vieux meuble.

—Est-ce là la complète vérité ?

—Je ne comprends pas, répondis-je en feignant de ne pas savoir de quoi il parlait.

—Aucun de vos prédécesseurs n'est jamais revenu … pas aussi vite en tout cas et certainement jamais de son plein gré. Vous comprendrez donc que cela m'intrigue quelque peu.

—Il n'est question d'aucune intrigue, je considère seulement qu'il me sera impossible de comprendre parfaitement le contexte de ma nouvelle vie sans en connaître l'histoire. Et si je ne maîtrise pas cela, je risque de faire des erreurs qui pourraient nous mettre tous en danger. Je ne voudrais pas avoir cela sur la conscience.

—La meilleure des raisons qui soit, dit-il, d'un ton enjoué.

—En plus, comme vous le savez, je suis une Delarivière, je fais donc partie de la lignée originelle. Le regard des autres me le rappelle constamment bien malgré moi. Je ne peux pas me permettre, comme eux, de juste jouir de ma nouvelle condition.

—Dans ce cas, ne perdons pas de temps. Reprenons immédiatement où nous en étions resté : le massacre perpétré par la famille originelle dans leur village et l'épidémie de peste. Ils durent bien entendu nettoyer la ville de tous les zombies qu'ils avaient créés et de là, décider ce qu'ils allaient faire. Même s'ils n'en étaient pas encore certains, ils se pensaient déjà immortels et se découvraient le pouvoir de créer des zombies … funèbres pouvoirs, vous en conviendrez.

—En effet, funèbre est le terme adéquat.

—Jusque-là, ce fut relativement aisé, ils décidèrent de continuer leur vie précédente, à ce détail près, que leurs orgies n'étaient plus uniquement sexuelles mais leur servaient également de repas. (A cet instant, les images de mon rêve sur les familles me revinrent à l'esprit.) Encore aujourd'hui, je me demande comment ils n'ont jamais été démasqués. Pourtant c'est le cas, personne ne soupçonne notre existence. Ce n'est que plus tard qu'ils découvrirent leurs pouvoirs respectifs: la douleur, la peur, le charme, et aussi, lire dans les pensées, provoquer des maladies, et bien d'autres encore. Dès lors, ils ne se crurent plus uniquement immortels mais également invincibles. Adolfo, Adelma, leurs trois fils et Galia décidèrent d'étendre plus loin leur domination. Les trois fils furent mariés à trois filles de familles riches et influentes et Galia à un riche noble, Lautaro Acostas. La famille Acostas forma et forme toujours la deuxième branche.

Il se dirigea vers le mur opposé à l'arbre généalogique où une carte du monde était accrochée. Devant ce document, il continua ses explications concernant les familles.

—Les Acostas sont implantés en Asie et en Océanie. Cela leur prit du temps, mais une fois qu'ils eurent placé suffisamment de pions en Europe, ils purent avancer plus à l'Est. La première branche de la famille, les Laneiros, s'implanta dans toute l'Europe, l'Afrique et l'Amérique.

—C'est énorme comme organisation. Pourquoi s'étendre aussi rapidement. Car en seulement quatre cents ans, je doute que leur influence dans les régions où ils s'installèrent ait eu le temps de se développer. Au mieux ont-ils pu simplement s'y établir.

—C'est vrai pour l'Asie et l'Amérique, mais l'Europe et l'Afrique sont sous forte influence jusqu'aux plus hauts niveaux du pouvoir. Les pions mis en place à des postes clés ont changé de noms pour ne pas attirer l'attention sur la famille originelle. Pour l'Europe, le temps fut suffisant, pour l'Afrique, ce fut l'argent.

—C'est dingue !

Il se retourna d'un bond ... ou presque.

—Ah, attention chère demoiselle, vous perdez votre concentration, voici une exclamation bien jeune.

—Dois-je en avoir honte ?

—Certes non ! C'est très rafraîchissant ... quand ce n'est pas à outrance, dit-il en agitant le doigt.

—Je vous remercie. Une chose me triture l'esprit depuis notre première rencontre. Puis-je me permettre ?

—Je vous en prie.

—Lors de votre première explication, vous avez dit, je cite « Adolfo *est* féru d'alchimie ». Dois-je en conclure qu'il serait possiblement encore en vie.

—Vous êtes d'une redoutable perspicacité, répondit-il en revenant s'asseoir. Vous êtes la première à relever cette fausse faute intentionnelle. Toutes mes félicitations !

—Vous me flattez.

—Il y a en effet tout lieu de croire qu'il est toujours en vie aujourd'hui.

—Incroyable !

—C'est également votre cas aujourd'hui. Si vous ne vous faites pas tuer comme Adelma, vous ...

—Adelma a été assassinée ?

—En effet, un soir d'automne, par un inconnu. Sans doute un commerçant qui avait perdu quelqu'un de trop cher à son cœur. Pour ce que j'en sais, il ne fut jamais retrouvé. Mais elle n'est pas la seule. Un des élégides de la branche Acostas fut également assassiné, dans des circonstances similaires.

— Les *élégides* ? Voici plusieurs fois que vous citez ce mot. Que signifie-t-il ?

— Ce mot vient de *elegido* en espagnol et signifie « élu ». Aujourd'hui, c'est le mot employé pour les sicars créés par la source et non par le sérum de votre père.

— A oui, c'est juste, vous en avez déjà parlé. Y a-t-il un lien entre ces deux assassinats ?

— J'en doute. Pour nous tuer, il n'y a qu'une seule méthode comme vous le savez. Les circonstances se doivent donc d'être relativement similaires. Mais laissons ces considérations macabres de côté, si vous le permettez. (J'opinai du chef.) Je disais donc, arrangez-vous pour ne pas vous faire percer le crâne et vous vivrez tout aussi longtemps que l'*Elegide Originel*.

— Est-ce une bonne chose ?

— Cela dépend uniquement de vous et de ce que vous déciderez de faire de votre vie.

— Oui, je suppose ... mais dites-moi, vous ne m'avez pas encore parlé de ma branche, les Delarivière.

— En effet, je gardais naturellement le meilleur pour la fin. (Il se dirigea à nouveau devant l'arbre généalogique.) La cadette des Laneiros, Iona, supportait difficilement la vie choisie par sa famille. Elle ne pouvait rien faire contre son immortalité, mais elle jugea qu'elle n'était pas obligée de vivre dans le meurtre et le sang continuellement. Il y a fort à parier que c'est de là que vous vient votre réticence vis-à-vis de ce que nous sommes. Vous devez avoir hérité de certains de ses gênes tout comme votre mère. Quoi qu'il en soit, elle s'enfuit en France. Ce fut bien avant que la famille Laneiros ne s'étende dans toute l'Europe mais ce fut sans doute un déclencheur. Elle y vécut un certain temps cachée, et recommença une nouvelle vie en épousant votre aïeul, Louis Delarivière.

Je m'approchai maladroitement du tableau et effleurai le nom de Iona du bout des doigts. Je fus alors envahie par une vague de tristesse.

—Mais les *Familles* ne pouvaient accepter une telle trahison, n'est-ce pas ? demandai-je en connaissant déjà la réponse.

Il marqua un silence et un sourire complice se dessina sur ses lèvres.

—Il n'est visiblement plus nécessaire que je vous explique les tenants et aboutissants de la situation, dit-il solennellement. Vous venez de tout comprendre. Depuis ce jour, ils ont pourchassé votre ancêtre et fini par la trouver. Elle savait que cela arriverait, elle l'avait toujours su.

—Oui, bien mieux qu'ils ne l'avaient imaginé manifestement.

—Qu'est-ce qui vous fait dire cela ?

Je me rassis tant la station debout m'épuisait encore.

—Je présume que Louis ou quelqu'un qu'il connaissait était également féru d'alchimie. Et si elle s'est mariée avec lui, cet aspect était certainement entré en ligne de compte. Elle s'est arrangée pour qu'il trouve un remède et certainement un moyen de détruire les *Familles* même après sa mort. Je parie également qu'au minimum un membre de chaque famille Delarivière étudia la chimie ou la biochimie … comme mon père. (Il acquiesça en clignant des yeux) Et c'est pour cela qu'aujourd'hui, nous sommes ici, terrés dans un manoir à nous cacher du monde, luttant jour après jour contre notre faim, contre notre nouvelle nature et que les deux Familles cherchent à nous détruire avant que nous ne trouvions un moyen de les anéantir. (Il restait silencieux, son sourire amical ne me réchauffait nullement le cœur.) C'est ce que Marc m'avait expliqué, que les Familles feraient tout pour mettre la main sur moi. Mais pourquoi moi plutôt qu'un autre sicar ?

—Parce que vous et votre mère êtes uniques. Vous êtes les premiers Delarivière à avoir subi la transformation depuis Iona et dès lors les seules à disposer des pouvoirs en plus d'une force exceptionnelle. De ce fait, vous êtes à la fois élégides et sicar. Mais ce qui fait de vous quelqu'un d'encore plus exceptionnel, c'est le fait que vous n'êtes pas devenue sicar par le sérum d'origine, mais par la découverte de votre père. Ils voudront dès lors savoir ce dont vous êtes capable et si ce sérum représente une menace ou une nouvelle opportunité pour eux.

—Il est donc clair que je peux oublier de vivre tranquillement.

—Ce sera difficile, j'en ai peur.

—Fantastique ! m'exclamai-je en levant les bras au ciel. Une vie immortelle à fuir, me cacher, me battre et lutter contre la faim et la douleur. Cela ne fait que confirmer ce que je pensais depuis le début ... Je vous remercie infiniment professeur. Il est probable que je revienne vous voir avec d'autres questions ... lorsque je serai parvenue à digérer tout cela. Pour l'instant, cela fait beaucoup en une fois et je ne sais trop que penser.

—Vous êtes la bienvenue, quand vous le désirerez.

Perdue dans des pensées bien noires, je marchai dans les couloirs. Maman avait eu raison, j'aurais dû fuir tout cela avec elle. Au lieu de cela, je m'y étais jetée tête baissée. Je ne savais pas vraiment ce qui aurait été le mieux pour moi, vivre seule et cachée pour finir par me suicider de douleur ou tuée par un humain quelconque, ou vivre ici ... au milieu de cette guerre.

Mais n'allais-je pas aussi à nouveau un peu vite en conclusion ? Personne ne semblait stressé ici, peut-être n'avaient-ils même jamais été confrontés aux deux familles. Finalement la vie ici pouvait peut-être s'écouler paisiblement.

Pourtant, leur entraînement au combat était intensif, ce qui ne voulait dire qu'une chose selon moi.

Si réellement les deux Familles voulaient mettre la main sur moi, j'étais certainement mieux ici, protégée par ces guerriers ... mais dans ce cas, n'étais-je pas leur prisonnière ?

Trop de questions, trop de doutes. Je n'avais rien fait pour mériter cela et surtout, je n'avais rien demandé.

Je m'effondrai dans un couloir sombre, assise à même le mur, enserrant mes genoux. Les larmes perlèrent rapidement sans que je puisse les retenir malgré de grandes inspirations. Je m'enfonçai dans un profond sanglot où j'eus du mal à trouver mon souffle.

Mon cœur battait fort comme s'il forçait pour fournir quelques derniers battements, un peu comme une lampe sur le point de mourir. Mon ventre me torturait.

Je ne voulais plus de tout cela, je voulais vivre en paix, remonter le temps, revenir chez June, dîner avec ses parents et rentrer chez moi à pied contre l'avis de mon père pour éviter l'accident de voiture.

—Papa, tu m'as tuée mais cela ne te suffisait pas, il

fallait que tu me ramènes des morts pour m'infliger une telle vie. (Une larme tomba sur mon bras) Et si je ne le voulais pas, tu ne t'es même pas posé la question. Je ne veux pas de tout cela, je veux une vie normale.

Je comprenais mieux à présent tout ce que ma mère avait tenté de m'expliquer. Elle avait eu raison sur toute la ligne.

—Pardon maman…

J'aurais voulu revenir en arrière et partir avec elle… mais où était-elle ? Trop loin sans doute.

J'avais l'impression que le couloir s'était encore assombri et que je me retrouvais plongée dans le noir, seule au monde … dans quel monde ? … je n'en savais plus rien.

—Qu'est-ce qu'il se passe ? demanda Peitane attristée, me faisant sursauter, je t'ai entendue parler. (Elle vit alors que je pleurais.) Oh, pardon, je ne voulais pas …

—Ce n'est pas grave. Je suis un peu perdue dans toute cette histoire et cette guerre entre familles. Je ne veux pas de tout cela. Je ne veux pas être constamment en danger et prisonnière ici, même si c'est pour être protégée.

—Ok, je vois. Je pense que tu as besoin de prendre l'air, toi.

—Dans le jardin ? Non merci.

—Non, je parle de *vraiment* prendre l'air. Viens avec moi.

Je la suivis, dubitative. Elle n'allait quand même pas nous faire sortir du manoir, c'était trop dangereux, ils ne cessaient pas de le répéter.

Et pourtant si !

Lorsque les immenses doubles portes s'ouvrirent

sur la rue, je ressentis un profond sentiment de libération et une vague d'euphorie m'envahit. Je marchais encore à tâtons vers l'extérieur ... mais cette hésitation ne venait pas de ma rééducation, je craignais seulement de me retrouver dehors dans l'obscurité. En quelques jours seulement, sans que je m'en rende compte, ils étaient arrivés à me convaincre du danger qui guidait chacun de nos pas à l'extérieur du manoir. Si bien que même avec l'envie bien présente, j'hésitais à me lancer à l'aventure.

Peitane m'attendait sur le trottoir, le bras tendu vers moi et le sourire aux lèvres.

Je m'avançai et pris sa main. Elle marcha doucement en direction du sommet de la colline, tenant compte de ma fragilité. La pente n'était pas trop raide, mais j'avais quand même le souffle court. Marcher représentait encore un effort non négligeable.

Quelques villas plus avant, pas trop loin, elle s'enfonça dans un étroit passage, vite étouffé par des arbres denses. Nous débouchâmes sur un magnifique point de vue sur la vallée.

Assise sur le banc, je repris lentement mon souffle et massai mes jambes douloureuses.

— Alors, qu'est-ce que tu en penses ?

— C'est magnifique.

— Je savais que ça te plairait.

— Pourquoi m'as-tu amenée ici ?

— J'ai pensé qu'il serait bien de te sortir de l'ambiance déprimante du manoir. D'autant que tu te prends deux fois plus la tête que les autres azuls.

— Je sais, je n'y peux rien.

— Tu avais un copain, dans ton autre vie ? demanda-t-elle subitement pour changer de sujet.

—Euh … oui. Il s'appelait Marc.

—Tiens ! Comme …

—Oui.

—Il doit te manquer.

—Non, pas vraiment en fait. La passion du début était déjà retombée et je pense que je n'aurais pas tardé à le quitter.

—C'était un con comme les autres ?

—Non, même pas, dis-je en riant. Il était très bien, le gendre idéal en quelque sorte. Ce n'était pas lui le problème … je crois.

—Que veux-tu dire ?

—Je pense que c'était moi.

—Ah bon ?

Je me rendis compte à ce moment que j'en venais à parler des sentiments que j'avais ressentis dans mon rêve et qui étaient encore bien présents aujourd'hui. Mais j'hésitai. Je n'étais pas prête à discuter de cela avec elle car sa possible réaction restait une inconnue. Face à l'homosexualité, les gens ont parfois des réactions extrêmes.

—Non rien, répondis-je. Je n'en sais rien en fait. Ce n'était sans doute la faute de personne. Ça ne marchait plus, voilà tout.

La discussion commençait à me mettre mal à l'aise et je devais vite changer de sujet.

—L'endroit est magnifique. Ais-je dormi tant que cela ? Il fait nuit, donc je présume que oui.

—Presque trente-cinq heures.

—Waw ! Pas mal.

—Tu l'as dit. Mais au moins, tu es debout à présent.

—Les lumières de la ville sont splendides, continuais-je en m'enfonçant sur le banc, je n'avais jamais vraiment pris le temps de les regarder. La maison où nous habitions avec mon père était aussi sur une colline. Elle était moins abrupte que celle-ci, mais on pouvait aussi voir la ville. Celle-ci à l'air plus dense, mais somme toute, je crois qu'elles se ressemblent.

— Je crois que toutes les villes se ressemblent la nuit tombée.

— Oui, sans doute, dis-je ensuite un peu perdue dans mes pensées.

Il avait fallu tant d'évènements pour m'apprendre à apprécier le calme d'une nuit sur un banc à regarder les étoiles et les lumières de la ville : un accident de voiture, un rêve affreux, une résurrection morbide, des instincts meurtriers et une seconde résurrection plus que douloureuse pour me réveiller dans un monde au sein de notre monde. Une société en guerre où j'allais devenir une des proies principales dans les semaines à venir.

Peitane me vit m'enfoncer encore dans mes pensées et mon mutisme. Elle décida de relancer la conversation, mais comme les sujets hors de ma vie ne fonctionnaient pas, elle décida de se focaliser sur ce qui retenait déjà mon attention.

— Tu n'en es pas encore consciente, mais le monde dans lequel nous vivons est loin de celui que tu imaginais.

— Je commence à m'en rendre compte, mais je préférais l'autre. C'était mieux quand je ne savais pas. J'étais encore à l'école, je ne pensais qu'à réussir quelques examens et à draguer les garçons.

— La plupart des gens vivent leur vie sans savoir ce qui existe réellement. Ils vont travailler puis rentrent chez eux revoir leur famille. D'autres vivent seuls et pratiquent leur hobby pour ne pas s'ennuyer. La plupart d'entre eux se plaignent de leurs conditions de vie, mais aucun n'a idée de ce qui se passe réellement.

—C'est vrai, et je les envie.

—Ne les envie pas. Leur monde n'est qu'un monde en sursis.

Cette annonce me fit l'effet d'un poignard en plein ventre.

—Que … ?

—Crois-tu que les familles vont accepter de vivre encore longtemps cachées à surveiller chacun de leur pas ? Sûrement pas. Je ne crois pas qu'ils se sont implantés un peu partout dans le monde pour admirer les paysages et les coutumes locales. Nous sommes plus forts qu'eux et quasiment immortels. Nous ne sommes pas très nombreux à ne pas considérer les humains comme de la nourriture. Un jour ou l'autre, la tendance s'inversera.

—C'est horrible ce que tu dis ! Tu t'imagines, un génocide à l'échelle mondiale.

—J'en suis consciente et malheureusement j'en suis convaincue.

—Comment peux-tu encore dormir en pensant cela ?

—Je sais, c'est peut-être très égoïste, mais en effet, cela ne m'empêche pas de dormir … dans un sens, nous sommes du bon côté.

—Qu'elle horreur ! m'exclamai-je, dégoûtée de ses paroles.

—Je ne dis pas que j'ai raison, et j'espère vraiment que cela n'arrivera jamais, mais j'espère sans y croire. Oh, regarde !

Le son ne nous était pas encore parvenu, mais nous

voyions les flammes bleutées de l'explosion d'un immeuble dans le centre-ville. Sans doute du gaz.

Peu après, le bruit des sirènes résonna dans la vallée et nous parvint comme un boucan inconsistant.

— La ville me manque, soufflai-je.

— Ça, c'est horrible ! s'indigna-t-elle.

— Hein ! Quoi ! Non, je … je ne parlais pas de l'explosion, c'est triste bien sûr, je parlais de ma vie d'avant.

— Mais je sais ! pouffa-t-elle en me frappant l'épaule. Il faut vraiment que tu te détendes.

Elle avait parfois des réactions un peu masculines, mais ça ne me dérangeait nullement. Dès qu'elle souriait, je fondais totalement et ses yeux clairs me servaient d'échappatoire lors que j'y plongeais.

— Un de tes deux azuls n'est pas mal, est-ce que tu …

— Pas intéressée ! coupa-t-elle en faisant signe de me taire.

Son doigt passa ensuite de sa bouche en direction du manoir. Elle voulait me montrer quelque chose, mais je ne voyais rien dans l'obscurité.

— Qu'est-ce qu'il y a ? demandai-je tout bas.

Elle me fit signe à nouveau de me taire et m'indiqua d'observer. Je dirigeai alors mon regard vers le manoir et attendis d'y déceler quelque chose d'anormal. Puis, quelques secondes plus tard, je vis une ombre se déplacer du pied d'un arbre vers un buisson.

— Oh, je l'ai vu !

— Shhht ! siffla-t-elle bien qu'elle aurait voulu me le hurler.

— Pardon …

Elle leva les yeux au ciel … à juste titre. Il est vrai

que je n'étais pas vraiment habituée à ce genre de situation et mes réactions étaient encore maladroites. Le stress et une pointe d'excitation n'arrangeaient naturellement rien.

D'une pression sur l'épaule, elle me força à m'agenouiller entre les buissons afin que personne ne nous vît. Elle me fit signe de ne pas bouger et disparut d'un bond.

Trop curieuse, j'essayai de voir où elle était partie mais ne la retrouvai pas. Son ombre progressait à flanc de colline dans les buissons, entre les ronces, juste sous l'intrus. Observant le manoir, ce dernier ne prêtait aucune attention au félin qui progressait à pas feutrés derrière lui. Peitane ne se trouvait déjà plus qu'à une vingtaine de mètres de sa proie.

Soudain, sur sa droite, j'aperçus une autre ombre qui s'apprêtait à rejoindre son compagnon. Mais alors qu'il se levait, il aperçut Peitane et s'accroupit brusquement. Il observa un instant. S'il avertissait son ami, Peitane le saurait et le combat s'engagerait. Par contre, s'il parvenait à s'approcher discrètement, il pourrait lui tomber dessus et s'en débarrasser sans compromettre leur mission. Aujourd'hui encore, je suis persuadée que c'était sa pensée. Il descendit le talus à l'abri des fougères et obliqua vers Peitane. Une dizaine de mètres à peine les séparaient et il progressait lentement camouflé par la haute végétation.

Ma tension grimpa en flèche. Peitane, mon dieu ! Je ne pouvais pas aller l'aider, mes jambes étaient trop faibles, je n'arriverais pas à temps et quoi qu'il en soit, en cas de combat, je n'avais pas la moindre chance.

Mais je devais pourtant l'avertir … d'une manière ou d'une autre. Mes idées se bousculaient comme la cohue d'un premier jour de soldes. J'aurais pu crier, mais elle se serait retrouvée à se battre contre deux. Je ne voulais pas courir ce risque.

Un autre moyen, vite ! ... Mais il approchait et elle ne se rendait compte de rien. Il allait fondre sur elle sans lui laisser l'opportunité de se défendre.

Je devais arrêter de penser à ça et me concentrer sur une solution pour l'avertir. Il n'y avait qu'une trentaine de mètres qui nous séparait, sans doute pas beaucoup plus ... je devais trouver quelque chose à lancer !

Je regardai fébrilement autour de moi, puis vers Peitane. Il avançait trop vite. Rien autour de moi, à part des branches et de la terre, pas la moindre pierre. Il avançait toujours, plus que quelques mètres. Dans quelques secondes, il serait assez près pour bondir.

Je devais trouver quelque chose !

Je m'arrachai du buisson, me griffant au passage et cherchai près du banc. Le socle en béton était fêlé et un morceau sur le point de se décrocher me criait de venir le saisir.

Je me jetai à genoux, enfonçai mes doigts dans la fissure et tirai par à-coups aussi fort que je pus. Mes efforts restèrent infructueux. Désespérée, prête à me lever pour crier, je m'assis et, de rage, donnai un violent coup de pied ... la pierre se décrocha dans un craquement sec.

Sans perdre une seconde, visant à peine, je lançai la pierre en direction de l'homme. Peitane devait regarder dans la bonne direction. Son ennemi était tout proche, il allait bondir et la pierre mettait trop de temps à retomber. Mon cœur battait fort, la tête me tournait.

L'homme s'écroula ! Le morceau de béton l'avait

atteint ! Une chance inouïe pour un coup magistral.

Peitane tourna subitement la tête et vit l'homme écroulé. Elle se tourna vers moi … je crois qu'elle me sourit, mais dans le noir et si loin, c'était peut-être mon imagination.

Le deuxième homme s'était retourné. Camouflé par les hautes herbes, il n'aperçut ni son compagnon, ni Peitane. Il chercha un instant son complice des yeux et, l'estimant sans doute caché, il reprit son observation du manoir.

Peitane parcourut les quelques mètres qui la séparait de lui et bondit. Il ne se rendit compte de rien et fut maîtrisé en … non, même pas aussi longtemps.

Je tombai assise sur le banc, le ventre serré par le stress. Je fermai les yeux et jetai la tête en arrière en soupirant.

— Bon dieu, plus jamais ça ! Je ne suis définitivement pas faite pour ça.

J'entendis un sifflement, Peitane me faisait de grands signes de la rejoindre.

Le temps pour moi de descendre prudemment la colline, les deux corps inertes attendaient dans le parterre de fleurs. Peitane revenait du manoir accompagnée de deux aides pour emporter les corps. Un des deux hommes montrait une plaie profonde à la tête. Je l'avais tué !

— Enfermez celui-là et enterrez l'autre, ordonna-t-elle, … et prévenez Marc. Joli coup, me dit-elle ensuite.

— Joli coup de chance, je suis sûr de ne pas pouvoir le refaire.

— Détrompe-toi ! Tu seras étonnée avec le temps de voir à quel point nos sens sont beaucoup plus développés qu'auparavant. Il est donc probable que tu puisses le répéter encore … en t'entraînant un peu naturellement.

— Si tu le dis. Es-tu certaine de sa mort ? demandai-je tristement, face à l'évidence.

Je me sentais atrocement mal. Tuer quelqu'un était réellement horrible. J'avais juste voulu prévenir Peitane, jamais je n'avais pensé l'atteindre et encore moins en pleine tête. Je remerciai le ciel de ne pas avoir vraiment vu ce qui s'était passé, je crois que je ne l'aurais pas supporté.

Alors que Peitane tardait à me répondre, je commençai à regarder autour de nous. Quelque chose me gênait, je cherchai, sans parvenir à définir quoi exactement.

Peitane sentit à mon intonation que je ne le vivais pas bien, son attitude changea instantanément.

— Oui, je suis désolée. Cela te plonge peut-être un peu vite dans notre monde. Ça ira ?

— Je ne sais pas …

— En tout cas, merci encore. Pour le même prix, j'étais morte à cet instant.

— Pourquoi, qui sont-ils ? demandai-je en continuant de regarder tous azimuts.

— Tu es sûre que ça va ? me demanda-t-elle avant de répondre. (J'opinai du chef, les yeux partant dans toutes les directions.) Ce sont des Acostas. Ils nous espionnaient et crois-moi, quand ils nous tombent dessus, c'est eux ou nous.

— Je suis contente que ce soit eux dans le cas présent, lui dis-je avec le sourire avant de redevenir sérieuse, mais tout ceci ne me plait pas d'avantage. Que va-t-il advenir de lui ?

—Quelqu'un va l'interroger, un des baksicars ou peut-être même Marc, car ça fait longtemps qu'on n'a plus eu d'intrusion, et puis, il sera sans doute maintenu prisonnier.

—Prisonnier jusque quand ?

—Pas la moindre idée, le cas ne s'est jamais présenté.

—Pourquoi, c'est la première fois que vous faites des prisonniers ? demandai-je pour confirmer.

—Non, nous n'en avons jamais libérés jusqu'ici. Rentrons à présent, il ne faut pas traîner dehors.

Je sentis bien qu'elle avait rapidement changé de sujet pour m'éviter de ressasser cela mais j'accusai malgré tout le coup de sa réponse abrupte et qui lui paraissait pourtant si normale.

—Pourquoi ? Il n'y a plus de risques à présent.

—Non, sans doute pas, mais si tu restes encore dehors, les choses vont mal se passer.

—Que veux-tu dire ?

—Tu chercheras à te nourrir, répondit-elle simplement.

J'accusai le choc. Le stress et l'adrénaline avait faussé mes perceptions. Mon corps cherchait à se nourrir et je ne m'en étais même pas aperçue. Mais à présent que Peitane avait identifié l'objet de ma préoccupation, je ressentis clairement la faim, accompagnée comme de coutume par la colère et la douleur.

Je cherchai un humain à agresser. Cette sensation, même si elle n'était pas encore dominante, me dégoûtait autant qu'elle me faisait envie, je devais quitter la rue au plus vite. En marchant, je tentai de détourner mon attention et une idée germa en moi, me faisant peur.

—Je présume qu'on va devoir déménager à présent.

—Pourquoi ? demanda-t-elle très surprise de la remarque.

—Ben, les familles ont découvert notre cachette.

—Et ce n'est pas la première fois, rétorqua-t-elle. On ne peut pas déménager à chaque fois, sinon on n'arrêterait pas. Nos défenses sont bonnes, tu n'as pas de soucis à te faire. On doit juste être prudentes quand on sort, tu t'en rends compte à présent.

—Oui. *Malheureusement*, pensai-je alors.

Mes craintes étaient de plus en plus fondées et je m'enfonçai plus profondément dans la peur et les regrets.

Une semaine plus tard, je n'avais pas encore commencé mon entraînement. Je n'arrivais pas à passer le cap de me dire que toute cette violence était nécessaire.

Les premiers jours, je ne dormis quasiment pas. Mes nuits étaient agitées de cauchemars où je me réveillais souvent paniquée, trempée de sueur. Je revoyais l'homme que j'avais tué, tantôt comme un monstre venu se venger, tantôt comme quelqu'un implorant de savoir pourquoi je lui avais ôté la vie.

Jamais je n'aurais imaginé qu'ôter la vie d'autrui puisse être si traumatisant, même pour en sauver une autre. Rien n'était moins sûr que je puisse un jour l'oublier.

Ces images en ramenèrent d'autres que je pensais avoir oubliées pour toujours. Je revis le moment où j'avais sauvagement assassiné Lucas et Axelle. Et même si je savais à cet instant qu'il ne s'agissait que d'un rêve, l'horreur n'en était pas moins grande car ces images étaient dans mon subconscient. Sang et violence semblaient appartenir désormais à ma vie de zombie.

Je ne trouvais pas mes marques dans ce monde où tout était axé sur notre protection et la préparation latente à une guerre tellement irréelle. On me parlait des *Familles*, jamais rencontrées, pourtant toutes nos actions étaient dirigées en fonction de cette menace, d'un danger potentiel.

Je me demandais en permanence comment les autres pouvaient vivre au jour le jour sans réellement s'en soucier, comme s'ils considéraient l'entraînement obligatoire comme une simple séance d'exercices physiques.

Je passais mon temps à la bibliothèque où je lisais des livres choisis au hasard pour me changer les idées.

Être sicar … un zombie quoi qu'on en dise … me dégoutait au plus haut point, je me détestais ! Je ne voulais pas vivre en me demandant constamment qui allait m'attaquer et quand. Et s'ils me faisaient prisonnière … jamais je n'arriverais à supporter la torture, je devais être la fille la plus douillette au monde.

Peitane avait beau essayer de me remonter le moral, rien n'y faisait. Marc et le professeur Sornes l'avaient tenté également. En vain.

Bien que totalement libre de mes mouvements, je me sentais ligotée, ficelée comme un gigot par une vie dont je ne voulais pas. Essayer d'en voir les avantages ne m'aidait pas plus, j'avais peur, et rien ne parvenait à me rassurer.

Une seule normalité m'apparaissait dans cet endroit

cloisonné : mes sentiments. Ma condition de zombie n'entachait en rien ma faculté à en éprouver. Mais même là, je me retrouvais à cet instant devant une incertitude. Marc et Peitane prenaient souvent de mes nouvelles mais ne s'imposaient pas et respectaient mon envie d'isolement. Plus les jours passaient et plus je me rapprochais ... des deux.

Ils me plaisaient beaucoup l'un et l'autre.

Je me demandais encore pour qui j'opterais si d'aventure le choix devait s'imposer à moi. Marc représentait la sécurité dans le sens où je m'étais tournée exclusivement vers les garçons jusque-là.

Mais depuis mon rêve, j'envisageais également une autre possibilité. J'étais bien consciente qu'il ne s'agissait que d'un rêve et pourtant, il me semblait si réel que je ne pouvais nier l'impact qu'il avait eu sur moi. Cette direction représentait cependant une voie inconnue où subsistaient encore beaucoup de doutes. Je crois que j'appréhendais à cette orientation car elle amènerait tellement de questions ... et je m'en posais déjà tant au sujet du manoir et de ma nouvelle vie.

J'aspirais juste à un peu plus de normalité.

Ce jour-là, je finissais la lecture d'un thriller politique, mais je n'arrivais pas à entrer dans l'histoire, faisant sans cesse l'amalgame entre l'organisation terroriste, organisation secrète formée d'assassins et les *familles* de mon monde. Je décidai dès lors de changer complètement de style et de choisir des écrits sans rapport avec ma vie. Plusieurs personnes m'avaient conseillé un best-seller d'héroïque-fantaisie. Je m'étais lancée depuis près de trois heures dans cette lecture lorsque je sortis la tête du livre. Pendant ce temps, je crois ne pas avoir pensé à moi. Efficace donc. Un livre un peu « masculin » à mon goût, mais bien fait.

C'est l'arrivée de Peitane qui me fit lever les yeux. Elle venait manifestement de terminer son entraînement et ses cheveux étaient encore humides de la douche. Aplatis par le poids de l'eau, ils dessinaient son visage et faisaient ressortir ses yeux.

Ça lui allait bien.

Mais bizarrement, ce n'est pas vers moi qu'elle se dirigea d'un pas décidé. Je fus surprise et la regardai passer, elle ne m'adressa même pas un regard. Serait-elle fâchée ? C'aurait été compréhensible puisque je passais mes journées à tout sauf à m'entraîner. Nous ne nous retrouvions que le soir pour nous isoler sur le banc à l'extérieur du manoir et admirer les lumières de la ville. Nous y passions une heure ou deux à la tombée de la nuit avant de regagner nos chambres.

Elle fonça droit sur le grand tableau de répartition des tâches. C'est peut-être aussi pour cela qu'elle était fâchée. Je n'avais pas encore choisi d'activité et passais mon temps à lire alors que tout le monde dans le manoir participait à la vie commune.

Et sans doute n'était-elle pas la seule à me juger. Cela me mit un peu mal à l'aise, je ne voulais pas provoquer un jugement négatif à mon égard. Or, à cause de mon comportement, les réflexions devaient fuser dans les couloirs : « L'élue des Delarivière croit qu'elle peut rester à ne rien faire pendant qu'on trime ? » « Non mais, pour qui elle se prend celle-là ! » « Quand je pense que nous devrons peut-être nous battre pour la protéger. » « Et en plus, je suis sûr qu'on court encore plus de risques à cause de sa présence ». Et ils n'auraient pas tort. Sans doute réagirais-je de la même façon à leur place. Il était plus que temps de me ressaisir.

De la main, Peitane effaça certains noms et en écrivit d'autres. Elle modifiait toute la répartition des tâches ! Ce faisant, elle me regarda par-dessus son épaule et je devinai à ses yeux qu'elle souriait. Je ne compris ce qu'elle faisait que lorsqu'elle me lança un des marqueurs ... juste au moment où *la taupe* arrivait et criait dans notre direction.

—Cours ! cria-t-elle en rigolant.

J'étais prise au dépourvu et hésitai, le marqueur en main, et la taupe se hâtant vers moi. D'un bond, je me levai, laissant tomber le livre et courus à la suite de Peitane.

—Sales garces, revenez ici ! vociféra la bibliothécaire au moment où nous franchissions en trombe les grandes portes.

Peitane courait si vite que j'avais vraiment du mal à la suivre alors qu'elle semblait tellement à l'aise. Après quelques détours, je lui criai de ralentir, que la taupe n'était pas derrière nous, mais elle continuait sans modérer son allure. Nous courûmes ainsi jusqu'au gymnase où elle s'arrêta enfin.

J'éclatai de rire, m'appuyant sur son épaule. J'étais tellement essoufflée que j'arrivais à peine à parler.

—T'es ... complètement ... folle. Elle ... Elle va nous tuer ... pour l'exemple.

Cela me rappela ma vie d'avant, à l'école avec June quand elle m'emmenait faire les quatre cents coups. Nous nous étions pris un nombre incalculable de fous rires.

—Il fallait bien te décoincer un peu. Si tu continues comme ça, ton visage va prendre la forme des pages. Et ce serait dommage de gâcher un visage comme celui-là, ajouta-t-elle en rougissant un peu.

—Merci, c'est vrai que ça fait du bien, répondis-je simplement pour éviter de rougir à mon tour. Et maintenant, qu'est-ce qu'on fait. Elle va nous retrouver.

—Elle ne quitte jamais la bibliothèque. Elle a même fait installer une chambre et une salle de bain dans une des pièces attenantes. Mais ça veut dire que tu n'as plus intérêt à y mettre les pieds.

—Et … Oh ! C'est pas vrai ! m'insurgeai-je. Pourquoi t'as fait ça ?

—Il fallait que je te sorte de là ! Tu me faisais déprimer à lire toute la journée. Comme tu ne fais rien d'autre, même nos conversations le soir hors du manoir commencent à tourner en rond. Il faut te ressaisir !

Et elle avait raison !

Si je décidais de rester en vie, je devais au moins essayer de m'occuper utilement et profiter un peu de la vie. Me morfondre n'était pas une solution. Mais je ne savais vraiment pas quoi faire.

—C'est d'accord, comme je n'ai de toute façon plus le choix, dis-je en souriant, je choisirai une activité à partir de demain.

—Pourquoi tu ne viens pas avec moi pour t'entraîner ?

—Le combat et la violence ne m'intéressent pas.

—C'est possible, mais dans notre situation, tu n'as pas trop le choix si tu veux rester en vie.

—Il parait, oui, rétorquais-je sèchement. Mais si je dois le faire, je le ferai à mon rythme.

—C'est ton choix, je le respecte, dit-elle en levant les bras. L'important pour moi est que tu reviennes un peu parmi nous. Peu importe ce que tu choisis. Mais regarde un peu cet endroit. C'est magnifique, tu ne trouves pas ?

Je levai les yeux au-dessus des gradins.

La salle était impressionnante, je devais bien le reconnaître. Et se retrouver dans l'*arène* plutôt que sur les bancs donnait une toute autre perspective. Je compris mieux l'engouement que certains pouvaient y trouver.

Mais pas moi. Je voulais fuir la violence.

Sur les hauts murs, une série de grandes toiles pendaient, entourant la salle. Je ne les avais pas observées à ma première visite lors du combat des azuls, trop accaparée par le spectacle. Elles représentaient des créatures bizarres embringuées dans des combats improbables avec d'autres créatures. J'étais étonnée de les voir en bon état étant donné les combats qui se déroulaient ici.

—Ce sont les gardiens, me dit Peitane.

—Quoi ?

—Ces tableaux, ce sont les gardiens. C'est ainsi que nous les appelons. On imagine que ces créatures de légende nous protègent pendant nos combats et nous aident pendant nos entraînements. Le premier, c'est un Arimaspe, il fait partie du peuple du même nom, une tribu de chasseurs, principalement des archers. Ce qui leur valut, dans la légende, d'être considéré comme des cyclopes, tu sais ? (Elle mima un arc et visa en fermant un œil. J'opinai du chef.) On leur attribue également un grand pouvoir psychique. A sa gauche, tu vois une Nixe, c'est une sorte de sirène qui prend la forme qu'elle veut pour attirer sa proie dans l'eau. Une nixe peut donc être aussi bien un homme qu'une femme. Puis, une Succube, autre animal de légende qui prend la forme de l'être désiré pour se faire mettre enceinte …pendant ton sommeil.

— Pardon !

— Oui, il semblerait qu'elle t'apparaîtrait en rêve sous la forme de celui ou celle que tu aimes. Tu n'as pas conscience d'être dans un rêve et pendant ce temps, elle te viole pour s'emparer de ta semence. Mais cela ne nous concerne naturellement pas car il n'a jamais été fait référence à un viol sur une femme puisque cela n'aurait aucun sens.

— Tu sembles maîtriser le sujet.

— J'ai trouvé ça marrant et intéressant. Je me suis dès lors documentée.

— Et celui-là ? dis-je en montrant le dernier tableau. C'est un humain. Qu'est-ce qu'un humain vient faire au milieu des monstres et autres créatures de légende ?

— Ce n'est pas un humain, c'est un *Changelin*. Il prend l'apparence qu'il veut. Généralement, il apparaît comme un humain, l'animal dominant sur la terre, mais il peut se changer en ce qu'il veut pourvu que la taille soit plus ou moins identique. Il peut être un animal, une biche, par exemple, ou un guépard. Il peut aussi être un homme ou une femme.

— C'est plutôt cool comme pouvoir, plutôt que parler aux zombies.

— En effet, ce serait plus intéressant. Mais chaque don est important. Et toi, au moins, tu en as un.

— Pas toi ? demandai-je.

Mais elle n'eut pas le temps de répondre car elle se figea à l'entrée de Marc dans l'arène.

— Mesdemoiselles, qu'avez-vous fait ? (Nous restions silencieuses.) La taupe est venue me voir et m'a raconté votre petite farce. Allons, ce n'est pas dans vos habitudes, qu'est-ce qui vous a pris ?

Nous hésitions un instant et, lorsque je regardai Peitane, elle semblait mal à l'aise. Qu'est-ce qui lui prenait ? Je décidai de briser le silence.

—C'est ma faute ! J'en avais marre de déprimer et j'ai voulu faire quelque chose de … stupide, je l'admets. Ça ne se reproduira plus.

—Je l'espère en tout cas. Elle fait du bon travail, et même si elle n'est pas des plus joviales, il serait de bon ton de la respecter.

—C'est compris, dis-je un peu gênée.

—Par contre, je suis heureux de voir que tu reprends le dessus. C'est une bonne chose. Quand penses-tu commencer ton entraînement ?

—Je ne sais pas. Peut-être jamais, j'ai horreur de la violence.

—Je comprends, mais …

—Gna gna gna, on n'a pas le choix dans le monde où nous vivons, l'interrompis-je, blasée. Merci, je sais.

Je regardai Peitane, elle restait immobile sans rien dire, comme si elle était tétanisée. Mais pourquoi donc ? Que pouvait-il bien se passer qui provoque cela chez elle ? Marc n'était pas quelqu'un d'effrayant. Certes, il dégageait une incroyable prestance, mais pas au point de la rendre muette. Et lorsque je coupai la parole à Marc, elle le regarda l'air apeuré. Ce n'était pas la Peitane que je pensais connaître.

—Je m'en doute, continua Marc. Mais tu comprends aussi que nous sommes impatients de découvrir ce dont tu es capable, dit-il en souriant. Une Delarivière ici ! Dans *notre* manoir ! Ça n'était encore jamais arrivé et ça n'arrivera sans doute jamais plus. Tu dois comprendre que tu es l'objet de beaucoup de conversations.

— Peut-être, mais ce ne sont pas les autres qui vont me dire ce que je dois faire de ma vie. J'espère encore en décider moi-même.

— Bien entendu ! Tu es libre. (Il s'approcha pour me parler à voix basse.) Et de toi à moi, tant que tu ne fais rien, ils continuent de parler et d'alimenter les bruits de couloir. Pendant ce temps, ils n'ont pas le temps de s'ennuyer. Ça évite beaucoup de problèmes et de disputes et ça permet de garder une meilleure ambiance. Donc, en ce qui me concerne, prends tout ton temps.

— Merci, j'y comptais bien.

— Bonne journée les filles ... et éviter de trop taquiner notre brave bibliothécaire, conclut-il en quittant le gymnase.

Lorsque la porte se referma, je sentis Peitane se détendre subitement.

— Mais t'es folle ou quoi ? m'agressa-t-elle en se prenant la tête dans les mains.

— Pourquoi ?

— Pourquoi es-tu si agressive avec lui ?

— Parce qu'il y a des choses que je ne comprends pas ! m'énervai-je d'un coup. Pourquoi est-ce que tout le monde est si stressé quand il est là ? Il dit n'être qu'un sicar comme les autres, mais j'en doute fort. Donc, il me ment. Alors pourquoi voudrais-tu que je sois aimable avec lui. (Elle restait sans rien dire.) Et toi ? Pourquoi as-tu si peur de lui ?

— Je ... Je n'ai pas peur de lui, répondit-elle pas du tout convaincue. J'avoue quand même qu'il m'impressionne. Il est très fort tu sais. C'est le plus fort ici.

—Et c'est pour ça que tout le monde en a peur ?

Elle hésita, réfléchit un instant puis me donna une explication.

—Le monde dans lequel nous évoluons est particulier. Je sais, on te l'a déjà dit cent fois, mais c'est ce qu'il ne faut jamais oublier car tous nos comportements sont influencés par cette situation. Tu ne peux plus voir les gens comme avant, avec des réactions normales et un semblant d'égoïsme. Dans notre monde, il faut être intelligent, mais surtout fort. Dès lors, celui qui est le plus fort impressionne d'office. Ça n'a rien à voir avec la peur. C'est plutôt le fait de se sentir tout petit, timide face à un tel personnage.

—Je trouve ça un peu exagéré ... mais je veux bien l'admettre, dis-je en m'adoucissant. Je n'ai pas la prétention de savoir comment je dois réagir dans *notre monde* et je suis certainement loin de déterminer qui est impressionnant et qui ne l'est pas.

—Laisse-toi le temps, me rassura-t-elle. Rien ne presse.

—D'accord. Bon, écoute, je vais aller voir le tableau des tâches et choisir ce que j'aurais envie de faire.

—Chez la taupe ! T'es folle ou quoi ?

—Il suffira que je m'excuse, elle ne doit pas être si terrible que ça. Tu viens avec moi ?

—Dans tes rêves ! Plutôt me battre contre les Acostas, c'est moins dangereux, dit-elle avec le sourire.

—T'es bête ! rétorquai-je en quittant la grande salle.

Je m'enfonçai dans les couloirs qui me ramèneraient vers la bibliothèque. La plupart étaient sombres et de larges zones noircies par l'obscurité les rendaient assez inquiétants. Je maudis le fait qu'ils ne soient pas plus éclairés. J'accélérai le pas, peureuse comme toujours de me retrouver ici toute seule.

Soudain, je sentis un mouvement au-dessus de ma tête, comme si quelqu'un venait de passer furtivement puis j'entendis un bruit sourd avant qu'un corps ne s'affale à côté de moi, me faisant sursauter dans un cri d'effroi.

J'étais tétanisée, attendant qu'il bouge, croyant d'abord à une mauvaise farce ... mais il ne bougea pas. Même son torse restait immobile, respirait-il encore ? Un peu curieuse malgré tout, j'avançai pour l'observer, les jambes tremblantes. Je remarquai alors qu'une partie de son cou avait été arrachée, le sang s'écoulait à mes pieds en giclées régulières.

Je reculai rapidement d'un pas, horrifiée.

Je n'avais pas l'impression de le connaître. Je regardai tout autour de moi, paniquée, mais dans l'obscurité, je ne vis personne.

Puis j'entendis des bruits de pas, comme si quelqu'un approchait de moi sans se presser.

Ma tension augmenta tant j'avais peur, tambourinant mes tempes. Le cadavre continuait à se vider de son sang à mes pieds tandis qu'une silhouette claire se dessinait dans la pénombre. L'homme était grand et costaud, coiffé de cheveux blancs, plus que blonds, qui lui tombaient sur les épaules ... du sang coulait de ses doigts comme des griffes d'un félin.

Je me plaquai contre le mur, incapable de bouger. Je sentis les larmes mouiller mes yeux. Si Peitane m'avait vue, elle m'aurait botté les fesses pour que je réagisse, mais je n'avais rien d'une guerrière, j'en étais parfaitement consciente.

Lorsque l'homme pénétra dans la semi-lumière, je

remarquai son visage blême, et ses yeux clairs partiellement cachés par ses cheveux blancs. Il aurait pu faire peur, mais en réalité, il dégageait une incroyable douceur. C'était un pensionnaire du manoir, je l'avais vus dans la bibliothèque … je crois.

Il porta la main à sa ceinture et saisit un instrument ressemblant au marteau utilisé dans les abattoirs pour tuer les cochons d'un coup sur le crâne. Je le reconnaissais, Peitane avait le même à la ceinture. Il s'inclina sur le corps inconscient et le frappa violemment, perçant sans difficulté le crâne pour atteindre le cerveau. Je crois que je n'oublierai jamais le bruit sec et visqueux à la fois. Le corps eut un léger soubresaut avant de retomber inerte.

Puis, il releva la tête vers moi et tendit la main dans ma direction. Effrayée, je m'enfonçai encore plus dans le mur contre lequel j'étais déjà appuyée.

—Il ne faut pas rester ici, d'autres se sont infiltrés. Vous devez suivre l'Ange si vous voulez rester en vie.

—Qu'est-ce qui se passe ici ? cria Peitane qui arrivait en trombe.

J'étais encore sous le choc, si bien que je fus incapable de lui répondre.

—L'Ange a tué l'intrus, répondit l'homme, mais nous ne devons pas rester ici, c'est trop dangereux.

Peitane regarda par terre le cadavre qui se vidait de son sang, se pencha sur lui et déchira son t-shirt d'un coup sec. Sur son torse, un tatouage représentait deux yeux schématisés.

—Les Acostas encore ! Saloperie ! Ils sont de plus en plus entreprenants. Vite, il faut trouver les autres et les anéantir. Merci de l'avoir sauvée, dit-elle à l'Ange. Peux-tu la ramener dans sa chambre et rester avec elle.

Il ne doit rien lui arriver.

— L'Ange s'en occupe.

Mais quelques pas plus loin, deux géants de près de deux mètres, flanqués de bras plus gros que mes cuisses se dressaient devant nous, bloquant le couloir. J'étais totalement paniquée et je n'avais qu'une envie, m'enfuir en courant … mais même ça je n'en avais plus la volonté.

Au loin, derrière les géants, des bruits de lutte résonnaient dans les couloirs. Les sicars du manoir étaient visiblement tombés sur les autres intrus. Les deux hommes me regardaient fixement, l'un cogna l'autre du coude en me montrant du doigt, il n'était pas très compliqué de comprendre pourquoi ils étaient là, ou plutôt pour qui.

Sourire aux lèvres, l'Ange et Peitane s'interposèrent, comme si ce combat leur faisait plaisir.

La rapidité avec laquelle les deux intrus foncèrent sur mes deux protecteurs me rappela le spectacle auquel j'avais assisté dans l'arène. Mais Peitane et l'Ange étaient d'une incroyable habileté. Les Acostas essayaient bien de frapper, tournoyant à l'unisson avec Peitane et l'Ange dans l'étroit couloir, mais leurs coups, pour ce que mes yeux arrivaient à suivre, portaient dans le vide.

Lorsqu'enfin l'Ange se décida à répondre, ses doigts frappèrent la gorge de son adversaire, projetant du sang sur le mur. Peitane quant à elle, se retrouvait derrière son adversaire et lui brisait la nuque d'un coup sec. La seconde suivante, les deux hommes s'affalaient sur le sol.

L'Ange saisit son marteau, Peitane fit de même. D'un coup précis, ils leur broyèrent le crâne.

Le seul moyen de nous tuer est d'anéantir le cerveau.
L'avais-je déjà oublié ?

—Bande d'amateurs, s'exclama Peitane. Allons-y, il ne faut pas perdre de temps.

Moins d'une minute plus tard, l'Ange et moi étions dans ma chambre où il nous enferma à double tour alors que Peitane fonçait pour aider à défendre le manoir. Il se plaça debout face à la porte, contre le mur, fixant l'ouverture avec une parfaite concentration. Si quelqu'un défonçait la porte, il aurait une surprise des plus désagréables. Il affichait un stoïcisme impressionnant mais sous cette façade, il semblait réfléchir intensément.

—Vous vous fiez trop aux apparences, lança-t-il finalement sans quitter la porte des yeux.

—Pardon ?

—On vous a dit des choses que vous prenez trop vite pour vérité.

—Que voulez-vous dire ?

—Vous avez tous les éléments nécessaires pour comprendre la vérité. Il vous appartient de tout remettre dans le bon ordre. L'important est de faire la différence entre la vérité qui vous a été présentée et la vraie.

—Je sens bien que tout n'est pas vrai dans ce qu'on m'a dit ! (je m'agenouillai sur le lit) Mais comment puis-je faire la différence entre la vérité et le mensonge ? implorai-je pour avoir enfin des réponses. Cela ne fait que peu de temps que je suis impliquée dans cet imbroglio, comment voulez-vous que j'y arrive ? Aidez-moi, je vous en prie.

—L'Ange ne le fera pas car cela ne serait qu'une vérité de plus avec laquelle vous battre. Si vous avez déjà du mal avec les informations dont vous disposez, que feriez-vous d'informations supplémentaires venant de l'Ange ?

—Pourquoi me dire cela maintenant et pas plus tôt ?

—Avons-nous eu l'occasion de nous retrouver seuls avant cet instant ?

—Non, en effet. Mais ...

—Si j'étais venu vous trouver au détour d'un couloir, auriez-vous pris le temps de m'écouter. Comment auriez-vous réagi ?

Je baissai la tête en souriant discrètement.

—Je vous aurais pris pour un fou.

Il ne réagit pas, ne dit pas un mot et se contenta de me fixer droit dans les yeux. Il n'en dirait pas plus.

Je me renfermai sur moi-même, et la première image qui me vint à l'esprit fut celle de Peitane. Elle était en train de se battre pour protéger le manoir avec les autres Sicars ... tous se battaient pour me protéger, moi. Car en définitive, c'était bien pour moi que les Acostas étaient venus. Moi, moi, toujours et encore moi. Ne peut-on pas me laisser en paix ? Ma présence nous mettait tous en danger et Peitane la première puisque c'était elle qui devait assurer ma protection en priorité.

Je revis son combat éclair contre les assassins, elle était vraiment forte, mais serait-ce suffisant dans un combat de masse ? Mon dieu, faites qu'elle ne soit pas blessée ! Mon sang bouillonna de peur pour elle. Je me rendis compte à cet instant de la tristesse que j'éprouverais si elle devait mourir ... et cela me terrifia.

Les minutes passaient et les bruits de combat atteignaient de moins en moins ma chambre. Dans un sens ou dans l'autre, l'un des deux camps allait bientôt remporter la victoire. J'imaginai Peitane blessée à mort, éviscérée ou avec un marteau planté dans la tête, ce qui annihila toutes mes tentatives pour ne pas paniquer.

Je me levai du lit et fis les cents pas dans la chambre, ne me souciant plus vraiment que quelqu'un puisse enfoncer la porte. Perdue dans mes pensées macabres, les larmes aux yeux, je ne faisais plus attention à quoi que ce soit.

Je sursautai soudain lorsqu'un violent coup ébranla la porte de la chambre voisine. Trois autres tentatives furent nécessaires à nos agresseurs pour la défoncer. Un groupe d'hommes vérifiaient certainement les chambres tandis que les autres provoquaient une diversion.

Des cris jaillirent à travers le mur, me tétanisant sur place. L'Ange m'attira à lui et mis sa main sur ma bouche, m'ôtant toute faculté de réagir. De l'autre main, il me fit signe de ne faire aucun bruit.

Il me protégeait, mais qui prenait la défense de la fille d'à côté, je ne connaissais même pas son nom. Ce qu'elle allait subir m'horrifiait et mes craintes se vérifièrent lorsque j'entendis le bruit caractéristique du marteau. Je m'effondrai en larmes, l'Ange dû me retenir pour m'empêcher de chanceler.

Le coup suivant s'abattit sur notre porte. Je ne le jurerais pas, mais je pense qu'elle courba sous le choc. Je hurlai dans la main de l'Ange qui me serra plus fort encore contre lui. Il insistait pour que je ne fasse aucun bruit et me jeta sur le lit pour se mettre en garde, son marteau levé bien haut. La porte émit un craquement sec sous un nouveau coup, plus fort que le précédent. Elle ne tiendrait pas longtemps sous de tels assauts.

Pourvu que l'Ange soit assez fort.

—Restez derrière l'Ange, me lança-t-il tout bas. Et préparez-vous à vous battre. Si l'Ange est dépassé, il faudra vous défendre.

Me défendre ! Mais comment ? Je ne savais pas me battre, je ne m'étais jamais battue. C'était ridicule ! J'allais mourir, oui ! C'était la seule conclusion s'il ne faisait pas le poids.

Les coups s'intensifiaient, la porte allait bientôt céder. Soudain, des bruits de lutte traversèrent le bois et plusieurs cris d'agonie furent stoppés net par le bruit d'un marteau.

Le silence … oppressant.

Je faillis tomber du lit lorsqu'on frappa à nouveau.

—C'est moi ! hurla Peitane de l'autre côté.

Je me jetai sur la porte et tournai la clef plus vite que je ne l'aurais cru possible. Je la découvris transpirante, couverte de sang et visiblement essoufflée.

—On les a eus, dit-elle péniblement avec un large sourire sur ses lèvres généreuses.

Je la pris dans mes bras, soulagée de la revoir en vie, mais je serrai trop fort et lui arrachai un cri étouffé. Lorsque je reculai, elle se tenait le côté. Le sang qui la couvrait n'était visiblement pas uniquement celui de nos ennemis.

—Ils étaient vraiment nombreux, dit-elle en arrêtant de sourire, le souffle lourd.

Elle vacilla légèrement et l'Ange la rattrapa de justesse avant qu'elle tourne de l'œil. Il la déposa sur le lit.

—Restez auprès d'elle, me dit-il, l'Ange va chercher le docteur.

Je fis *oui* de la tête, mais il s'était déjà engagé dans le couloir.

—Tu vas bien ? entendis-je faiblement derrière moi.

—Tu rigoles ou quoi ? J'étais cloîtrée ici pendant que tu te battais. Tu es blessée, et tu demandes si *je* vais bien ! Ce n'est visiblement pas une blessure ni la fatigue qui t'enlèveront ton sens de l'humour. (Elle sourit.) Laisse-moi voir ta blessure.

Je soulevai sa chemise et lui arrachai une grimace en découvrant de profondes traces de griffes. J'avais vu ce que l'Ange avait fait à la gorge de l'homme dans le couloir du gymnase. Les entailles n'étaient heureusement pas aussi profondes ni aussi laides mais c'était une vilaine blessure malgré tout car elle perdait beaucoup de sang.

—Ils ont des griffes de métal au bout des doigts, ces salauds ... mais ils se battent comme des gonzesses.

—Ce n'est pas l'impression que ça donne.

—Celui-là m'a eue par derrière alors que je terminais un de ses copains. J'en ai eu sept. Bande de *loosers*. Et même avec cette blessure, j'ai encore eu les deux qui essayaient de défoncer ta porte.

Je lui passai la main dans les cheveux pour les écarter de son visage.

—Je suis contente que tu les aies eus mais je me réjouis plus encore de te voir en vie. J'étais vraiment inquiète.

—C'est vrai ça ?

—Bien sûr ! Mais pourquoi es-tu revenue si vite ici ?

—J'avais bien compris pour qui ils étaient là. Comme la situation s'améliorait à l'entrée, j'ai laissé les autres s'occuper des derniers et ... on ne touche pas à ma protégée, dit-elle en souriant avant qu'une quinte de toux ne la secoue et la torde de douleur.

Puis, son sourire disparut et son visage s'embruma.

—Qu'y a-t-il ? demandai-je inquiète.

—Alb', un de mes deux azuls, il ...

—Ne dis rien, j'ai compris. Repose-toi, on aura tout le temps de parler demain.

Elle s'était endormie avant même que l'Ange ne revienne avec des serviettes et une bassine d'eau tiède. Il déposa en plus un flacon de désinfectant sur la tablette. Le docteur était occupé ailleurs pour l'instant et passerait plus tard.

Pendant ce temps, je restai à la regarder dormir, observant sa lente respiration monter et descendre dans sa poitrine. Couvert de sang et luisant de transpiration, son visage la faisait ressembler à une aventurière.

Elle était si épuisée qu'elle ne se réveilla pas lorsque je lui enlevai ses vêtements et glissai sous elle plusieurs couches de serviettes pour ne pas mouiller le matelas où elle allait continuer à dormir.

A mon tour de prendre soin d'elle.

Je la lavai le plus délicatement possible sans la réveiller, non par peur de sa réaction, mais plutôt parce que je n'aurais pas voulu qu'elle me demande d'arrêter. Cette pensée me gêna un peu, mais cela me plût de la laver. Je commençai par les zones les moins … sensibles … car je sentais à chaque approche mon ventre se serrer et une envie croître en moi. L'éponge à peine mouillée m'obligeait à insister sur certains endroits où le sang avait déjà coagulé. Elle était d'une incroyable beauté malgré les ecchymoses. Son corps entraîné au combat montrait une belle fermeté.

Lorsque je finis de la laver, je rechignai à la recouvrir, mais m'exécutai malgré tout, jugeant que j'avais déjà assez profité de la situation. Pourtant, je ne me sentais coupable de rien puisqu'elle avait fait la même chose avec moi quelques jours auparavant … juste retour des choses. Je me demandais seulement si elle avait éprouvé la même sensation que moi.

Les heures qui suivirent furent d'une incroyable longueur car, si la regarder dormir me plaisait assez, la vie ne m'avait pas encore appris à être suffisamment patiente, je n'avais que dix-sept ans.

Elle se réveilla enfin, me libérant de la chaise inconfortable où j'attendais.

— Tu te sens mieux ? demandai-je immédiatement.

— Oui, répondit-elle, la voix encore ensommeillée.

— Tes bleus ont déjà quasiment disparu.

— Et ma blessure ?

— Attends, je regarde. (Je soulevais doucement le pansement) Elle est déjà bien cicatrisée. La pommade du Doc semble efficace.

— La pommade évite l'infection mais ne soigne pas. C'est notre corps qui guérit rapidement. Il faut bien qu'il y ait des avantages à notre situation.

— Je suis bien d'accord. (J'hésitai un instant et sentis mon visage rougir.) Je suis heureuse que tu ailles bien. Tu as risqué ta vie pour moi, je ne l'oublierai pas.

Sa voix se fit moins tranchante et sévère pour devenir douce et quelque peu gênée.

— Tu m'as lavée, constata-t-elle en soulevant le drap.

— Oui, confirmai-je en rougissant. Chacun son tour. Ça ne te gêne pas ?

— Pas le moins du monde, me rassura-t-elle, un large sourire aux lèvres qui me fit fondre.

— Tant mieux.

—Je suis heureuse aussi que tu ailles bien, dit-elle ensuite, je me suis beaucoup inquiétée pendant que je me battais.

—Tu … Pendant que tu te battais ? dis-je en haussant la voix de surprise. N'avais-tu donc rien d'autre à penser? En te distrayant de la sorte, tu aurais pu te faire tuer, tu es totalement inconsciente.

—Peut-être, mais je m'en suis sortie.

—Tu es inconsciente ! criai-je presque. Si tu étais morte, je ne sais pas ce que …

Je ne pus terminer ma phrase, elle m'avait saisi par le cou et attirée vers elle pour m'embrasser. Mon premier réflexe fut de résister mais elle était trop forte et très vite, nos lèvres entrèrent en contact. Je fus envahie d'une flamme intense qui me parcourut le corps, mes lèvres picotaient et mon ventre se noua. Les premières secondes furent hésitantes, mais lorsqu'elle relâcha son étreinte et que je vis son sourire si magnifique, je l'embrassai à mon tour … sans retenue cette fois, laissant volontiers le feu pénétrer en moi.

—Je suis heureuse que tu sois arrivée ici, me dit-elle. Et encore plus, qu'on m'ait désignée pour te coacher.

—Je suis heureuse aussi, lui dis-je à mon tour avant de reculer.

J'avais envie de ce baiser, mais je ne savais pas très bien si c'était la voie que je choisirais. Après tout, ça ne s'était jamais révélé que dans un rêve. Et même si cela m'avait déjà traversé l'esprit avec June, je ne savais pas vraiment où se porterait mon choix. D'autant que je trouvais Marc craquant aussi et qu'il représentait la sécurité d'un type de relation que je connaissais bien. Je ne voulais pas vexer Peitane mais … j'avais besoin de temps.

—Qu'y a-t-il ? me demanda-t-elle, en me voyant reculer. Tu n'en avais pas envie ?

—Si ... enfin ... je ne sais pas. Mon attirance pour toi est bien réelle, mais je ne sais pas encore si elle se base à ce niveau. Je ... je suis désolée, je ne veux pas te vexer.

—Me vexer ! T'inquiète. Prends ton temps. Quand tu auras pris une décision, je ne serai pas loin. D'accord ?

—Ok mais ...

Elle mit un doigt sur ma bouche et demanda à aller voir les dégâts causés par l'attaque pour aider les autres à tout remettre en état. Malgré son état et la grimace qui la défigura lorsqu'elle se redressa, elle ne comptait pas rester à rien faire. Elle faisait preuve d'une incroyable force, autant physique que mentale. De ce côté, elle était mon opposé.

Il était temps pour moi de participer à la vie dans le manoir et, bien que mes doutes ne fussent pas tous levés, surtout après la réflexion de l'Ange, j'avais à présent une belle raison de rester. Je n'informai pas encore Peitane de ce qui me tracassait mais je le ferais un jour, je me le promettais.

Lorsqu'elle souleva la couverture, elle inspecta sa blessure et jeta un coup d'œil au reste de son corps nu.

—Nous nous connaissons mieux qu'il n'y parait, constata-t-elle avec un large sourire.

—Visiblement, dis-je pour toute réponse en souriant à mon tour.

Les combats de la veille avaient fait rage dans la plupart des couloirs du manoir, mais l'endroit le plus touché était l'immense hall d'entrée où la diversion avait eu lieu.

Les cadavres Acostas avaient déjà disparu et alimentaient un grand brasier au milieu de la cour à l'arrière du jardin. Celui-ci était entouré de hautes haies touffues isolant le manoir des regards indiscrets. Pour le monde extérieur, nous brûlions sans doute quelques branches.

Ce n'était pas la première fois que cela arrivait, je pus le constater au ballet qui se mettait rapidement en place. Les sicars transportaient de grandes bassines, des pelles et des tamis. Les os seraient évacués dès que le feu aurait consumé toutes les chairs.

C'était morbide d'efficacité.

Mes inquiétudes venaient de trouver une réponse. Le calme apparent des pensionnaires du manoir n'était qu'un leurre. Il était exclu d'avoir une vie tranquille en tant que sicar. La guerre était bel et bien présente et elle faisait des victimes en laissant le monde des humains ignorant de cette barbarie.

Le monde était divisé en deux populations, les humains et nous. Et les deux étaient finalement parfaitement similaires.

Les humains se battaient entre eux, comme nous ... pour une simple question de pouvoir et de domination. Les habitants du manoir, les petites mains de cet immense échiquier, s'affairaient à nettoyer le sang, ramasser les débris de verre et de bois et racontaient chacun à leur manière ce qui s'était passé, faisant de cette tragédie un triomphe et une raison de se réjouir malgré ce que cela avait coûté.

De nombreuses tombes quasiment invisibles ponctuaient le sol de l'immense propriété et d'autres allaient être creusées dans les heures qui suivraient. Il n'y aurait pas de funérailles, pas d'invitation envoyée à la famille ... nous étions tous déjà morts une fois et nous y avions déjà eu droit. Nous serions les seuls témoins de ceux qui étaient tombés.

La vérité m'apparut, crue et froide comme nos corps, nous n'étions plus personne, des anonymes sans existence réelle aux yeux du monde.

Comme si ce n'était pas suffisamment atroce de constater cela, toute l'horreur de ce qui venait de se passer me sauta aux yeux lorsque je me mêlai aux autres pour le nettoyage. On croit toujours qu'il n'y a que du sang à enlever après un tel combat, mais c'est faux.

En s'approchant avec une serviette pour nettoyer, une odeur âcre vous saute à la gorge et il ne s'agit pas que du sang. Les morceaux de chair, de peau et de viscères s'accrochent au tissu. C'est là que l'odeur devint nauséabonde ... je retins un haut le cœur.

Me redressant immédiatement, je portai mon poignet à ma bouche. L'odeur de parfum calma l'envie de vomir, mais à chaque fois que je me retournais pour continuer à frotter, la vue d'un morceau d'intestin ou de chair me remontait l'estomac au bord des lèvres.

Pourtant, je ne pouvais abandonner car, à défaut d'avoir pu me battre avec les autres, je voulais au moins les aider. Je devais y arriver coûte que coûte ...sans être sûre d'avoir le cœur suffisamment accroché.

Je serrai la raclette à m'en faire blanchir les jointures et pris une grande inspiration. Je raclais aussi vite que possible, me concentrant sur mes mouvements plus que sur ce que je ramassais, en fermant le plus souvent les yeux dans une grimace de dégoût.

Vint alors le moment de prendre le tout pour le verser dans un seau puis utiliser une serviette pour pomper le sang mélangé au savon. Je me penchai et saisis les morceaux de mes mains en rassemblant tout mon courage, évitant de respirer et gardant la tête sur le côté pour ne rien voir. Cependant, la substance visqueuse imposa l'image du contenu à mon esprit. Je vomis mon maigre repas, à genoux la tête dans le seau. Tous me regardèrent avec interrogation, amusement ou dédain.

Peitane se précipita sur moi.

—Pas avec les mains, tu es folle ou quoi ? On ne fait que rassembler. Les aspirateurs industriels font le reste.

J'entendis les éclats de rire autour de moi.

—Je suis désolée, ajouta-t-elle. J'aurais dû t'expliquer.

Je m'enfuis en courant pour rejoindre ma chambre, les larmes aux yeux. Comment faisaient-ils pour rester aussi stoïques devant autant d'horreur ? Comment étaient-ils assez forts pour se battre en risquant de mourir puis, l'instant d'après, tout faire disparaître avec le sourire et un certain détachement ? Comment faisaient-ils pour laver du sang et des morceaux de corps sans être malades et ne pas fuir en courant ? Comment... ? Etaient-ils si blasés ? Cette pensée me terrifia.

Je pris une douche et frottai le sang à l'aide d'une brosse et d'un flacon presque complet de savon, frottant plus que nécessaire jusqu'à ce que la peau me brûle. Et malgré cela, j'avais l'impression qu'il s'incrustait dans chacun de mes pores, tel un poison. Laissant tomber la brosse je me grattai à m'arracher la chair pour le faire disparaître mais rien n'y faisait.

Mes larmes n'arrêtaient pas de couler.

Laissant l'eau s'écouler, je m'assis dans le liquide rougi, enserrant mes genoux pour me rassurer. Je restai ainsi de longues minutes, l'eau tiède de la douche ruisselant sur ma tête et me brouillant la vue, comme pour effacer toutes les images atroces qui emplissaient mon esprit.

Les heures passèrent où je restai assise sur mon lit en chien de fusil n'arrivant pas à chasser la tristesse et l'horreur qui m'habitaient. Je crois que j'ai pleuré sans discontinuer et n'arrêtai que difficilement lorsqu'on frappa à la porte de ma chambre.

— Entre, répondis-je, en pensant que c'était Peitane.

Mais ce fut Marc qui apparut dans l'embrasure de la porte. Immédiatement, son visage familier et son sourire implacable me rassurèrent. Je ne crois pas, à cet instant, qu'il ait utilisé son don sur moi. Je pense que c'était réellement sa seule présence qui me fit cet effet.

— Je ne te dérange pas ? demanda-t-il poliment.

— Non, entre, je t'en prie, répondis-je en m'essuyant les yeux.

Il s'assit sur le bord du lit comme s'il voulait se montrer plus proche de moi.

— Tu tiens le coup ? demanda-t-il en posant une main réconfortante sur mon épaule.

— Pas vraiment.

— Je sais que je te l'ai déjà souvent dit et je crois ne pas être le seul, mais laisse-toi du temps. Ce n'est pas facile à gérer, surtout au début. D'autant que tu n'as pas de chance. En peu de temps, tu as vécu deux attaques. Or, cela faisait bien longtemps que ça n'était plus arrivé au manoir.

— Je n'ai pas votre courage et votre volonté,

affirmai-je en regardant le mur.

— Personne n'est aussi fort qu'il n'y parait.

— Ah bon ? Pourtant, les autres semblent à l'aise avec tout cela et se moquent allègrement de moi.

— Ce n'est pas tout à fait vrai. Les autres étaient comme toi au début. A de rares exceptions près, ils ont tous vomi la première fois. Ce n'est donc pas réellement de toi qu'ils rigolent, mais d'eux en quelque sorte. Ils se souviennent comment ils étaient à leur arrivée ici.

— Ce n'est pas l'impression que ça donne.

— Et pourtant, la majorité d'entre eux en fera des cauchemars cette nuit, comme à chaque fois.

— A chaque fois ! m'exclamai-je, en le fusillant du regard. Ça veut dire que ça arrive quand même souvent.

— Souvent n'est pas le bon terme et je ne peux pas te donner de moyenne. Mais la dernière fois remonte à quelques mois. Depuis, ils nous laissaient plus tranquilles.

— S'ils se sont fait battre la dernière fois, pourquoi n'envoient-ils pas plus de monde.

— C'est ce qu'ils ont fait la dernière fois mais nous sommes arrivés à les repousser. Nous sommes chez nous, nous avons l'avantage du terrain. Cette fois, c'était différent. L'attaque n'était qu'une diversion pour ...

— ... pour m'enlever, je sais. J'ai compris sans que tu doives l'expliquer. Et c'est sensé me remonter le moral.

— Non, et j'en suis désolé. Ce n'est que la vérité.

Je sentis d'un coup les larmes revenir, j'en avais assez de tout cela. Il s'avança un peu plus sur le lit et se mit à me caresser le dos pour me rassurer, mais c'était inefficace.

— Utilise ton pouvoir, lui dis-je.

— Quoi ? s'exclama-t-il, en se détachant de moi.

— Utilise ton pouvoir. Je ne veux plus être triste et je veux arrêter, ne fut-ce qu'un instant, de me poser ces milliers de questions qui me rendent folles. J'en ai assez de me torturer l'esprit. Je veux que ça s'arrête. (Je me remis à sangloter.) Je veux un moment de calme. Un instant où je ne penserai à rien, ou du moins à rien de mal ou de monstrueux. Je veux un instant de paix, tout simplement.

— Tu es sûre, c'est réellement ce que tu veux ?

— Oui, s'il te plaît.

Il me sourit et cela aurait presque suffi à me redonner courage, mais il m'en fallait plus.

Une seconde plus tard, je sentis une vague d'espoir m'envahir, comme si tout ce qui s'était passé n'était finalement pas si grave. Je souris à mon tour.

— Merci, dis-je en relevant les yeux vers lui.

— Avec plaisir.

— Tu peux me prendre dans tes bras ?

— Comment pourrais-je refuser.

Il me serra contre lui, j'étais bien. Même s'il n'utilisait pas son pouvoir, je me sentais en sécurité. Je voulais rester là pour toujours et ne plus affronter l'horreur du monde dans lequel j'étais forcée de vivre à présent.

— Nous sommes là pour t'aider, dit-il alors doucement. Tu n'es pas seule. Si tu as des questions, tu connais déjà au moins trois personnes à qui te confier. N'hésite pas, car si tu gardes tout cela pour toi, tu prends le risque de perdre la tête. Tout le monde n'appréhende pas cette situation de la même manière. Elle te fait plus peur qu'aux autres, alors ne la laisse pas te dévorer. Accepte l'aide que nous t'offrons.

Il avait raison, j'étais en train de devenir folle. Mais comment me confier, et à qui ? A qui pouvais-je faire entière confiance ?

Je m'apprêtais à lui poser la question quand quelqu'un frappa au chambranle … la porte était restée ouverte.

—Je peux ? demanda Peitane après une hésitation en nous voyant enlacés.

—Bien sûr, répondis-je, les yeux encore humides en me levant rapidement pour la prendre dans mes bras.

—Je vais vous laisser, dit Marc.

—Marc ?

—Oui ?

—Merci.

Il sourit et m'adressa un clin d'œil avant de fermer la porte.

—Comment fais-tu pour supporter tout cela ? demandai-je à mon amie.

—Je crois que je ne me pose pas la question. Ne le prends pas mal, mais je crois que sur ce point, je suis très différente de toi. En fait, je crois que j'aime ça.

—Tu aimes ça ?

—Oui, les combats, l'adrénaline, la victoire.

—J'ai cru comprendre en effet quand je t'aie vue encourager tes deux … oh, pardon … j'avais oublié.

—C'est pas grave.

—Et si tu perdais un de ces combats.

—Alors je serais morte, je n'en aurais plus rien à faire. Mais en attendant, je veux vivre aussi intensément que possible. Je sais que tu n'es pas comme ça et que tu as cette vie en horreur, aussi, si tu préfères éviter tout cela, je ne m'approcherai plus de toi.

—Ne dis pas de bêtises, lui rétorquai-je. Tu es la seule que je connaisse ... et que j'apprécie dans ce manoir (elle sourit). Nous sommes différentes, d'accord, et c'est tant mieux. Si tu étais aussi lâche que moi, nous serions déjà mortes toutes les deux. Nous dirons simplement que nous sommes complémentaires.

—Je suis heureuse de te l'entendre dire. Puis-je malgré tout ajouter quelque chose ?

—Bien sûr.

—Faits attention avec Marc, il n'est pas ...

—Ah non ! S'il te plait, l'arrêtai-je, fatiguée. Je ne veux pas de crise de jalousie.

—Ce n'est pas de la ...

—Alors c'est quoi ! ajoutai-je énervée.

Elle marqua un instant pour ne pas surenchérir directement.

—Ne pense pas pouvoir lui faire confiance trop vite. Il n'est pas ...

—Je ne lui fais pas plus confiance qu'à toi pour l'instant. Je ne fais confiance à personne d'ailleurs. Le seul problème est que, comme je ne connais personne ici, je suis seule. Comment pourrais-je dès lors faire confiance à qui que ce soit. Alors ne me parle pas de confiance, je ne sais même pas ... la discussion est close, conclus-je dépitée.

—D'accord, concéda-t-elle à contrecœur après une courte hésitation.

Livre 4

L'odeur de pin qui m'avait rassurée dès mon réveil les jours précédents s'était dissipée, mais je sentais à présent l'odeur sucrée du corps de Peitane à mes côtés. Nous étions peut-être mortes, mais elle sentait très bon. Je gardais les yeux fermés, de peur que ce ne soit qu'un rêve et que tout disparaisse au jour.

Malgré mon agression de la veille à son encontre, elle avait accepté de dormir à mes côtés. Cette nuit, je ne voulais pas rester seule, j'avais trop peur. En y repensant, je m'en voulais quelque peu de mon attitude envers elle. Je me tournai et déposai mon bras sur son ventre. A défaut de mots, ce geste pourrait signifier des excuses.

Quelques instants plus tard, le doux son de sa voix me confirma qu'elle ne m'en voulait pas.

— Bien dormi ? demanda-t-elle.

— Oui. Ta blessure ?

— Ça cicatrise déjà. Dans quelques jours il n'y paraîtra plus.

— Merci d'avoir bien voulu rester, malgré ...

— Avec plaisir, coupa-t-elle. Je ferais tout pour que tu te sentes au mieux.

Je souris sans relever la tête pour qu'elle ne me voie pas mais me collai quand même un peu plus contre elle pour lui montrer que cela me touchait.

— J'aime être près de toi, dis-je simplement.

— Moi aussi.

J'eus l'impression que le temps se figeait et sentis naître un léger malaise. Je crois qu'elle aussi eut le même sentiment car elle embraya sur un autre sujet.

— Que comptes-tu faire aujourd'hui ?

— Il faut que je voie Marc.

— Marc ?

— Oui, confirmais-je en la regardant un peu de travers pour qu'elle ne recommence pas comme la veille, je veux lui demander où il en est avec ... (J'hésitai un instant de peur de la vexer.) le rapatriement de June.

— N'aie pas l'air si gênée, me rassura-t-elle, c'est ton amie, il est normal que tu veuilles savoir. Tu sais ce que je voulais dire hier, pour le reste, tu es assez grande.

— Il m'avait dit d'attendre un mois, dis-je simplement pour ne pas relever. Nous y sommes. Je veux savoir. Tu pourrais me conduire à lui ?

— Bien sûr. Je te conduirai à son bureau.

— Je me redressai, surprise de ce qu'elle venait de dire.

— Il a un bureau à lui ?

Je me rendis compte à cet instant ne m'être jamais posé la question de savoir où il vivait dans cet immense demeure.

— Bien sûr, pourquoi ?

— Oh, rien. Prenons une douche et allons-y.

L'eau chaude m'enrobait de manière réconfortante et j'en avais besoin. Le savon me purifiait de toutes les horreurs de la veille.

Mais très vite, les questions me revinrent à l'esprit. Pourquoi Marc aurait-il son propre bureau ? Il m'avait dit être un jeune sicar comme nous. Il n'y avait donc aucune raison pour qu'il possède un bureau personnel. Et à présent que j'y pensais, ce n'était pas les seules choses qui m'avaient semblées bizarres à son propos et je me remémorai les paroles de l'Ange.

« Vous avez tous les éléments nécessaires pour comprendre la vérité. L'important est de faire la différence entre la vérité qui vous a été présentée et la vraie. » J'entendais encore sa voix dans ma tête.

Tous les éléments pour comprendre la vérité, tu parles !

Je devais me remémorer tout ce que j'avais vu et entendu depuis mon arrivée ici et, dans tout cet imbroglio, je devais faire un tri et trouver ce qui clochait.

La première chose que je me remémorai était l'explication de Marc à propos du manoir. Les mots étaient flous car à ce moment, je me réveillais seulement de ma transformation et tout mon corps était engourdi.

« Nous sommes une trentaine» m'avait-il affirmé. Pourquoi si peu ? Je ne savais pas exactement combien nous étions dans le manoir, mais plus de trente en tout cas, c'était certain. En plus, il existait visiblement d'autres cachettes, d'autres manoirs, puisque c'était là qu'ils avaient emmené June ... sauf si ça aussi était un mensonge, mais je préférais ne pas envisager cette possibilité car l'issue n'en serait que fatale pour elle. Donc, soit le chiffre n'était pas exact, soit l'histoire à propos de mon amie. Dans les deux cas, il m'avait menti.

Alors que j'y réfléchissais plus profondément,

Peitane m'avait semblé pâlir quand j'avais parlé de June la première fois. Pourquoi ? Mais, je me trompais sûrement, j'étais encore dans les vapes à mon réveil. Je ne voyais pas Peitane me cacher quelque chose. Par contre, Marc ... avec son pouvoir d'attendrir les gens, il a pu me faire croire ce qu'il voulait. Ce n'était donc certainement pas un hasard si c'était lui qui était venu me chercher.

Et je me rendis compte d'une chose supplémentaire : il n'était pas censé avoir de pouvoir ! Le Professeur Sornes m'avait dit que seuls les originels et leurs descendants disposaient de pouvoirs. Les autres n'en avaient pas. Bon dieu ! Comment n'y avais-je pas songé plus tôt ? Il serait donc un Originel, descendant direct des Delarivière et donc ... non, c'était impossible ! Mon père n'a utilisé le sérum que sur ma mère et moi. Il ne reste donc qu'une seule possibilité : il fait partie d'une des deux autres Familles ! Il serait un élégide !

Mon cœur s'emballa à l'idée que tout ce qui m'entourait pouvait n'être qu'un énorme mensonge et que je m'étais jetée tête baissée dans un piège. Je m'appuyai contre le mur, la tête me tournait, je ne sentais même plus l'eau de la douche couler sur moi.

Comme l'attaque venait des Acostas, Peitane les avait bien identifiés, il ne pouvait donc être qu'un Laneiros !

Tout le manoir ne serait alors qu'une farce pour me faire croire à ... à moins que personne d'autre ne fut au courant. Aaah ! Tout cela était si compliqué. Si Marc était réellement un Laneiros, j'aurais mieux compris pourquoi Peitane se sentait si mal à l'aise en sa présence, sa puissance devait être considérable ... mais ça aurait voulu dire également qu'elle était au courant.

Je priai le ciel de me tromper dans mes réflexions.

Pas elle !

Mais mon esprit continuait à rassembler les morceaux de l'immense puzzle que constituaient mes souvenirs. Bien sûr que tout le manoir était au courant ! Ils sont tous des Laneiros !

Pendant l'Ahari des azuls, l'un d'eux avait été torturé … par un sicar du public qui disposait également d'un pouvoir, il ne pouvait donc être lui aussi qu'un élégide Laneiros.

Tout commençait à s'effondrer autour de moi, une fois de plus. Pourquoi l'Ange ne m'avait-il pas donné directement la solution?

Et cet homme, au pouvoir de torturer, il avait obéi à un simple regard de Marc. Ce qui voulait également dire que Marc n'était pas un simple élégide, mais quelqu'un de bien plus important.

Dans quel nid de guêpes m'étais-je fourrée ? Pourquoi l'avais-je suivi jusqu'ici, charmée par ses belles paroles ? Quelle naïve j'avais pu être !

Si tout ce que je pensais était vrai, je leur avais également offert le sérum puisque j'avais ouvert les portes du laboratoire des Delarivière. Et j'aurais dès lors trahi ma famille avant même de la connaître.

Tout se mit à tourner autour de moi, j'étais sur le point de perdre l'équilibre et de m'effondrer dans la douche. La nausée me gagna rapidement. Je relevai la tête pour m'asperger d'eau et reprendre rapidement mes esprits.

Et si toutes ces élucubrations étaient erronées.

S'il y avait une autre explication.

Une seule étape fautive dans mon raisonnement et

tout tomberait à l'eau. Je devais m'en assurer avant de tirer des conclusions définitives ... et ce avant de revoir Peitane. Le moindre doute et je n'arriverais pas à la duper, elle s'en rendrait compte immédiatement ... et, suivant le camp auquel elle appartenait, cela nous mettrait dans une situation plus que délicate.

Le seul moyen de m'en assurer, c'était d'aller voir Marc, je verrais bien sa réaction. Mais je devais surtout parvenir à ne pas le juger avant d'être certaine de la vérité. Car je pouvais tout aussi bien me tromper complètement et l'Ange m'aurait alors fait hésiter pour rien.

— Tu comptes encore rester longtemps sous la douche ? héla Peitane.

— Non, non, je sors tout de suite, répondis-je hésitante, toute à la surprise d'entendre sa voix. Écoute, va t'occuper de ton côté, je trouverai bien le chemin toute seule.

— Ok, comme tu veux. Il est dans la même aile que le prof Sornes, au deuxième.

— D'accord, je devrais trouver sans problème.

— A tout à l'heure ?

— Oui.

Une chose était évidente, tout le monde savait avec précision où se trouvait ce bureau. Je n'eus dès lors aucun mal pour y arriver. A droite de la porte, il y avait le même bouton qu'au bureau du professeur Sornes. Je ne frappai donc pas.

— Entre ! cria-t-il.

Son bureau était aussi grand que celui de Sornes, mais le mobilier était plus récent. Du coup, les grandes vitres quadrillées de métal juraient dans l'ensemble.

C'était en tout cas la sensation que j'en avais mais d'autres diraient certainement que la confrontation ancien-moderne était du plus bel effet. Soit. Je n'étais pas venue pour admirer le travail de l'architecte d'intérieur.

Je me rendis compte qu'il ne savait pas qui était derrière la porte et pourtant, il tutoyait directement, c'était quand même étrange.

— N'aie pas l'air si surprise, dit-il en riant, alors que je fermais la porte. J'ai croisé Peitane, elle m'a dit que tu passerais me voir après ta douche. Comment vas-tu ?

Son sourire était craquant, tout autant que celui de Peitane. Le plus étonnant fut que la comparaison s'imposa immédiatement à mon esprit, comme si je cherchais, inconsciemment ... ou pas ... à faire un choix. Mais je devais mettre ces pensées de côté pour me concentrer sur le but réel de ma visite. Malgré tout, sa beauté me déstabilisa.

— Euh, bien, merci.

— Parfait ! Que puis-je faire pour toi ?

— En fait, je suis venue car je me pose pas mal de questions.

— Dans ce cas, s'il ne s'agit pas de détails sur l'histoire des familles, tu es au bon endroit. Assieds-toi et raconte-moi tout.

— Pourquoi m'avoir menti ?

— Ah d'accord, c'est direct, répondit-il sans se décontenancer.

— Non, je ... excuse-moi ... je ne voulais pas mais je ne vois pas comment l'aborder autrement.

Pourquoi me sentais-je aussi déstabilisée vis-à-vis de lui ? Serait-ce une partie de son pouvoir, déstabiliser les gens autant que les réconforter ? L'utilisait-il à cet instant ?

—Ce n'est rien, me rassura-t-il. J'avoue avoir dû te mentir sur certaines choses mais si tu précises ta pensée, je pourrais t'expliquer.

Je me redressai sur ma chaise bien que je m'y tins déjà parfaitement droite. Il restait trop calme et trop jovial alors que je l'avais ... intentionnellement ... accusé. Je trouvai ça douteux. Je décidai donc de l'attaquer en commençant par une évidence.

—Tu n'es pas un simple sicar qui a été envoyé pour me sauver.

—Non, pour la première partie et oui, pour la seconde. Je suis bien venu te sauver, ça tu ne dois pas en douter. Par contre, je ne suis en effet pas un sicar au sens classique du terme.

— Au sens classique ? Tu te rends compte de ce que tu viens de dire.

—En effet, éclata-t-il de rire. (Il était vraiment craquant, comment allais-je faire pour rester objective) Il est vrai que quand on débarque dans notre monde, tout cela ne semble pas *classique*. Mais quand on y vit depuis aussi longtemps que moi, on voit les choses différemment.

—Mais tu n'as été transformé que depuis quelques mois, m'as-tu dis.

J'affirmai cela, mais à mon ton, je lui montrais clairement que je n'y croyais pas.

—Manifestement, tu sais à présent que ce n'est pas le cas. Au moment où je t'ai rencontrée, je devais te mettre en confiance. Si j'étais débutant et même un peu maladroit, j'obtiendrais plus facilement ta confiance. Je suis désolé de t'avoir un peu manipulée, mais l'important était de te ramener ici, j'espère que tu le comprends aujourd'hui.

— Quel âge as-tu ?

Il sourit discrètement puis s'assis à son tour.

— J'ai trois cent quarante et un ans.

J'avoue être restée sans voix. Je m'attendais bien à un âge avancé, mais là …

— Mon nom est Cayetano Laneiros.

Je m'effondrai dans ma chaise. Cayetano Laneiros ! Un des trois fils originels ! Je ne m'étais pas trompée, j'étais bel et bien tombée dans un piège. Une vague de panique m'envahit et je sentis mon sang circuler lourdement dans chacune de mes veines. J'étais tétanisée sur ma chaise. S'il voulait me torturer ou me tuer, je n'aurais même pas pu me défendre ou tenter de m'enfuir.

Il éclata de rire.

— Allons, du calme. Je comprends ton stress, mais malgré mon nom, je ne fais plus partie de la *Famille Originelle*. Ils sont à ma recherche tout comme à la tienne, d'ailleurs. Disons pour être précis, que le sort qu'ils me réservent n'est pas aussi enviable que le tiens. Laisse-moi t'expliquer.

Je sentis mon corps se détendre … juste un peu, mais j'étais toujours incapable de parler, mon cœur battait encore trop vite et je commençais à transpirer. J'agrippai les accoudoirs du fauteuil afin qu'il ne vit pas le tremblement de mes mains.

— Il y a une centaine d'années, j'ai quitté toute l'organisation des Laneiros, je ne supportais plus leur machiavélisme et leurs actes sanguinaires. J'ai d'abord erré seul pendant plusieurs dizaines d'années … années dont je ne suis pas très fier non plus. Je devais en effet me nourrir, et tu sais ce que cela signifie pour nous. Puis, un jour, j'en eus marre de fuir et de me cacher en vivant chaque jour dans la crainte de me faire attraper ... comme Iona, ma sœur, trois cents ans auparavant.

Il se leva et marcha jusqu'à la fenêtre. Il me tournait le dos en regardant vers l'extérieur. Je voulus me lever et fuir aussi loin que possible, mais je restai ... ma curiosité avait été piquée au vif et je ne ressentis étrangement aucune menace.

—Je décidai alors de rejoindre les Delarivière, mes ennemis de toujours. Ils étaient les seuls à pouvoir m'aider. Et je pouvais les aider en retour en leur fournissant des informations précieuses. C'est notamment grâce à celles-ci que ton père a pu finaliser les deux sérums. Mon intégration ne fut pas aisée, tu t'en doutes, et il fallut plusieurs dizaines d'années de plus pour qu'ils me tolèrent enfin. J'arrivai dès lors à les convaincre que leurs seules bonnes intentions ne feraient pas le poids contre les Laneiros et les Acostas. Ils devaient pouvoir se défendre. Je leur proposai de créer une antenne supplémentaire, ce manoir. Je recruterais à mon tour des sicars et les entraîneraient. Voici comment je me suis retrouvé à la tête de ce manoir.

—Et voilà pourquoi tu as des pouvoirs alors que les sicars créés par les sérums n'en ont pas.

—En effet, confirma-t-il en se retournant pour revenir vers moi. C'est donc cela qui te fait douter de moi. Bravo, je te félicite, tu es très perspicace.

—Mais ça n'explique pas pourquoi d'autres ont également des pouvoirs.

—Impressionnant ! Tu es également très observatrice. En effet, il y a d'autres Laneiros ou des descendants et même deux Acostas. (Il s'avança et s'appuya des deux mains sur son bureau.) La force d'une organisation tient dans la connaissance de son ennemi. Et pour parfaitement connaître son adversaire, il n'y a que deux méthodes réellement efficaces. Les taupes, et je ne parle pas des bibliothécaires, sourit-il, et les traitres. Je m'efforce donc de m'entourer au mieux de ces deux atouts. Pour les Laneiros et les Acostas, bien qu'ils se détestent entre eux aujourd'hui, ils sont au moins d'accord sur le fait que je suis un traître. Et ils en ont fait la publicité partout dans le monde. Cela a eu pour effet que je suis devenu l'élégide le plus recherché au monde mais cela nous aida également. En tant que fils de la famille originelle, mon évasion fit tant de bruit qu'elle incita d'autres qui, comme moi, en avaient assez et voulaient en finir avec cette vie, de suivre le même chemin. Grâce à un petit réseau fidèle de renseignements, je les ai trouvés et je les ai enrôlés.

—Combien y en a-t-il ?

—Sur la cinquantaine que nous sommes dans ce manoir, il y en a une dizaine, malheureusement pas plus.

—Qui sont-ils ?

—Je suis désolé, mais je garde cette information secrète. En fait, personne ne sait qui nous sommes réellement ici, à part moi. C'est une promesse que je leur ai faite au moment où ils ont accepté de nous rejoindre. Et j'ai fait la même aux déserteurs que j'ai placés dans d'autres manoirs. Tant qu'il me sera possible, je ne trahirai pas cette promesse. C'est une question de sécurité. Je ne veux pas que le doute ou les soupçons s'installent dans l'esprit des jeunes sicars. Cela ne pourrait créer que des tensions qui seraient néfaste au bon fonctionnement du manoir. Aujourd'hui, grâce à cela, tous combattent côte à côte en cas d'attaque. C'est ça le principal.

Il se dirigea vers un petit meuble qui lui servait manifestement de bar. Dessus était posée une fiole contenant de l'eau et quatre verres de bonne facture. Il ne m'en proposa pas, mais se servit un demi-verre avant d'y laisser tomber deux glaçons à l'aide d'une petite pince en argent. Nous ne pouvons plus boire que de l'eau mais il est permis de le faire avec classe.

A ce moment, mes yeux se fixèrent sur son bureau et je fus foudroyée sur place. Sur le coin, vaguement camouflé par une feuille de papier, je discernais un livret ... le journal de June ! J'en étais certaines, c'était bien le journal de mon amie, je l'aurais reconnu entre mille. Comment ... ?

— A-t-on des nouvelles de June ? demandai-je.

Il ne marqua pas la moindre hésitation pour répondre.

— Comme je te l'ai déjà dit, non, nous n'en avons pas et nous n'en aurons pas. Mais il est fort probable qu'elle arrive dans les jours qui viennent. Cela fait plus de cinq semaines que tu es ici. La tension due à ton arrivée doit être quelque peu retombée et le manoir où elle se trouve va très certainement organiser un transfert prochainement. Nous respectons les procédures établies pour la sécurité de tous.

Menteur ! Sale menteur ! Pourquoi avait-il le journal de June dans ce cas ? J'étais certaines qu'il me baratinait à nouveau, mais comment en être sûre ? Et qu'est-ce qui était vrai dans tout ce qu'il m'avait dit ? Tout devenait plus douteux encore. Son explication tenait la route et clarifiait toutes mes inquiétudes, mais était-ce la vérité ?

—Ah, au fait, s'exclama-t-il. Cela m'était complètement sorti de la tête, mais maintenant que j'ai fini de l'analyser, je peux te le rendre.

Il se dirigea vers son bureau, souleva la feuille de papier et me tendit le journal. J'en restais bouche bée.

—Comme tu le sais, je t'ai espionnée un peu avant de te récupérer non loin du commissariat. J'ai donc vu que tu avais tout raconté à June … ou plutôt tout écrit. Nous pouvions vivre avec le fait qu'elle sache car personne ne la croirait, mais une trace écrite de ta main même dans un journal intime n'était pas acceptable. Nous devions effacer toute trace de ton existence depuis le jour de ta mort.

Force m'était d'admettre qu'il semblait avouer tous les mensonges précédents. Et je ne voyais aucun défaut dans ses explications. Je m'étais bien trompée. J'avais imaginé le pire mais finalement, tout semblait normal dans cette vie anormale. Pour autant ne devais-je pas conclure trop vite que tout allait bien. Je décidai donc de rester prudente et de laisser une place au doute … mais à quel endroit ? Voilà la question qui restait encore et toujours en suspens.

Je pris le journal de June, ma main tremblait encore et plus j'essayais de le cacher, plus il me semblait que cela se voyait.

Avant de quitter le bureau de Marc, je voulus encore calmer une inquiétude.

—Est-ce que tu es en train d'utiliser ton pouvoir sur moi ?

—Tu es vraiment directe … et c'est une qualité. Non, pas pour l'instant. Mais si c'était le cas, comment le saurais-tu ? Ne serais-je pas une fois de plus en train de te mentir ?

—Je ne le saurais pas. J'espérais voir quelque chose sur ton visage, dans ton attitude, déceler un malaise peut-être. Tout ce qui aurait trahi un mensonge.

—Et c'est pourquoi tu poses les questions de manière si abrupte. La technique n'est pas mauvaise. Mais je vais t'en donner une meilleure. Nous autres, originels, avons des dons particuliers, ça tu le sais à présent. Je peux rassurer les gens, tu peux parler par la pensée avec les autres sicars et commander aux zombies, ...

Comment savait-il pour les zombies ? Je n'en avais jamais parlé. En plus, c'était le don de ma mère, pas le mien. Rien ne prouvait que j'étais en possession de cette faculté. Peut-être avait-il fait l'amalgame de ce qu'il avait vu en nous observant ma mère et moi. Encore une énigme ! Mais quand cela s'arrêtera-t-il ?

—... d'autres infligent d'insoutenables douleurs, ou des maladies ou te glace le sang. Mais nous avons également un autre don, commun à tous celui-là : savoir si un élégide utilise son pouvoir sur nous.

Je relevai les yeux vers lui, cela devenait intéressant. Il fit quelques pas et vint se placer derrière moi avant de reprendre son explication. Il parla tout bas, proche de mon oreille. Je sentis son souffle à la base de mon cou. J'allais avoir bien du mal à me concentrer.

—Regarde devant toi et sois très attentive à tout ce que tu vois et ressens.

—Qu'est-ce que je dois trouver ?

—Concentre-toi et tu le sauras.

Je restai immobile alors que les secondes s'écoulaient, rien ne se passait.

—Es-tu certain que ...

Et là, ça se produisit ! Ma vision se brouilla imperceptiblement, comme si un voile ou un nuage transparent passait devant mes yeux. Je ressentis également un picotement dans toute ma colonne vertébrale, très léger, mais bien présent. L'instant d'après, je commençais à ressentir son pouvoir agir sur moi, je me sentais bien, soulagée, comme si finalement tout allait pour le mieux dans ma vie.

—J'ai vu et j'ai senti, dis-je, sereine.

—C'est très bien, dit-il en arrêtant l'expérience. (Tous mes doutes et mon malaise refirent surface d'un coup, me serrant l'estomac.) Il est très important chez nous de se laisser guider par nos impressions. Elles te seront souvent bien plus utiles que tes pensées. Comme l'a dit Einstein, l'expérience est souvent plus importante que la connaissance. Il était un peu bizarre comme bonhomme, mais ce qu'il disait avait souvent beaucoup de sens, l'histoire nous l'a prouvé à maintes reprises.

—Quand tu en parles, on dirait que tu l'as connu.

—C'est exact. Début du vingtième siècle, mille neuf cent un, mille neuf cent deux, je ne sais plus exactement. Tu savais qu'il avait été Suisse pendant un temps ?

—Non.

—Et bien si. Allemand, Suisse puis finalement, Suisse-Américain. Mais bon, cela nous éloigne de tes préoccupations. Maintenant, que tu connais les *symptômes*, plus aucun élégide ne pourra utiliser son pouvoir sur toi à ton insu. Et par là, tu as également la preuve que je n'utilisais pas mon pouvoir sur toi … sauf si tu crois toujours que tout ce que je te dis n'est que mensonge. (Il retourna derrière son bureau.)

Ecoute, ajouta-t-il solennellement, je suis désolé d'avoir dû te mentir et je suis encore plus désolé que tu aies été amenée à douter de moi. Je n'ose même pas imaginer l'état de panique dans lequel tu as dû te trouver. Mais j'espère que tu ne m'en voudras pas trop et que tu comprendras pourquoi j'ai dû agir ainsi.

— Je comprends, oui.

— Merci.

Avant qu'il poursuive la conversation, j'eus l'impression de le voir rougir un peu mais ce qui était clair, c'est qu'il était gêné et cela le rendait plus irrésistible encore. L'instant d'après, je compris pourquoi.

— Est-ce que tu … accepterais de me pardonner … en me laissant t'inviter à sortir ?

C'était trop mignon de le voir si gêné, lui qui affichait généralement tant d'assurance. Pour peu, il m'aurait fait fondre le cœur. Et ce fut en partie le cas, je l'admets.

— Tu peux te faire pardonner, confirmais-je presque aussi gênée que lui. Quand ?

— Ce soir ?

— Ah d'accord, c'est rapide !

— Tu préfères plus tard ?

— Non, ce soir, ce sera parfait ! dis-je immédiatement. Comment dois-je m'habiller ?

— Euh, j'avoue ne pas savoir. Disons tenue normale.

— Je vais voir avec Peitane pour lui emprunter des vêtements, je n'en ai pas beaucoup à moi.

— Demande-lui de t'emmener faire les boutiques cet après-midi. Le manoir a un budget pour cela. Ce n'était prévu que d'ici une semaine ou deux, mais nous pourrons faire une exception.

—Merci. A quelle heure dois-je être prête ?

—Disons dix-neuf heures, dans l'entrée.

—C'est d'accord.

Je ne prolongeai pas la discussion, impatiente de lire le journal de June. Elle me manquait tellement. J'espérais au plus profond de moi que Cayetano (m'habituerai-je à ce prénom ?) m'avait dit la vérité, qu'elle était en sécurité dans un autre manoir et surtout, que je la reverrais bientôt. Je lui avais fait tant de mal en assassinant sa mère. Je voulais m'assurer qu'elle comprenait la situation et qu'elle ne m'en voulait pas trop … mais sur ce point, je ne rêvais pas outre mesure. Elle devait me haïr et je ne pourrais certainement rien faire pour contrer ce sentiment. Je voulais malgré tout m'assurer qu'elle allait bien.

Je regagnai ma chambre et m'allongeai pour lire son document. Je souris d'abord en plongeant dans les premières pages. Elle avait visiblement commencé très tôt à écrire car les premiers évènements relatés qui me concernaient dataient de plusieurs années. Nous ne devions pas avoir plus de quatorze ans et l'écriture était extraordinairement simpliste, mais tellement mignonne. Je me rendis compte à cet instant à quel point nous étions innocentes à l'époque … et à quel point je ne l'étais plus aujourd'hui, forcée de grandir trop vite.

21 décembre

C'est bientôt Noël et je sais que ma copine Caroline viendra pour fêter la Noël avec moi. Je suis trop impatiente, elle est trop géniale, je sais qu'on s'amusera bien.

J'espère que papa ne me mettra pas encore la honte

devant Caroline et son père. mdr !

Il est vrai que le père de June aimait plaisanter et parfois, il révélait des secrets sur June qui la mettait vraiment mal à l'aise. Elle le houspillait mais cela se terminait systématiquement par des câlins. Malgré son caractère fort, June s'était toujours bien entendue avec lui, il était d'une incroyable douceur dans son comportement ... un peu comme mon père. C'était sans doute pour cela qu'ils s'entendaient si bien.

Parcourant le livre, je sautai brièvement quelques pages pour m'arrêter à des évènements datant d'à peine plus d'un an, et tombai sur un passage plutôt troublant. La page me marqua car elle était couverte de ratures et de petits dessins, comme si June avait hésité ou beaucoup cherché ses mots.

15 juillet
Caro vient de rentrer chez elle, on s'est bien marrée et ça me fait toujours mal quand elle doit partir. Les moments sans elle sont toujours trop longs.

Je sentis les larmes m'envahir au souvenir de ces instants. Je nous revoyais dans sa chambre, allongées toutes les deux sur son lit, même en pleine journée, pour discuter de tout et de rien, mais toujours en riant beaucoup.

Je me sens si bien quand elle dort à côté de moi. Elle ne le sait pas, mais la plupart du temps, je n'ai pas envie de m'endormir. Je préfère la regarder s'assoupir. Elle ronfle doucement, je trouve ça vraiment craquant.
Je voudrais tellement lui dire ce que je ressens mais elle aime trop les garçons. J'ai peur de la perdre en lui avouant

mes sentiments. Elle croit toujours que je ne me fixe avec personne parce que j'ai envie de m'amuser … et c'est ce que je lui fais croire naturellement, mais ça n'a rien à voir.

Je l'aime, elle !

J'espère qu'un jour je pourrai lui expliquer et qu'elle comprendra, mais surtout, qu'elle partagera ce même amour.

Je fondis en larme et pestai contre elle.

— Pourquoi n'as-tu jamais rien dit ? C'est vrai que j'aurais peut-être été un peu effrayée, mais j'aurais compris. Et je sais même aujourd'hui qu'il est probable que ça aurait pu fonctionner. Si tu me l'avais dit, je ne serais sans doute pas rentrée avec mon père le soir de l'accident et je serais encore en vie. Pourquoi n'as-tu rien dit ?

Elle m'avait pourtant lancé nombre d'indices mais je les avais toujours pris à la rigolade, croyant qu'elle se moquait de moi. Ce que j'avais été idiote ! Et aujourd'hui, je ne suis même pas sûre de la revoir un jour.

— Je suis désolée June. Moi aussi je t'aimais.

Est-ce que ça viendrait de tous ces non-dits mon attirance changeante aujourd'hui, tantôt vers Marc, tantôt vers Peitane ? Est-ce qu'inconsciemment je le savais et que cela se serait révélé pendant mon rêve, déclenchant mes doutes ? Pourquoi ne l'ai-je pas vu ?

— June, tu me manques.

Je refermai le journal, il me rappelait trop de souvenirs qui, même s'ils étaient heureux, me ramenaient inévitablement à l'atroce réalité. J'avais gâché sa vie en tuant sauvagement sa mère. Je continuerai certainement à lire son journal … mais plus tard. A présent, je désirais me changer les idées, j'en avais cruellement besoin.

Il était à peine midi, je rejoignis Peitane pour aller manger ensemble. Après le journal et la discussion tendue avec Marc … ou devrais-je plutôt dire Cayetano, j'étais impatiente de la retrouver. Je savais qu'elle pourrait m'aider à me changer les idées par sa bonne humeur communicative.

Elle était encore occupée à s'entraîner avec d'autres sicars lorsque j'arrivai au gymnase. Le corps en sueur, ses vêtements lui collant à la peau valorisant son corps athlétique, j'avoue que mon regard se perdit sur ses formes absentes de cellulite … à l'inverse des miennes.

Elle se précipita vers moi, un large sourire tendant ses lèvres rebondies. Elle écarta une mèche de cheveux de son visage et, le souffle encore un peu court, demanda :

— Alors ? Cette discussion avec Marc.

— Intéressante, j'ai eu quelques réponses.

— Tu vas me raconter tout cela. Attends-moi une minute.

Je patientai en compagnie des garçons, le temps qu'elle se douche. Ils étaient sympas bien qu'un peu gênés, et je compris rapidement que c'était dû à mes origines.

J'étais une descendante des Delarivière.

Dans notre monde, ce n'était pas rien. Ils en avaient tant entendu parler et aujourd'hui, la légende se tenait devant eux à discuter de tout et de rien. Or, je n'étais qu'une gamine qui cherchait encore son chemin et n'était même pas encore sûre de vouloir cette vie. Pourtant, ils me considéraient bel et bien comme *la descendante*. Je n'avais toutefois rien de surhumain, bien au contraire, j'avais peur de tout et de tout le monde, contrairement à eux. Eux auraient dû être des légendes, pas moi, je ne le méritais pas et ce ne serait sans doute jamais le cas étant donné mon absence totale de courage.

Avec les nouvelles informations que je venais de recevoir, j'analysai chaque personne pour tenter de déceler un Laneiros, un Acostas ou un simple sicar. J'en avais déjà repéré quelques-uns des jours auparavant. Cayetano et l'homme qui avait torturé l'azul. Pour Peitane, le doute subsistait encore.

J'étais persuadée qu'elle connaissait la vérité pour Cayetano, c'était la seule manière d'expliquer qu'elle avait si peur en sa présence. Et peut-être aurais-je dû le craindre, moi aussi. Mais étrangement, je me sentais très à l'aise en sa présence, même quand il n'utilisait pas son pouvoir et j'avais l'impression de pouvoir me permettre d'être franche.

J'espérais ne pas le regretter.

Lorsque Peitane sortit enfin de sa douche, nous prîmes le chemin du réfectoire.

— Alors … Marc ?

— *Cayetano,* tu veux dire, répondis-je comme si de rien n'était.

Elle s'arrêta sur place au beau milieu du couloir. Je ne la regardais pas et, dans la pénombre des lieux, je suis certaine qu'elle était devenue blanche comme une morte … ce qui dans notre cas était un pléonasme, il faut le reconnaître.

— La discussion s'est mal passée ? demanda-t-elle hésitante.

— Non, pas vraiment. Pourquoi ?

— Ben…, pour qu'il te révèle aussi vite sa véritable

identité, il a dû y avoir un problème.

—Non, il m'a expliqué son parcours et comment il est arrivé à la tête de ce manoir. Dans un sens, ça m'a rassurée, je me posais beaucoup de questions mais à présent, ça va mieux. Il m'a même invitée à diner ce soir.

—A diner ! Ah ... bon ... je ... hum ... c'est bien. Je suis désolée, dit-elle gênée.

—De quoi ?

—Je ne pouvais pas te dire qui il était, même quand tu l'appelais Marc. Ça me mettait vachement mal à l'aise, mais je n'avais pas le choix.

—Tu as aussi un pouvoir ?

Elle recula d'un pas, surprise et un peu déstabilisée par la question. Elle regarda autour de nous semblant craindre une présence inopportune ... j'avais compris.

—Oui. La douleur. Je peux infliger d'importantes douleurs rien que par la pensée. (Je faisais la moue, ce n'était pas très cool comme don.) Mais ça sert également à autre chose, ajouta-t-elle en s'approchant de moi un sourire narquois aux lèvres. Le plaisir sexuel et l'orgasme sont une forme de douleur, quoi qu'on en dise. Je peux donc intensifier cela aussi.

—C'est bon, je ne veux pas en savoir plus pour l'instant.

Je rougis affreusement et espérais que la faible lumière du couloir camouflerait mon état. Heureusement pour moi, elle changea immédiatement de sujet.

—Que veux-tu dire par « *son parcours* ».

—Quoi ?

—Tu as dit qu'il t'avait expliqué son parcours et que ça t'avait convaincue.

—Pas convaincue, mais rassurée.

—Peu importe. Que t'a-t-il dit ?

—En gros, qu'il avait quitté sa famille et avait rejoint les Delarivière pour nous aider.

—Ah bon et …

—Bonjour, mesdemoiselles ! lança une voix derrière nous.

L'Ange apparut dans la pénombre.

—Je n'ai pas encore eu l'occasion de vous remercier de m'avoir protégée, dis-je directement.

—Ce fut avec plaisir.

—Nous allons déjeuner, voulez-vous vous joindre à nous ?

—Je ne voudrais pas m'imposer.

—Allez ! intervint Peitane. Arrête de faire le mec bien élevé. On n'est plus au dix-huitième siècle. Viens !

—J'accepte l'invitation, confirma-t-il en me regardant droit dans les yeux après avoir fusillé Peitane.

Il était extraordinairement troublant et le fait qu'il semblait savoir des choses que j'ignorais sur cet endroit ne faisait qu'accroître ma curiosité. Dans quel camp était-il ? Et si, sous ses airs de vouloir m'aider, c'était lui le traître.

J'eus alors le sentiment que tout le monde essayait de me manipuler. A cet instant, je maudis le fait d'être l'*héritière*. Voilà un terme qui m'allait bien, tiens. C'était comme ça qu'on me voyait et c'était pour cela que les autres sicars me considéraient comme une légende.

En tout cas, on pouvait rêver mieux comme legs. La mort en héritage … pas terrible. Le seul problème était que cet héritage, je n'avais pas la possibilité de le refuser, il m'avait été imposé … de force et dans la

155

douleur. Et pour ça, j'enrageais.

Nous arrivâmes dans la salle sobrement aménagée en réfectoire. Une salle d'où aucune fenêtre ne nous ouvrait au monde extérieur. Sans doute fallait-il nous isoler des autres, curieux ou ennemi, pour les empêcher de constater ce que nous mangions ou quand nous étions tous rassemblés. C'était probablement la raison pour laquelle il n'y avait pas vraiment d'heures de repas prévues. Nous étions libres de nous restaurer quand nous voulions, si bien qu'il n'y avait quasiment pas de file vers les frigos où notre « nourriture » était présentée.

Pourtant, Peitane nous demanda de réserver une table pendant qu'elle allait chercher les rations pour trois. Le choix était très limité. Notre boisson était toujours identique, même pas des goûts différents et pour manger, nous avions le choix entre des yaourts, des friandises qui ressemblait à des barres de céréale ou des sachets de pâte molle un peu comme la nourriture des astronautes ... mais le goût restait toujours le même, ou plutôt l'absence de goût. Je lui commandai une barre de céréale goût chocolat (l'humour évitait la déprime) et me retrouvai seule avec l'Ange. Je saisis l'occasion pour entamer la conversation.

— Êtes-vous un élégide ?

Il leva les yeux pour me regarder. Etant donné le flegme exagéré du personnage, cela signifiait sans conteste sa surprise. Pour le reste, son visage blafard, terni encore par ses yeux et ses cheveux blancs, restait parfaitement inexpressif, il ne transpirait pas la moindre émotion. Dans un sens, il était un peu flippant même s'il inspirait une certaine confiance.

— Je vois que vous avez avancé dans vos

recherches. En quelque sorte, l'Ange est en effet un élégide.

—En quelque sorte ?

—L'Ange est un cas un peu particulier. Mais racontez, s'il vous plaît.

Comme il avait été honnête directement en m'avouant ce qu'il était, je décidai d'accéder à sa demande.

—Très bien. J'ai réfléchi à ce que vous m'avez dit. Ma première conclusion fut que j'étais tombée dans un piège et que je me trouvais au milieu des Laneiros. Alors, je suis allée voir Marc … ou plutôt Cayetano.

Il sourit.

—C'est une bonne chose que vous sachiez.

—Autant dire que quand j'ai appris cela aussi, j'ai failli mourir sur place. Cayetano Laneiros, le fils du premier élégide, waw ! C'est quand même quelque chose. Puis, il m'a expliqué comment il était arrivé là en trahissant sa famille, rejoignant les Delarivière et finalement en acceptant la tête du manoir pour recruter des sicars.

—L'ange est content que vous ayez pris le temps de réfléchir à ce qu'il vous avait dit. Et maintenant, que pensez-vous ?

—J'ai envie de le croire.

—Vous avez envie de le croire parce que c'est plus facile et rassurant ou parce que vous pensez que c'est la vérité ?

—Euh, je … je ne sais pas trop.

—Alors, c'est ce que vous devrez encore découvrir. Vous a-t-il dit la vérité ?

—Aidez-moi ! l'agressai-je, comme un appel désespéré, en lui saisissant le bras par-dessus la table.

Je vous en prie ! Comment puis-je découvrir cela toute seule ? Je ne connais personne ici. Je n'ai confiance en personne et personne ne m'avouera la vérité si elle est si moche.

— L'Ange vous aidera mais ne vous donnera pas les réponses. Il ne veut pas vous influencer. Lorsque vous aurez trouvé la véritable réponse, et si vous décidez d'encore lui faire confiance, l'Ange sera là, il vous le promet.

— Vous ne m'aidez pas, au contraire ! Vous ne faites qu'ajouter à mes doutes sans me donner aucune piste, même pas un point de départ où chercher. Je ne sais pas pour qui vous me prenez, mais n'oubliez pas que je ne suis encore qu'une enfant. Je n'ai que dix-sept ans et vous me demander de comprendre des problèmes de … de mafia ! Comment voulez-vous que j'y arrive ? Et qui me dit que vous êtes de mon côté ? Si vous êtes un élégide, je ne vois pas pourquoi je vous accorderais du crédit. Oh ! Et puis laissez tomber, j'en ai marre de tout ça ! Je n'ai rien demandé moi ! Je n'ai pas voulu devenir sicar, ou peu importe le terme, nous ne sommes de toute façon que des zombies. Cette vie est trop compliquée pour moi et …

A cet instant, Peitane revint. Je m'enfonçai dans ma chaise les bras croisés, le visage sévère … et les larmes aux yeux.

— Que se passe-t-il ? demanda-t-elle, un peu perdue.

— Rien, répondis-je sèchement. Il y a encore des moments où j'ai du mal à me dire que je vais manger cette bouillie infâme et ce jus insipide jusqu'à la fin de mes jours, mentis-je énervée. Je me languissais d'un bon hamburger … entre autre. Et puis, comme la faim, la douleur et la colère recommencent à se faire sentir, je suis un peu à fleur de peau.

—Tiens, dit-elle, mange. Une fois la faim oubliée, le reste semble beaucoup plus facile.

—C'est vrai, je le sais bien, mais parfois j'ai encore du mal.

—Pourquoi ? me demanda-t-elle. Il est vrai que notre condition présente quelques inconvénients, mais il vaut mieux se focaliser sur les avantages.

—Elle a raison, intervint l'Ange. Si vous étiez encore humaine, la vie ne serait pas toujours facile non plus et les instants de bonheur resteraient le plus important. C'est la même chose pour nous. Le jour où vous arriverez à ne plus tout voir négativement, la vie prendra une autre saveur. Mais pour l'instant, vous êtes encore perdue. Laissez-vous du temps.

—Arrêtez avec vos stupides leçons de psychologie. On s'en fout de notre condition. Il se passe quelque chose ici ! Il est probable que Cayetano me mente, mais je ne sais pas sur quelle partie de son discours ou si même il y a une partie de vrai dans ce qu'il m'a dit. Et vous deux, là, qui semblez tout savoir …

—Ne parle pas si fort, m'interrompit Peitane.

—Je m'en moque ! dis-je plus fort encore. Vous ne voulez rien me dire pour m'aider. Je dois tout découvrir par moi-même. La belle affaire. Je ne suis pas Horatio Caine, je suis une gamine de dix-sept ans alors …

—Vous devriez aller vers l'aile Est du manoir, m'interrompit l'Ange.

—… L'aile Est ? demandai-je, coupée dans mon élan. Mais il n'y a rien là-bas.

Peitane l'assassina du regard mais l'Ange l'ignora.

—Il n'y a rien parce que vous êtes déjà allée voir par vous-mêmes ou parce que tout le monde le dit ?

—Oh ! Il m'énerve avec ses énigmes ! Tout le monde le sait.

—En effet, confirma-t-il, tout le monde le sait. Mais avez-vous déjà été sur place ?

—Euh, non.

—Dans ce cas …

—Je devrais peut-être aller voir, mais que suis-je sensée y trouver ?

—Peut-être rien, répondit-il.

—Ah. Je vais le frapper ! C'est d'accord, je vais y aller ! Tu m'accompagneras ? demandai-je à Peitane.

Elle regardait l'Ange sévèrement.

—Bien sûr que je t'accompagne, répondit-elle sans le quitter des yeux. Pas question de te laisser aller là seule. (Elle hésita un instant puis baissa les épaules) Je n'ai plus le choix à présent.

—Pourquoi ? Allez-vous me le dire à la fin ? dis-je en tapant du pied.

—Peitane pense que c'est encore trop tôt, mais vous devez découvrir la vérité par vous-même, dit l'Ange.

—Encore ! Allez vous faire f…

—Caro ! me coupa Peitane. Il essaie de t'aider. Sa manière peut te sembler bizarre, mais c'est pourtant bien le cas. Même moi je ne comprends pas toujours ses méthodes, mais ça fait pas mal de temps que je le connais maintenant, tu peux lui faire confiance.

J'hésitai un instant puis repris mon calme.

—C'est d'accord. Je présume que vous ne viendrez pas avec nous.

—En effet, l'Ange a malheureusement d'autres choses qui l'attendent. Mais surtout, n'en parlez à personne. C'est très important.

—C'est d'accord.

—Êtes-vous certaine ? Vous savez à présent que peu de monde est au courant dans le manoir.

—Oui ! C'est bon ! Je ne suis pas stupide.

—Et si nous changions de sujet, dit Peitane. N'y a-t-il rien de plus drôle ?

Je maugréai dans mon coin tellement l'Ange avait l'art de me mettre en colère. Puis finalement, un sujet bien plus léger me vint à l'esprit.

—Je dois trouver des vêtements pour ce soir. Je n'ai que ceux-ci et ce n'est vraiment pas terrible. Cayetano m'a dit que…

—Ne citez pas son nom à voix haute. Si vous tombez sur quelqu'un qui n'est pas au courant, il risque de se poser des questions … et de vous prendre pour une ennemie. Je ne crois pas qu'une telle situation arrangerait vos affaires déjà si compliquées.

Je levai les yeux au ciel.

—*Marc* m'a dit qu'il y avait un budget prévu au manoir pour habiller les nouveaux venus.

—Excellente idée ! s'exclama Peitane. Cet après-midi, on va faire les magasins. Je passerai chercher la carte de crédit du manoir. On part quand ?

—Maintenant ?

—Ah … Ok. C'est parti !

Nous mangeâmes une ration supplémentaire afin de ne pas nous jeter sur le premier humain venu puis, la carte de crédit en notre possession, le véhicule du manoir et son chauffeur nous conduisirent en ville … « Je passe vous reprendre dans trois heures » lança le chauffeur sur un ton sec, « soyez à l'heure, question de sécurité ». Peitane claqua la porte sans même répondre et me tira par le bras.

—Question de sécurité, répéta-t-elle avec une grosse voix. Quel looser celui-là ! Viens, je sais où on va aller.

Elle me tira sur presque cinq cents mètres avant d'entrer dans une boutique ... de luxe. De grands espaces dégagés, un style épuré et des hôtesses au corps parfait les mains manucurées nous accueillirent avec un excès de politesse. Un regard en coin sur mes vêtements jeta malgré tout une ombre au tableau et me mit un peu mal à l'aise. Il est vrai que je faisais tache avec ma jupe courte, mes basquets et le pull de rappeur que m'avait donné le jeune homme la nuit de ma fuite.

Il faudrait d'ailleurs un jour que j'aille le remercier.

—Oh. Regarde ça ! s'exclama-t-elle.

Elle fonça vers un porte-cintres de près de deux mètres où pendaient, bien aérées, quatre robes de soirée ... plus magnifiques les unes que les autres. Lorsque je les touchai, leur douceur et leur finesse me comblèrent de bonheur rien que de penser au fait de les porter. Mais leur prix me refroidit rapidement. Même en mettant de l'argent de côté pendant un an ... dans mon ancienne vie ... je n'aurais pas pu m'en offrir une seule. Si bien que je m'en détournai pour voir ce qu'il pouvait y avoir d'autre de plus raisonnable.

—Tu prends celle-là, ordonna Peitane en saisissant la rouge.

La robe semblait d'une incroyable légèreté, volant gracieusement au bout du cintre.

—Mais tu es folle ! hurlais-je tout bas. Tu as vu le prix !

—Et alors ?

—Ben, je sais que c'est le manoir qui paie, mais

quand même.

— Tu n'imagines pas les budgets qu'ils ont. Pour eux, ça ne représente presque rien. Et en plus, tu es « la » descendante des Delarivière. Tu es une légende ! S'ils ne font pas ça pour toi, pour qui le feraient-ils, alors ?

— Tu es complètement folle.

Sans prêter attention à mes remarques, elle se retourna vers l'hôtesse qui nous regardait du coin de l'œil derrière son comptoir.

— On prend celle-là !

— Non, attends. Quand est-ce que j'aurai l'occasion de la mettre ?

— Ce soir.

— Ce … Non, tu ne veux quand même pas que je m'habille comme ça pour aller au restaurant !

Le dos nu descendait presque jusqu'aux fesses et la bretelle de cou ne retenait le tissu qu'à la limite du décolleté.

— C'est un rendez-vous. Gallant ou pas, tu te dois d'y être impeccable. C'est sans discussion. Mettez-nous ça de côté, ordonna-t-elle sans ménagement à l'hôtesse, on continue à regarder.

— Merci, ajoutais-je pour montrer un minimum de politesse.

L'hôtesse ne m'adressa même ni un sourire ni un merci en regardant mes vêtements. Je me demandai à ce moment si Peitane n'avait pas un peu raison malgré tout de la maltraiter.

— Elle a de la chance qu'on ait bien mangé avant de venir, dis-je en rigolant à Peitane.

Je me surpris moi-même d'arriver à rire d'une chose aussi immonde. Du moins je crois. En y

163

réfléchissant, je n'éprouvais plus le même dégoût qu'au début. Peut-être mon esprit se laissait-il contaminer par mon corps ? Je priai le ciel que non. Je ne voulais pas devenir un de ces monstres-assassins qui se repait du sang et de la chair des autres. Hors de question pour moi de trouver cela normal ou pire ... agréable.

Pourtant, force m'était d'admettre que j'arrivais à présent à en rire. Probablement Peitane et les autres avaient-ils finalement raison. J'allais peut-être m'habituer à ma nouvelle vie et ... à mon corps exigeant l'inimaginable.

Je frissonnai à cette idée et la rejetai immédiatement.

—Ouaip, s'exclama Peitane m'arrachant à mes pensées morbides, elle serait appétissante. Oh, regarde ça ! C'est superbe !

—C'est vrai, mais je préfèrerais qu'on trouve des vêtements plus ... usuels.

Je n'avais jamais été très « mode » ... et June non plus ... ce qui fait que nous ne faisions que peu les magasins.

—Oh, t'es même pas drôle. C'est d'accord, on paie ta robe et on s'en va avant de dévorer l'autre pimbêche.

Quelques minutes plus tard, nous arrivions dans un magasin de prêt-à-porter un peu plus classique. Là au moins personne ne nous regarda de travers, je me sentis déjà mieux. Je commençai par la lingerie car je la voulais discrète pour aller avec la robe, et plusieurs autres sous-vêtements pour mettre tous les jours.

Je trouvai rapidement les trois premier push-up mais les soutiens les plus sexys furent plus compliqués à trouver. Peitane n'était jamais satisfaite de ceux que j'essayais.

—Trop grands, on dirait que tes seins baignent dedans. … trop petits, il te les compresse inutilement … pas assez relevant, on n'est plus à l'époque des seins en poire … c'est pour les grand-mères …

La pauvre femme qui nous proposait de nouveau modèles à essayer devait commencer à en avoir marre. Puis, finalement…

—Ah ! Ça commence à ressembler à quelque chose, dit-elle en se levant pour venir près de moi.

Dans mon dos, m'observant dans le miroir par-dessus mon épaule, elle posa ses mains sur mes hanches. Je sentis son souffle dans ma nuque. Cette situation avait quelque chose de sensuel. Ce n'était pas la première fois, qu'elle avait ce geste, mais ici, ça me gênait un peu étant donné ma semi-nudité.

Je rougis légèrement.

Soudain, elle leva les mains et vint dessiner la forme de mes seins du bout de ses doigts, effleurant le tissu léger … comme par inadvertance.

—Là, tu vois, dit-elle. Ils ont une belle forme bien ronde, et ne sont pas compressés vers le milieu. Ils forment deux belles rondeurs sans avoir l'air d'être soutenus.

Je savais naturellement tout cela, mais j'étais contente car j'avais l'impression qu'elle s'occupait de moi comme pendant ma convalescence. Cela me faisait beaucoup de bien. Et puis, cette proximité avec elle commençait à me plaire, surtout hors du manoir.

A chaque fois que ses doigts effleuraient discrètement mes seins, mon corps était parcouru de frissons tout du long. Je faisais d'immenses efforts pour ne pas frémir car que je désirais qu'elle les provoque encore.

Au bout d'un certain temps, j'eus l'impression que nos respirations s'étaient synchronisées et s'amplifiaient ... Je repris mes esprits subitement.

— Alors, je prends celui-là ?

— Euh oui, répondit-elle avec une légère hésitation en reculant, un peu gênée.

Nous n'osions plus nous regarder.

— Je le prends, dis-je à l'hôtesse. Vous auriez le même en rouge ... pour aller avec la robe.

— Bien sûr, je vous l'apporte de suite.

— Merci. (Je me tournai vers Peitane.) On passe aux vêtements ?

— Oui. C'est parti !

Les trois heures que nous avait laissées le chauffeur s'écoulèrent trop vite, bien trop vite, si bien que nous arrivâmes avec au moins une demi-heure de retard au rendez-vous. Dans la voiture, nous étions comme folles, comme deux copines qui se connaissaient depuis des années.

— Alors, dit-elle d'un air malicieux, tu sors avec « Marc » ce soir ?

— Oh ça va, n'en rajoute pas.

— Il est craquant, non ?

Je rougis affreusement et mon regard plongea vers le plancher de la voiture.

— J'en étais sûre. Il te plait le bougre, ajouta-t-elle en me chatouillant.

— Arrête ! C'est déjà assez gênant comme ça, surtout avec la robe que tu m'obliges à porter.

Je saisis ses mains pour les écarter et avant que j'aie le temps de réagir, elle m'avait pris les poignets et m'attirait vers elle. Son visage s'arrêta à quelques centimètres du mien.

—Je veux que tu sois sous ton meilleur jour, dit-elle tout bas, et puis comme ça, j'aurai l'honneur de te voir aussi sexy que tu puisses l'être.

Nous restâmes figées pendant plusieurs secondes, nos souffles se mélangeant et nos yeux se perdant dans ceux de l'autre. Je sentais une intense chaleur monter en moi et mon visage me picotait.

Soudain, elle s'avança pour m'embrasser tendrement. Lorsque nos lèvres entrèrent en contact, j'eus l'impression qu'elles prenaient feu et tout mon corps frémit, à la limite du plaisir. A aucun moment je ne cherchai à interrompre ce geste, jusqu'à ce que je réalise ...

—Oh, tu n'as pas le droit !

—Quoi ? s'exclama-t-elle, faussement outrée.

—Tu utilises ton pouvoir sur moi.

—Oups, fit-elle en souriant une main devant la bouche, ça m'a échappé.

—Menteuse !

Ses yeux ne mentaient pas et ce n'était pas non plus ce qu'elle cherchait. J'éclatai de rire.

—Tu n'as pas le droit, ce n'est pas fair-play.

—Ah bon, parce que tu crois que *Marc* ne fera pas la même chose. Chacun joue avec les armes dont il dispose. Et je n'ai pas l'intention de me laisser faire, tu penses bien.

—Et moi, là-dedans, je subis ?

—Non, tu décides ! dit-elle en redevenant sérieuse. Et quelle que sera ta décision, je la respecterai, même si elle doit me briser le cœur.

—Merci, ça ne me met pas du tout la pression quand tu dis des trucs comme ça.

Arrivées au manoir, je la quittai pour prendre une nouvelle ration de nourriture en prévision de la soirée avant d'aller me préparer. Peitane m'avait laissée seule et, après une nouvelle douche, devant le miroir, je me mis à réfléchir de plus belle. *Entre les deux mon cœur balance*, voici une phrase bien à-propos. Je me sentais attirée par les deux sans que cette fichue balance penche dans un sens ou dans l'autre.

Cayetano me plaisait, c'était évident, mais était-ce réciproque ? J'avais toujours été attirée par les garçons et je n'avais jamais imaginé prendre une autre orientation. Mais s'il m'avait menti sur son histoire et que mes doutes se vérifiaient quant au manoir, l'attirance qu'il pourrait avoir envers moi serait également un mensonge et il deviendrait même un ennemi terrifiant.

Puis il y avait mon rêve, mettant en scène une relation avec June ... June ... Elle me manquait, j'aurais tellement voulu qu'elle soit là pour me conseiller car j'en avais bien besoin. Même si je sais aujourd'hui qu'elle aurait sauté sur l'occasion pour m'avouer son secret. Je ressentais une attirance pour Peitane, évidemment ... et c'était bien plus qu'une simple amitié. Mais est-ce que j'interprétais mes sentiments correctement ? N'était-ce pas mon rêve qui faussait les données ?

Je ne cherchais pas de réponses à cet instant mais une chose était pourtant nette dans mon esprit. Je devais rester prudente avec Cayetano jusqu'à ce que je sois certaine de la vérité à son sujet et au sujet du manoir.

Le temps passa trop vite et lorsque je fus prête,

j'avais déjà un quart d'heure de retard. Pour autant ne me dépêchai-je pas ... une fille digne de ce nom se devait de faire attendre son prétendant, me disais-je. Dans l'entrée, je croisai Peitane. En m'apercevant, elle s'immobilisa, me détaillant de haut en bas.

—Tu es magnifique, me complimenta-t-elle la voix émue.

—Merci, répondis-je un peu gênée.

—Passe une bonne soirée, ajouta-t-elle en me frôlant, les yeux baissés.

Je la regardai s'éloigner.

—Peitane !

Elle s'arrêta sans se retourner. Je n'aimais pas la voir dans cet état d'esprit. J'avais l'impression de lui faire du mal, et sans doute était-ce un peu le cas. J'aurais voulu trouver quelque-chose à dire pour la réconforter, mais rien ne me vint à l'esprit.

—Non ... rien, murmurai-je.

Elle reprit sa marche nonchalante.

Je me sentais affreusement coupable même si je n'avais rien à me reprocher. Culpabilité ou tristesse ? Comment faire la part des sentiments. Lui briser le cœur me brisait également le mien.

—Caroline ! (Cayetano m'appelait debout dans l'entrée du manoir) Tu ... es magnifique.

—Merci, dis-je un peu gênée ... à nouveau.

—J'ai l'air d'un plouc à côté de toi, dit-il en détaillant sa chemise à carreau et son jean.

—Non, tu es très bien, toi aussi.

—Merci, j'accepte le faux compliment. Pouvons-nous y aller ?

—Je te suis.

La voiture nous attendait devant le manoir ... avec

le même chauffeur. Cayetano m'ouvrit la portière avec beaucoup de galanterie tandis que le chauffeur me fusillait du regard. Il devait se demander à quoi je jouais puisqu'il nous avait vues nous embrasser avec Peitane et, dans un sens, il n'avait pas tort. Comme je ne le savais pas moi-même, je me demandai dès lors s'il n'avait pas raison. N'étais-je pas en train de jouer avec eux, avec leurs sentiments ? Je me sentis soudain mal à l'aise, mais heureusement, Cayetano me sortit vite de ce mauvais pas.

—Peitane et toi avez des goûts très sûrs, dit-il en détaillant ma robe.

—Est-ce c'est trop osé ? dis-je vraiment mal à l'aise.

—Absolument pas ! Rassure-toi. Je serai très fier de me balader en ta compagnie ce soir.

Son regard et son sourire me firent fondre, m'enlevant immédiatement toute culpabilité. En une phrase, il m'avait mise parfaitement à l'aise, je me sentais importante à ses yeux. Différence avec Peitane dont l'extravagance et l'assurance pouvaient avoir tendance à vous écraser. Ce soir, je serais une reine … ne fut-ce que pour cette sortie.

—Vas-tu enfin me dire où nous allons ?

—En réalité, ce n'est pas *enfin*. Lorsque nous nous sommes vus ce midi, je n'en avais pas la moindre idée, je te l'avoue. J'ai donc mobilisé toutes les ressources du manoir, ajouta-t-il en souriant, pour trouver quelque chose qui pourrait te plaire. A présent, j'espère ne pas m'être trompé. Mais si tu veux bien ne pas me briser tous mes effets, j'aimerais pouvoir t'en faire la surprise en descendant de la voiture.

—C'est d'accord, dis-je en lui rendant son sourire.

Sa franchise et sa simplicité fonctionnaient à

merveille. Il n'aurait pas encore pu m'arracher un baiser, mais la soirée ne faisait que commencer. S'il continuait comme cela, il pourrait bien y arriver le bougre.

Lorsque la voiture s'arrêta à destination, il insista pour m'ouvrir lui-même la portière devant un immense tapis rouge. Il put sans difficulté lire la surprise sur mon visage …

—Je voudrais pouvoir dire que c'est uniquement pour toi, mais ça fait partie de l'exposition, je suis désolé.

—Idiot, lançais-je avec un sourire timide.

Même si je me doutais bien que ce n'était pas uniquement pour moi, il aurait pu faire comme si. Il n'y connaissait décidément pas grand-chose aux femmes. Il aurait pu travailler cet aspect de sa personnalité en plusieurs centaines d'années. Mais sa franchise était touchante malgré tout. Il me tendit une main que je saisis délicatement pour m'extraire de la voiture. S'il y avait eu deux rangées de photographes, j'aurais vraiment pu me prendre pour une star, et la robe que je portais aurait parfaitement fait illusion.

Le silence accompagna notre montée des marches débouchant sur d'immenses colonnes à ciel ouvert, sans doute allions-nous entrer dans une sorte de stade. Le ciel rouge de ce début de soirée coloriait les piliers, leur conférant une dimension romantique.

Il avait fait très fort.

Nous surplombions un parc magnifiquement arboré et fleuri où des panneaux éclairés par des spots encadraient des allées pavées. Je le regardai avec étonnement, il se contenta de m'adresser un léger sourire en m'indiquant d'avancer.

Descendant les escaliers illuminés, j'essayais d'imaginer de quoi il pouvait s'agir, mais je n'en avais pas la moindre idée. Je m'approchai du premier panneau sur lequel un texte était écrit. Je me mis à le lire immédiatement.

Lors donc qu'un homme se lamente sur lui-même à la pensée de son sort mortel qui fera pourrir son corps abandonné, ou le livrera aux flammes, ou le donnera en pâture aux bêtes sauvages, tu peux dire que sa voix sonne faux, qu'une crainte secrète tourmente son cœur, et à son insu peut-être il suppose que quelque chose de lui doit survivre.

Signé : Lucrèce, avec la date de l'époque.

Des extraits de philosophes !

Je repensai à mon père et fus immédiatement submergée par une houle de sentiments divers. Je nous revoyais, assis dans le divan du salon, à lire les passages qu'il préférait. A cette époque, nous n'avions pas besoin de télévision. Lorsque j'étais encore une gamine, il m'en expliquait le sens avec beaucoup de patience et il y mettait toujours tant de cœur et de gentillesse que nous passions de très beaux moments. Au fur et à mesure de nos soirées répétées, je comprenais de mieux en mieux le sens de ces lectures et je les appréciais.

Cayetano essuya une larme du bout du doigt sur mon visage. Je me blottis contre lui. Il m'enserra de ses bras réconfortants et me caressa le bras.

—Je suis désolé, dit-il. Je pensais que ça te ferait plaisir, je savais que ton père aimait ça et c'était quelqu'un de bien.

—Non, non, c'est une excellente idée, dis-je en

m'écartant doucement de lui. C'est juste ... qu'il me manque tellement.

—C'est compréhensible. Tu veux continuer ou tu préfères rentrer.

—On continue ! S'il te plait.

—C'est toi la reine ce soir, dit-il en m'invitant à avancer.

Un peu plus loin, nous tombâmes sur l'un des auteurs préférés de mon père. Le texte avait été présenté sur un vieux parchemin et réécrit à la plume. C'était à se demander s'il ne s'agissait pas d'un original. Le texte, parlant des relations compliquées entre père et fils, était percutant de vérité tout en laissant quelques portes ouvertes à l'interprétation. C'était très finement écrit. Cette œuvre était vraiment magnifique.

Je laissai mes doigts courir le long de la vitre de protection, comme si je caressais le texte lui-même. Je ne pleurais plus, mais mon cœur était lourd. Pourtant, j'étais heureuse d'être là et la présence de Cayetano était apaisante.

Les minutes s'écoulaient et j'arrivai à me détendre. Il parvenait même à me faire rire, si bien que nous avons terminé les dernières planches dans un fou rire irrépressible.

Il me fit vraiment passer un bon moment.

Comme le chauffeur était à notre disposition, nous n'avions pas réellement de limites de temps. Il avait dit qu'il serait à la voiture à partir de vingt-trois heures.

Cayetano m'invita à boire un verre à la mezzanine de l'édifice. De là, nous avions une vue magnifique sur l'exposition dans le parc où le jeu des lumières était du plus bel effet. Pour éclairer notre table, deux lanternes suffisaient ... il sortait le grand jeu, mais quelle femme n'apprécierait pas une telle attention.

Cependant, malgré le bien-être qui m'envahissait, mes interrogations revenaient comme un leitmotiv et, au risque de gâcher la soirée, j'abordai à nouveau le sujet délicat.

—Comment as-tu pris la décision de trahir ta famille ?

— Ah, nous y revoilà. Es-tu certaine de vouloir cette discussion en ce moment de grâce ?

—Je suis désolée, mais j'ai encore tellement de doutes.

— Dans ce cas, allons-y. Pendant longtemps, ma vie s'est résumée au meurtre et à la dépravation. Mes parents, riches à souhait, organisaient des orgies qui se terminaient toujours dans un bain de sang.

—Comment ne vous a-t-on pas découverts malgré le grand nombre de disparitions ?

—Ils étaient vraiment très, très riches. Au début, ils ont acheté, fait chanter ou menacé les sommités de la région. Ce ne fut pas trop compliqué car mon père avait des connections avec la mafia. Et leurs techniques étaient depuis longtemps éprouvées.

—Que pensais-tu de ce mode de vie ?

—Je ne vais pas essayer de te convaincre que je le détestais. J'étais jeune et, lorsqu'on t'offre tout sur un plateau ou pratiquement sans limites, tu trouves la vie plutôt cool. Bref, j'adorais cette vie et je n'étais sûrement pas le moins violent de ma famille, force m'est de l'admettre. (Je m'assis au plus profond de ma chaise.) Je suis désolé si cela te choque, ajouta-t-il, mais je te déballe la vérité toute crue. Si c'est trop dur à supporter, je peux arrêter ... et si je te dégoûte trop, nous pouvons rentrer. Je comprendrais très bien.

—Non, continue. Cette vie risque bien de devenir mon quotidien, enfin, pas à ce niveau-là naturellement, mais autant que j'en connaisse tous les aspects.

—C'est toi qui vois. Après quelques années, mon père nous introduisit dans le monde qui devint le nôtre. A cette époque, il avait déjà implanté son influence dans toute l'Espagne. Il nous chargea d'étendre encore notre pouvoir, au-delà des frontières. Pour ma part, je devais me charger de l'Europe centrale. Je commençai par l'Italie. Du fait de nos liens avec la mafia, ce fut relativement aisé. Puis, les évènements ont voulu que je m'attaque à la France.

—Quels évènements ?

Il s'adossa à sa chaise et prit une pause avant de répondre.

—J'ai été désigné pour chasser quelqu'un, dit-il, la voix rauque.

Cela semblait grandement l'affecter et je me remémorai les explications du professeur Sornes. Puis je compris …

—Ta sœur ?

—Ma sœur, confirma-t-il. Tu as bien appris la leçon. Après quelques années de recherches intensives, j'ai fini par la retrouver. Et j'ai dû exécuter ce qu'on attendait de moi, dit-il avec une immense tristesse dans la voix.

Il marqua une longue pause tant cela semblait le peiner. Je crois que si les épreuves ne l'avaient pas endurci, il aurait pleuré.

—Ce fut la pire chose que j'ai eu à faire dans toute ma longue vie. Mais cela eut un grand avantage pour mon travail. Tous les autres meurtres ou tortures me parurent plus aisés à accomplir et souvent, sans le moindre état d'âme. Mais je ne suis jamais parvenu à oublier. Ma sœur et moi avions une relation particulière étant enfants.

— Alors, pourquoi l'avoir tuée ?

— Elle avait trahi la famille et, comme dans toute société secrète, c'était inacceptable … et sans réhabilitation possible. A l'époque, je le croyais aussi et c'est ce qui motiva mon bras. Mais avec les années, son image restait parfaitement ancrée dans mon esprit. On dit que tout s'efface avec le temps …c'est faux. Les blessures profondes restent. J'en perdis même le sommeil.

Je l'écoutais sans l'interrompre. C'était terrible et il semblait si affecté.

— Plus les années passaient, plus je pensais à ce que je lui avais fait et il y a peu, une centaine d'année environ, le temps n'a plus la même signification pour nous, tu t'en rendras compte, je ne l'oubliais pas et détestais de plus en plus ma famille qui m'avait en quelque sorte forcé la main. Je pris le temps nécessaire pour préparer mon départ car, à l'instar de ma sœur, je savais qu'on ne quitte pas la famille si facilement. Le reste, je te l'ai déjà raconté.

— Désolée, dis-je. Je n'avais pas imaginé que cette question puisse raviver tant de mauvais souvenirs.

— C'est ma vie, je l'assume et très franchement, ces souvenirs ne sont que quelques horreurs de plus à mon actif. Je sais que le temps n'effacera jamais rien, mais j'espère pouvoir vivre avec mes souvenirs et me racheter un semblant de conduite.

Je me sentais vraiment confuse de l'avoir rendu si triste. Ma curiosité et mes questions n'avaient fait que retourner dans la plaie un couteau enfoui depuis longtemps. Alors qu'il faisait tout ce qu'il pouvait pour me remonter le moral et me faire accepter ma nouvelle vie, moi, je m'acharnais à lui rappeler les pires moments de son existence. De plus, quand je comparai sa vie à la mienne, je n'avais vraiment aucun droit de me plaindre. On m'offrait une deuxième chance dans d'excellentes conditions, ce à quoi il n'avait pas eu droit. Et malgré les horreurs qu'il avait commises, il semblait sincère lorsqu'il disait vouloir changer.

Je me levai de table et m'approchai de lui. Il me regarda, surpris, lorsque j'approchai mes lèvres des siennes. J'avais trouvé l'excuse qui me manquait pour franchir le pas et l'embrasser. Je pris délicatement son visage entre mes mains et je déposai un baiser sur ses lèvres, il ne protesta pas.

— Pardon de t'ennuyer avec toutes mes questions, lui dis-je tout bas.

— De … de rien, il n'y a pas d'offense, bégaya-t-il.

L'excitation m'envahissait au contact de ses lèvres chaudes et l'envie de prolonger le baiser se fit irrésistible. Comme il ne bougeait pas, je me risquai à un baiser plus intense. Je sentis d'abord une vive chaleur grandir en moi, puis soudain, une étrange sensation balaya toute mon excitation, remplacée par une vive froideur. J'eus l'impression qu'un gel intense s'insinuait dans tout mon corps. Cette sensation était mélangée d'images qui s'imposaient à mon esprit malgré moi. Des images de sang, de torture et, paradoxalement, … du plaisir qu'elles procuraient.

Je me reculai, le fixant sérieusement.

— Qu'y a-t-il ? demanda-t-il surpris de ma soudaine réaction.

Je ne répondis rien, tentant tout d'abord de reprendre mes esprits et de comprendre ce qui s'était passé. Cela venait-il de lui ? Le froid avait disparu aussitôt que j'avais cessé de l'embrasser. Je regardai autour de nous, nous étions peu nombreux dans le bar mezzanine et je ne remarquai personne qui semblait s'intéresser à nous. Mais Cayetano avait une plus longue expérience que moi et comprit tout de suite la raison de ma réaction.

—Tu as senti quelque chose ?

—Oui, une vague de froid, comme si tout mon corps gelait de l'intérieur.

—Il faut partir ! s'exclama-t-il, en se levant la main à la poche.

Il déposa un billet sur la table et me tira hâtivement par le bras. Il marchait à pas rapides vers la sortie et j'essayais de le suivre, mes pas de souris limités par ma robe et mes hauts talons.

—Qu'y a-t-il ? demandai-je, paniquée.

—Comme je te l'ai expliqué, il faut faire confiance à tes sensations. Tu as dû ressentir le pouvoir d'un autre élégide et si tel est le cas, nous devons fuir car nous ne savons pas qui il est ou qui ils sont. Dans notre monde, hésiter signifie souvent la mort. Dépêchons-nous !

En une minute à peine nous étions près de la voiture. D'un seul regard, le chauffeur comprit qu'il y avait un problème et n'attendit pas pour nous ouvrir la portière. Il grimpa au volant et le moteur puissant rugit. Cayetano n'avait pas encore fermé la portière que la voiture démarrait en trombe.

—Ils deviennent de plus en plus pressants, dit-il en regardant derrière la voiture.

—Qui, *ils* ?

—Ma famille ou les Acostas, va savoir. J'espère seulement que ton sentiment n'était pas dû à eux.

—Pourquoi ?

—Parce que cela voudrait dire qu'ils m'ont retrouvé et tu te doutes bien que c'est la dernière chose dont j'ai envie.

—Je suis désolée, dis-je un peu coupable.

—Pourquoi ?

—Si tu ne m'avais pas invitée, tu ne te serais pas fait découvrir.

—S'ils sont là, et rappelles-toi que rien n'est certain, dit-il en me regardant droit dans les yeux, ils ont eu de la chance. Je reste prudent en ne prévoyant jamais mes déplacements à l'avance, et je n'ai pas l'intention de vivre comme un reclus.

—Oui, mais je n'aime pas le fait d'avoir mis ta vie en danger. J'apprécie tout ce que tu fais pour moi, je t'assure, mais si tu deviens imprudent à cause de moi, il vaut mieux arrêter.

—Ecoute, ajouta-t-il après un instant. Nous avons déjà parlé des dangers et des familles ce soir et on s'apprête à remettre ça. Serais-tu d'accord que nous clôturions cette discussion déprimante ?

—Si tu veux, dis-je en souriant.

Il fallut très peu de temps au chauffeur pour rejoindre le manoir, il maîtrisait parfaitement le véhicule. Je pense que nous avons eu de la chance de ne pas nous faire arrêter par la police. L'incident du bar avait quelque peu refroidi mes ardeurs et nous nous quittâmes de manière conventionnelle et distante.

Je rejoignis ma chambre, fourbue, et m'effondrai sur mon lit sans même prendre le temps d'enlever ma robe.

Allongée et pensive, je remarquai malgré tout un

changement dans la chambre. Au-dessus du lit, un cadre avait été ajouté. Je me retournai et m'agenouillai sur la couette. Mon cœur se serra à la vue du texte écrit finement à la plume sur un parchemin : l'extrait que nous avions lu à l'exposition ! Comment avait-il fait ? Par son chauffeur sans doute. Je fus extrêmement touchée et je dus reconnaître, à ce moment, qu'il savait y faire. Je laissai à nouveau courir mes doigts sur la vitre du cadre, m'imaginant caresser le parchemin. Mes yeux se mouillèrent de remerciements que j'adresserais à Cayetano dès mon réveil.

Avant de fermer les yeux, je pris le journal de June et cherchai un passage bien particulier, celui où elle parlait de mon père.

14 Mai
Je viens de passer le WE chez Caro. C'est rare qu'on se retrouve chez elle. La plupart du temps, on reste chez moi. Ça faisait du bien de changer un peu d'endroit ... mais il faut vraiment qu'on fasse quelque chose pour la décoration de sa chambre !

Je souris à cette réaction en me rappelant mon rêve où je m'étais fait la même réflexion. Mais tout de suite, je me souvins également des horreurs que je voyais et de mon moi-morte qui m'agressait. Mon sourire s'effaça et je préférai continuer à lire.

Le soir, j'ai pu participer à ses fameuses séances de lecture avec son père. J'avais cru que j'allais solidement m'ennuyer à lire des écrits philosophiques, mais finalement, pas du tout. Son père est très doué pour la lecture et les discussions que nous avons entreprises à propos des sujets lus n'étaient jamais lassantes.

En plus, toutes les deux collées à son père, chacune d'un côté, je compris pourquoi elle aimait tant cela. Ce sont des moments uniques d'une intense proximité.

Je devrais penser à demander à mon père de faire la même chose.

Il est vrai que j'adorais ces moments avec mon père et ils me manquaient atrocement. Et à cet instant que je savais ce temps révolu, le regret se faisait encore plus pesant. Les images étaient bien claires dans mon esprit et elles me réchauffaient le cœur. Mais je savais également qu'elles finiraient par s'estomper avec le temps.

Je regrettais de ne pas avoir écrit un journal comme June. Il m'aurait permis de me remémorer les bons et les mauvais moments de ma vie d'adolescente. A cet instant, je décidai d'écrire mon histoire. Je ne savais pas encore quand j'en aurais l'occasion, mais je me promis de m'y mettre dès que possible.

Quelques instants plus tard, après avoir refermé le journal, je me couchai et m'endormis rapidement, épuisée de cette longue journée. Pour la première fois depuis mon arrivée, je fermai les yeux avec de belles images positives dans la tête.

— Merci Cayetano, merci June.

En peignoir blanc, une serviette à la main, je fus directement interpelée par Peitane en sortant de ma chambre. Les yeux encore vaseux à l'instar de mon esprit, j'eus du mal à comprendre ses premières phrases, elle semblait énervée … ou contrariée. Quelques secondes plus tard, mon cerveau rétablit enfin la connexion.

— Alors cette soirée avec Marc ?

Qu'avait-elle bien pu dire avant cette question, qui était de toute évidence le but ultime de sa visite? Bah, sans doute rien d'important.

— Une expo sur les philosophes.

— Quelle horreur !

Je ne répondis pas, il était bien trop tôt pour lancer la polémique. Et je ne parlai pas non plus de l'incident pour ne pas devoir tout expliquer ... le baiser inclus.

— Alors, tu l'as embrassé ?

Raté !

Je la regardai sérieusement ... puis hochai la tête.

— Oui.

Un grand moment de silence s'ensuivit alors que nous nous dirigions vers les douches.

— Et à quoi as-tu pensé?

Je savais pertinemment où elle voulait en venir. Est-ce que j'avais fait mon choix entre elle et lui ? Non. Et là, il était vraiment trop tôt.

— Rien. Je veux juste prendre une douche.

— Et après ?

— Après ? Je voudrais aller voir cette fameuse aile Est, mais d'abord, je veux revoir le professeur Sornes ...

Peitane me prit pour une véritable folle. Je lui promis de la rejoindre directement après mon entrevue avec lui. Elle serait à l'entraînement à l'arène, comme d'habitude. Elle voulait donner quelques derniers conseils à son azul, qui était à présent un sicar, avant de m'accompagner à l'aile Est et passer à autre chose. A cet instant, je ne compris pas pourquoi elle parlait de derniers conseils.

Passer à autre chose. J'aurais bien voulu moi aussi, mais les propos de l'Ange me tournaient dans la tête. Et même si Cayetano avait semblé sincère et s'était même révélé très touchant la veille, certains doutes persistaient, et l'incident d'hier n'arrangeait rien.

Était-ce réellement une attaque ? Nous n'en savions finalement rien. Et si cela n'en était pas une, si c'était lui qui avait provoqué cela chez moi, un peu comme si j'avais un don pour ressentir la nature profonde des gens. Je ne pouvais être certaine de rien.

C'est pourquoi je voulais consulter Sornes. Je m'en voulais à l'avance de ce que j'allais faire, mais je devais savoir. Le professeur était quelqu'un de vraiment gentil. Je sentais qu'il n'arriverait pas à cacher sa surprise si je le confrontais à une affirmation qui le déstabiliserait et j'avais à présent tous les éléments nécessaires pour y arriver.

Mentalement, je remerciais June. Elle était un as dans cet art ancestral de piéger les autres par les mots. Elle m'avait souvent bluffée et je comptais bien prouver aujourd'hui que je pouvais me montrer digne de mon « professeur ».

Je souris à cette idée et priai aussi pour qu'elle aille bien. Je craignais de ne plus jamais la revoir mais je savais aussi que nos rapports ne seraient plus les mêmes, elle devait me détester du plus profond de son être d'avoir atrocement assassiné sa mère. Et si un jour elle pouvait m'adresser à nouveau la parole, elle ne comprendrait pas et n'accepterais plus le monstre que j'étais devenue. Mais tout cela n'était pas le plus important pour l'instant, je voulais seulement qu'elle soit encore en vie et j'espérais au plus profond de moi qu'un jour, elle pourrait retrouver une vie plus ou moins normale.

Perdue dans mes pensées en arpentant les couloirs

sombres et déserts, je faillis passer à côté de Cayetano sans le voir. Je m'approchai de lui et lui fis une bise pour le saluer et le remercier pour le cadre.

—Si cela t'a plu, c'est tout ce qui compte.

—Mais il a dû te couter une fortune. (Est-ce que cela me regardait ? Encore une bévue de plus à mon compte !)

—Ne le dit à personne, murmura-t-il à mon oreille, c'est un faux.

—Merci quand même, dis-je en souriant, ça m'a vraiment touchée.

—J'en suis heureux, dit-il, en me prenant les mains.

Nous nous rapprochâmes, très près l'un de l'autre pendant quelques secondes, et cet instant suspendu me mit vite mal à l'aise. Je baissai alors les yeux et reculai d'un pas.

—Excuse-moi, je dois y aller, dis-je un peu gênée.

—Oui, moi aussi … du travail. Bonne journée.

—A toi aussi.

Et je partis immédiatement d'un bon pas sans me retourner.

Je ne pourrais pas le jurer, mais je crois qu'il est resté un certain temps à me regarder m'éloigner … ou du moins, l'espérai-je. Je me demandais s'il avait organisé notre rencontre de la veille uniquement pour moi ou s'il était également intéressé par les philosophes, mais dans les deux cas, je trouvais cette initiative parfaite.

Pour cela, je me sentais mieux avec lui qu'avec Peitane qui se révélait plus … rustre. Mais je ne pouvais pas non plus nier ce que je ressentais au plus profond de moi et, à ce point de vue, je dus bien reconnaître que Peitane m'attirait énormément. Même plus peut-être que Cayetano.

—Bonjour, professeur.

—Bonjour, mademoiselle Delarivière. Décidément, je vais finir par croire que vous préférez ma compagnie à celle des autres jeunes gens du manoir, dit-il d'un air narquois.

—Parlez-moi de Cayetano, lui dis-je précipitamment avant qu'il ne reprenne sa respiration.

Mon sentiment avait été le bon. Il marqua visiblement le coup et devint blême. S'il n'avait pas été assis, il serait sans aucun doute tombé à la renverse. Une seconde plus tard, il s'était ressaisi.

—Que voilà une question bien directe ! Avons-nous déjà laissé tomber les mondanités?

—En effet, j'ai besoin de réponse, rapidement et sans atermoiements.

—Dans ce cas. Cayetano est le fils ainé des Laneiros et sans aucun doute le plus sanguinaire de tous.

— Pourquoi est-il aujourd'hui le maître de ce manoir ? le coupais-je sèchement.

Un instant, je le crus au bord de la rupture d'anévrisme. Je ne devais pas lui laisser de repos si je voulais connaître la vérité.

—Et pourquoi ne pas avoir commencé par là lors de votre explication ? ajoutai-je vivement, cela me semblait pourtant l'information la plus importante étant donné que vous me l'avez présenté comme un ennemi.

—Je n'en avais pas le droit. Tout …

—Tout le monde n'est pas au courant ce manoir, je sais. Il me semble l'avoir compris en effet. Mais si les Delarivières lui font confiance, pourquoi cacher cette information.

Cayetano m'avait dit que c'était pour ne pas semer le doute afin que tous combattent d'une seule voix contre nos ennemis. Je voulais voir ce que lui en pensait.

— Et bien ... Je ne sais pas. Peut-être ...

— Allons, professeur, un petit effort. Et vous, êtes-vous également un Laneiros réfugié ou un sicar comme nous ?

— Je ...

Je sentis ma vision se brouiller peu à peu et un léger picotement me parcourut l'échine ... il essayait son pouvoir sur moi. Je fus prise de violentes crampes d'estomac.

— Vous n'êtes pas un homme de combat, mais un homme de bien, d'après ce que j'ai pu comprendre. Pourquoi utilisez-vous votre pouvoir sur moi ? balbutiai-je.

Les nausées s'arrêtèrent subitement tandis que son visage se décomposait et ses yeux se mouillèrent.

— C'est vrai, je ne veux pas faire le mal. Je ...

Il marqua une pause, une longue pause. Je le vis réfléchir et sentis l'angoisse l'envahir. Ajoutée à cette peur, je crus déceler aussi une incroyable détermination. C'était très étrange. Soudain, il se leva, renversant son siège et se dirigea rapidement vers moi. Je voulus me lever mais il était déjà à genoux devant moi, m'implorant.

— Fuyez, mademoiselle ! Ne restez pas une minute de plus ici. Vous n'êtes pas là où vous pensez être. Croyez-moi, votre vie est en danger si vous restez dans ce manoir.

— Professeur, que voulez-vous dire ? articulai-je, hébétée.

— Ne posez plus de questions, dit-il en me prenant le bras pour me faire lever et me pousser vers la porte. Personne ne vous surveille encore de trop près, profitez-en … fuyez !

Il me poussa hors du bureau malgré mes protestations et referma la porte à double tour. Je restai coite, ne sachant trop que faire. Je ne pouvais pas fuir comme ça. Pourtant, il paraissait tellement sincère et inquiet pour moi.

Puis j'entendis un bruit sourd dans son bureau. Il s'était effondré sur le sol. Je frappai à la porte en criant son nom, mais il ne répondit pas.

Je craignais le pire et sentais une vague de panique m'envahir à nouveau. Je frappai plus fort en criant son nom… pas de réponse.

Soudain, un sicar apparut au coin du couloir et se dirigea vers moi. Sans trop savoir pourquoi, je décidai de faire comme si rien ne se passait … autant que faire se peut naturellement … et partis à pas forcés retrouver Peitane. Ce fut mon premier réflexe.

Arpentant les couloirs, mon cerveau réfléchissait tous azimuts. Devais-je fuir ? Avais-je le choix de ne pas fuir ? Si le professeur était mort, je serais la première suspecte naturellement puisque Peitane savait que j'allais le voir. Me dénoncerait-elle ? Mais comment fuir ? Pourquoi l'Ange m'avait-il dit d'aller voir l'aile Est du manoir ? Que voulait-il me faire découvrir ? Pour l'instant, je ne pouvais émettre que des suppositions … mais si le professeur me suppliait de m'enfuir, ce n'était pas rien. D'autant qu'il avait probablement mis fin à ses jours.

Quelques instants plus tard, je retrouvai Peitane. Le plus difficile fut de rester naturelle en partant vers l'aile

Est. Elle vit bien que quelque chose n'allait pas mais j'inventai une légère nausée.

Mon estomac se plaignait réellement, gargouillant de stress. Je marchai d'un pas pressé et elle ne posa aucune question, elle avait l'air pensive elle aussi, je présumai alors qu'elle se doutait que je n'avais pas qu'un simple mal d'estomac. J'étais loin de me douter de ce qui allait suivre.

Sur le chemin, je ne pouvais m'empêcher de penser au professeur. C'était vraiment quelqu'un de bien. Et ce bruit sourd dans son bureau ! Quelle horreur ! J'imaginais le pire … en me doutant bien que le pire était certainement devenu la réalité. Il avait peut-être fait cela pour moi et s'il avait réellement mis fin à ses jours, ce ne pouvait être que parce qu'il s'était mis en danger pour me prévenir. Il serait alors le deuxième à avoir couru des risques pour moi, comme Cayetano la veille.

Je regrettais amèrement d'être quelqu'un de si important à leurs yeux. Ils prenaient des risques pour moi, au mépris de leur vie. J'espérais de tout mon cœur me tromper pour le professeur.

— Faites qu'il ne lui soit rien arrivé, dis-je pour moi-même.

— Quoi ?

— Non, rien. Nous y sommes, je crois.

L'aile Est !

Elle avait l'apparence d'un chantier lorsque nous ouvrîmes la première porte. Une série de couloirs se dispersaient devant nous mais ceux-ci n'étaient pas du tout décorés ni même peints. La couleur grisâtre du plâtre nu et le peu de lumière les rendaient très sombres et quelque peu effrayants.

Nos pas résonnaient comme dans la vieille usine désaffectée où nous nous étions aventurées, June et moi, alors que nous n'avions pas douze ans. De bien tristes souvenirs puisque je m'y étais cassée une jambe et que June avait dû me porter jusqu'à un téléphone pour appeler une ambulance. En y réfléchissant, je pense que nous en avons bien ri par la suite.

Plusieurs portes bon marché donnaient sur des pièces quelconques en travaux. Je les ouvrai une à une, mais ne trouvai rien de bizarre. Puis, quelques mètres plus loin, une porte de bonne facture attira mon attention. Lorsque je tournai la poignée, elle était fermée à clé.

—Faisons demi-tour, suggéra-t-elle. Ça ne me dit rien qui vaille ici.

—On continue, affirmai-je simplement.

—Ecoute, s'il est interdit de venir ici pour notre sécurité, c'est qu'il doit y avoir une raison. Viens, ordonna-t-elle en me prenant le bras, retournons dans l'autre partie du manoir.

—Depuis combien de temps cette aile est-elle en travaux ?

—Quoi ?

—Tu m'as bien entendue.

—Je ne sais pas, je l'ai toujours connue comme ça.

—Et ça fait des mois que tu es ici. Ça ne prend pas des mois pour rénover une si petite partie et en plus, il ne semble pas que les travaux évoluent. (Je frottais la grosse couche de poussière qui s'était accumulée sur un appui de fenêtre.) Si l'Ange nous a envoyées ici, c'est qu'il y a quelque chose. Ces travaux cachent je ne sais pas quoi, mais j'ai bien envie de le découvrir.

—Pourquoi ?

—Parce que le prof … ! Non, rien.

—Quoi le prof, qu'est-ce qu'il t'a dit ?

—Rien. Pourquoi cette porte est-elle fermée ?

—Comment veux-tu que je le sache ?

—Toutes les autres sont ouvertes et de faible qualité. Or, celle-ci semble en bois massif et fermée à clé. Ça ne te semble pas étrange ?

Elle ne répondit pas.

—Tu m'as dit que tu volais dans les maisons avant ta mort. Est-ce que tu saurais l'ouvrir ?

Elle hésita un instant mais lorsqu'elle voulut répondre *non*, mon regard l'incita à n'en rien faire. Elle acquiesça en laissant tomber les épaules et jura.

Quelques secondes plus tard, la porte s'ouvrait sur un escalier sombre descendant dans les entrailles du manoir.

—Je t'en prie, insista-t-elle, partons d'ici, c'est mieux. Cet endroit me fiche la chair de poule.

Je ne crus pas une seconde qu'elle était effrayée de descendre, par contre, je pouvais imaginer qu'elle craignait Cayetano. Sans doute avait-elle peur de sa réaction s'il découvrait que nous nous étions aventurées dans l'aile interdite. Mais paradoxalement, pas moi … à tort peut-être, force m'était de l'admettre.

Sans lui répondre, j'attaquai les premières marches.

L'escalier s'enfonçait sous plusieurs niveaux et il s'assombrissait de plus en plus. J'allumai mon portable comme office de lampe de poche.

Je me demandai pourquoi je le gardais encore. Personne ne me téléphonerait plus et je n'avais plus personne à appeler. A part comme lampe de poche, il était devenu complètement inutile. Je ne pouvais même pas contacter June, perdue quelque part dans un autre manoir.

Mon ventre était comme écrasé. Dans cet étroit couloir plongé complètement dans le noir qui descendait jusqu'à une profondeur inconnue, le sentiment d'oppression était bien présent. La descente dura plusieurs minutes. Des minutes interminables et étouffantes.

Puis … de la lumière, enfin !

Les marches de l'escalier se dessinaient à nouveau grâce à une autre lumière que celle de mon mobile. Instinctivement, j'éteignis ma lampe pour ne pas nous faire remarquer … c'était ridicule, je l'admets, puisqu'il n'y avait normalement personne mais bon, dans ce cas, pourquoi une lampe resterait-elle allumée ?

—Oh bon dieu !

Nous débouchâmes dans une immense salle cylindrique qui s'enfonçait encore sur plus de dix niveaux. Chaque niveau était cintré d'une passerelle courant le long du mur et donnait accès à une multitude de portes. Chaque passerelle était reliée par un pont à la colonne centrale en verre dans laquelle un escalier s'enfonçait en tire-bouchonnant jusque dans les profondeurs. C'était réellement une construction impressionnante.

Nous restâmes quelques secondes à observer bouche bée, incapables de détacher nos yeux du spectacle effroyable qui s'offrait à nous.

Peitane y oublia son envie de revenir en arrière et me tira par le bras pour aller observer toutes ces portes faites visiblement de métal blindé.

De gros rivets de la taille du pouce fortifiaient les charnières et une vitre d'au moins quatre centimètres d'épaisseur permettait de voir à l'intérieur ...

Serrés les uns contre les autres, des dizaines de zombies !

— Mais qu'est-ce que c'est que ça ? m'exclamai-je en me dirigeant vers la porte suivante.

Dans la cellule voisine, le même spectacle, des dizaines de mort-vivants et dans la suivante aussi, et dans la suivante .... Je me retournai pour estimer le nombre de cellules sur notre palier et multiplier par dix pour le nombre d'étages évalué, j'arrivais au nombre nauséeux de ...

— Il doit y en avoir près de dix mille ! m'exclamai-je.

— C'est incroyable !

— Mais qu'est-ce qu'ils peuvent bien faire avec tous ces zombies ? Quel est l'intérêt de les garder enfermés ici.

Nous continuâmes notre exploration et Peitane restait étrangement muette, visiblement inquiète.

— Ils doivent faire des expériences, je ne vois pas d'autres explications, dis-je ensuite plus pour combler le silence que pour émettre un avis. Quoi qu'il en soit ce manoir n'est pas ce qu'il prétend être. Je me demande ce que Cayetano trouvera comme excuse pour m'expliquer tout cela.

— Tu ne comptes pas lui en parler quand même ? m'apostropha Peitane.

— Si, dès que je le verrai, affirmai-je en longeant les portes.

—Ce n'est pas une bonne idée. Il est sympa avec toi, mais je ne crois pas que sa gentillesse te permette cela. Renonce, je t'en prie, supplia-t-elle.

Je ne répondis rien et, après quelques cellules, je m'arrêtai devant une porte différente des autres, au blindage plus imposant encore. Je dus me hisser sur la pointe des pieds pour observer par la lucarne. A l'intérieur, il n'y avait qu'un seul zombie solidement attaché au centre de la cellule.

—S'il te plaît, partons, implora-t-elle, en me prenant le bras.

Mais je ne voulais pas partir. Ma curiosité avait été piquée au vif. Je la regardai sévèrement ... elle me lâcha le bras.

—Parts si tu veux, moi je reste.

Mais il n'était visiblement pas question pour elle de m'abandonner.

A genoux, la femme de la cellule avait les chevilles et les mollets fixés au sol par de lourds câbles de métal et ne pouvait donc pas se redresser. Ses mains étaient attachées dans son dos. Pourquoi ce zombie devait-il être torturé ainsi en plus d'être enfermé ? Et pourquoi était-elle enfermée seule ? Elle était nue et son corps violacé portait de profondes marbrures témoignages des supplices infligés. Qu'avait-elle bien pu faire pour mériter un tel traitement ?

La tête penchée en avant, ses longs cheveux noirs couvraient son visage. Dans cette position et cet état, elle dégageait une incroyable tristesse.

—Le zombie ici est seul, dis-je en me retournant vers Peitane. Tu sais pourquoi ?

Elle s'avança à son tour et jeta un coup d'œil. Mais très vite, elle revint vers moi.

— Pas la moindre idée. Mais elle devait être extrêmement dangereuse pour se retrouver ainsi à part des autres.

— C'est aussi ce que je crois.

Je voulus jeter un dernier coup d'œil, sans doute par curiosité morbide. Sans trop de conviction, je frappai au carreau.

La femme eut d'abord un léger sursaut des épaules puis, lentement, sa tête se redressa. Mon sang arrêta sa course un instant, m'infligeant une vive douleur dans la cage thoracique. Car si ses cheveux couvraient encore un partie de son visage, je la reconnus sans équivoque ... c'était ma mère !

Que faisait-elle là ? Cayetano s'était bien moqué de moi depuis le début de notre histoire et je commençai à croire que mes soupçons étaient fondés. Mais si c'était le cas, si tout ce qu'il m'avait raconté n'était que mensonges, ma première idée était la bonne. Ce manoir ne serait pas un refuge des Delarivière mais un repère des Laneiros. Et Peitane, de quel côté était-elle ? Et l'Ange ?

Je devais en avoir le cœur net.

Dans sa cellule, ma mère était à genoux, pieds et jambes attachés solidement au sol, les cordes de métal trop serrées pénétraient sa chair, l'empêchant de se relever. Si elle voulait se coucher, elle ne pourrait faire autrement que face contre terre, et ses mains attachées dans le dos la forçaient à rester à genoux.

Elle ne méritait que peu de compassion de ma part après ce qu'elle m'avait fait subir, mais je ne souhaitais un tel traitement à personne ... elle restait ma mère quoi qu'il arrive.

A gauche de chaque porte, un bouton rouge était fixé dans le mur à hauteur d'épaule. Sans réfléchir plus avant, oubliant les supplications du professeur Sornes, je le frappai, le cœur plein de rage.

—Qu'est-ce que tu fais ? m'apostropha Peitane en m'attrapant le bras tandis que la porte s'ouvrait. Tu ne peux pas faire ça, tu es folle ou quoi ? Tu vas alerter tout le monde. Il faut partir !

Sans dire un mot, j'arrachai mon bras de son étreinte en la regardant froidement. Était-elle au courant pour ma mère ou même simplement pour ce repère ? Était-elle de leur côté ? Je n'en avais plus la moindre idée, tout se mélangeait dans ma tête.

Je m'agenouillai devant ma mère, le cœur attristé.

—Maman ? (Elle n'eut aucune réaction.) Maman ? insistai-je en lui relevant la tête doucement du bout des doigts.

Elle ouvrit lentement les yeux. Dans son regard résigné, plus rien ne subsistait de la lumière combative que j'y avais vue lorsque nous arpentions les rues.

—Maman ? Mon dieu, que t'ont-ils fait ?

—Tu … Tu dois … fuir, ma chérie.

—Je sais, mais tu viens avec moi.

—Non, je n'en ai plus la force. Je suis ici depuis tellement longtemps. (Elle reprit son souffle) Ils ont fini par arrêter de me torturer et maintenant, ils me laissent ici, sans manger ni boire.

—Mon dieu ! Tu dois souffrir tellement !

—J'en ai l'habitude. Je suis condamnée à ce supplice jusqu'à la fin des temps …à moins que quelqu'un mette fin à mes jours, dit-elle en me suppliant droit dans les yeux.

—Non, pas question ! Tu vas venir avec moi, dis-je en étudiant la manière dont ses liens la maintenaient.

—Tu es folle ! s'interposa Peitane. Tu ne peux pas faire ça !

— Ecoute-moi, dit ma mère péniblement mais avec autorité. Je ne veux plus lutter.

— Peitane, aide-moi !

Mais elle restait en retrait, le visage triste et les yeux mouillés de larmes.

— Peitane !

Elle voulut s'approcher pour m'aider, mais ma mère reprit la parole de sa voix rauque et fatiguée.

— Non. Je t'en prie. Je ne veux plus. J'ai passé des mois dans le laboratoire de ton père à subir ses tests, affamée, à vivre dans une pièce comme celle-ci sans voir personne et sans la moindre occupation. Je suis ici depuis … des mois, je crois. Je n'en peux plus. Ce monde n'a plus rien à m'offrir si ce n'est de la souffrance. Aide-moi à le quitter, je t'en prie.

— Non ! Il n'en est pas question ! Tu vas venir avec moi. On trouvera un moyen de sortir. Je t'en prie, ne me demande pas cela.

— Ma chérie, tu ne dois pas être triste pour moi. Ta maman est partie depuis longtemps. Je ne suis plus qu'un corps vide, sans esprit et sans âme. Tu le sais très bien. C'est pour cette raison que tu t'es enfuie.

— Mais … je ne veux pas, je ne peux pas, maman.

— Si tu ne le fais pas, ils me garderont enfermée ici pendant des années encore. Tu veux me libérer, alors fais-le ! Tue-moi ! Peitane, dit-elle en se tournant vers elle. Prends le marteau à ta ceinture. Un seul coup, un seul, et je serai enfin libérée.

— Non, je t'en prie, suppliai-je alors que les larmes inondaient mes joues.

— Si je m'enfuis avec toi, je cours le risque de me faire reprendre et de subir cela à nouveau. Et la faim ne disparaîtra jamais, je souffrirai toute ma vie. Par contre, avec un seul coup … un seul … je serai libérée à tout jamais. Je mourrai comme j'aurais dû mourir il y a plus de deux ans déjà.

—Il y a forcément une autre solution.

—Oui, certainement, mais aucune qui me convienne. C'est ma décision, je ne viendrai pas avec toi. Alors, soit tu mets fin à mon calvaire, soit tu t'en vas … et ne reviens jamais.

Elle était sincère et déterminée, je connaissais très bien ce regard, le même que celui qu'elle avait quand elle traitait ses affaires devant un tribunal. Elle ne changerait pas d'avis. Elle ne nous suivrait pas. Et je ne pouvais pas la laisser là … à souffrir.

Je n'avais pas le choix.

Je me relevai doucement et, sans quitter son regard fixé sur moi, je tendis la main vers Peitane et son marteau.

—Je peux le faire si tu veux, dit-elle gentiment.

Mais je signai non de la tête. Je n'étais pas très courageuse, je l'admets, mais là, je sentais que c'était *mon* fardeau et celui de personne d'autre. Une manière pour moi de lui dire adieu alors que je n'en avais pas eu l'occasion la première fois. Peitane déposa son marteau dans ma main. Je le serrai à faire blanchir les jointures de mes doigts et regardai le visage décomposé de ma mère.

Le squelette suintant et malodorant devant moi n'avait plus rien à voir avec ma mère … Mais, dans ses yeux livides, je la retrouvais, elle, intacte, courageuse, à mille lieues des tortures subies. Les larmes me submergèrent et tout mon corps s'engourdit.

Je n'y arriverais pas, je n'étais pas assez forte.

Le marteau tomba à mes pieds.

—Je suis désolée, dis-je à ma mère. Elle me regarda avec tristesse et me sourit. Je compris qu'elle ne m'en voulait pas et qu'elle me pardonnait. J'éclatai en sanglots bruyants, impossibles à contenir, je pouvais à peine respirer.

Peitane s'approcha de moi et ramassa le marteau. Délicatement mais fermement, elle me prit le bras et m'écarta de la scène.

— Merci, fut le dernier mot que ma mère prononça.

Puis j'entendis le bruit sourd du marteau lui brisant les os du crâne.

L'instant d'après, son corps s'écroulait sur le sol. Je me retournai et la contemplai une dernière fois, couchée face contre terre, un sang noir d'encre s'écoulant sur le sol de la cellule.

—Adieu …maman, hoquetai-je.

Des applaudissements jaillirent de la porte et Cayetano entra dans la cellule un sourire dément aux lèvres.

—Bravo ! Force est de constater que tu as le chic pour le mélodrame, ricana-t-il en me regardant. Tu me dois cent euros, lança-t-il à l'un de ses hommes d'un ton moqueur.

Je le regardais sans dire un mot.

—J'avais parié avec lui que tu n'aurais pas le courage de la tuer toi-même. J'ai gagné. Ah oui, Peitane, merci pour ton aide, tu peux y aller à présent.

Un éclair me traversa la tête, me tétanisant sur place. Mon cœur se déchira dans une douleur atroce. Mes jambes flageolèrent, j'étais persuadée que j'allais m'effondrer sur le sol. Le choc fut tel que mes larmes s'arrêtèrent d'un seul coup.

Pas elle ! Elle ne pouvait pas m'avoir trahie de la sorte. Elle me regarda, le regard infiniment triste, avouant par là son acte odieux.

—Que va-t-il lui arriver à présent ? demanda-t-elle à Cayetano.

—Ce n'est pas ton problème, ou plutôt, ça ne l'est plus. Maintenant que nous avons perdu la mère ... la fille va la remplacer.

—Non ! hurla-t-elle. Vous m'aviez promis.

Deux hommes tentèrent de l'arrêter lorsqu'elle voulut s'approcher de lui. Elle cassa le nez du premier et évita la prise du deuxième en lui brisant le genou. Il s'effondra en hurlant sur le sol. D'un coup de pied, elle l'assomma avant de revenir vers Cayetano. Elle tenta de protester, mais un coup de poing d'une incroyable rapidité l'assomma sans lui laisser la moindre chance. Elle s'effondra inconsciente sur le sol, un fin filet de sang s'écoulait de sa lèvre.

—Emmenez-la ! ordonna-t-il avec détachement. Vous deux, attrapez l'autre et mettez-la à la place de sa mère.

J'étais incapable de me battre et cela n'aurait servi à rien, Cayetano m'aurait mise hors de combat plus facilement encore que Peitane. Me débattre s'avèrerait tout aussi inutile. Que pouvais-je bien faire d'ailleurs ?

Manipulée et trahie, j'étais seule et pas de taille à lutter dans un monde pareil. Je ne pouvais que me faire dévorer par des rapaces bien plus intelligents et plus forts que moi. Ma mère avait raison, ce monde n'avait plus rien à nous offrir en dehors de la souffrance, qu'elle soit physique ou morale.

Pendant qu'un homme détachait le cadavre de ma mère et l'emmenait, les deux autres me tenaient fermement par les bras.

—Comme sa mère ? demanda l'un des deux hommes.

Cayetano sourit sadiquement avant d'acquiescer d'un signe de tête. Que voulait-il dire ? Pourquoi ce monstre avait-il souri avant de donner son accord.

Je compris vite.

Pendant que les deux hommes me tenaient fermement, un troisième approcha, un sourire pervers aux lèvres. D'un geste brusque, il saisit mon col et déchira ma chemise. J'eus un sursaut d'instinct de survie et de pudeur et tentai de les dissuader d'aller plus loin. Je les suppliais en criant et en pleurant de ne pas faire ça mais je crois que mes supplications les excitaient plus encore. Me lacérant en partie la peau, il m'arracha mon soutien-gorge.

Cherchant à tout prix à me défaire de leur emprise, le souvenir de mon rêve avec les policiers qui avaient tenté la même chose dans le fourgon, me revint à l'esprit.

En me contorsionnant, j'arrivai à libérer un bras et sautai à la gorge d'un des hommes. Surpris de ma réaction, il s'immobilisa. D'un coup sec, je lui arrachai un morceau de chair dans le cou, faisant gicler le sang. Il s'effondra sur le sol dans un cri de douleur. Le sang qui pénétra ma gorge et le morceau de chaire que j'avalai décuplèrent mes forces, ils étaient d'une incroyable saveur. L'espace d'un instant, je ne compris pas comment j'avais pu m'en priver aussi longtemps. Je saisis le marteau à sa ceinture et frappai l'un des deux autres. Avec une incroyable dextérité, il esquiva le coup, me saisit le bras d'une main et me frappa violemment de l'autre. Je perdis l'équilibre et tombai à genou. Ils étaient bien trop forts pour moi … bien entendu. Ce n'était pas un rêve et ils n'étaient pas de simples humains.

L'autre homme le rejoignit et m'empoigna à son tour.

Cayetano n'avait pas bougé.

—Tiens-là bien ! ordonna-t-il alors que son acolyte me saisissait les deux bras.

Sans ménagement, évitant facilement mes coups de pied, il déchira mon pantalon et ma petite culotte. En quelques secondes, je me retrouvai entièrement nue … et ligotée à genoux comme ma mère avant moi.

Les cordes de métal m'infligèrent une douleur atroce tant ils serrèrent, m'arrachant un cri atroce. Je ne les voyais pas, mais je me souvenais à quel point elles avaient entaillé la chaire des mollets de ma mère.

Je plaçai mes bras devant ma poitrine et mon sexe dans un geste de pudeur, mais déjà ils me saisissaient les mains pour les attacher dans mon dos. Résignée, je les laissai faire, sentant les sangles de métal serrer douloureusement mes pieds et le creux de mes genoux. Les câbles compressaient tellement mes jambes que j'eu l'impression qu'ils pénétraient ma chair. La douleur était déjà intolérable

La douleur. La chose que je redoutais le plus au monde.

Les larmes. Inévitables.

J'étais à leur merci, totalement impuissante, prête à subir tout ce qu'ils voudraient sans pouvoir me défendre. Je m'assis sur les talons pour offrir le moins possible de ma féminité à leurs bas instincts.

Je pleurai mon impuissance à l'idée de ce qui allait suivre et la souffrance, déjà inimaginable. J'avais vu les traces des tortures qu'ils avaient fait subir à ma mère, et je savais que je manquais de forces, que je ne pourrais pas supporter ça. Mais je n'avais pas le choix. Ils allaient pouvoir me martyriser aussi longtemps et aussi fort qu'ils le voudraient, tout en évitant prudemment de me tuer, j'allais devenir folle.

Mais pourquoi tout cela ?

—Que voulez-vous de moi? demandai-je, en sanglotant. Je ne vous ai pourtant rien fait.

—Oh, c'est très simple, répondit Cayetano. Je veux que tu rejoignes notre groupe.

—Rejoindre les Laneiros !

— Allons, ne fait pas l'outrée. Tu connais l'existence des familles depuis quelques jours à peine. Il y a quelques semaines, tu ne savais même pas qu'il y avait un clan des Delarivière ni même des sicars ou des élégides. Ne me dis pas que tu te sens déjà investie d'une mission envers eux. Qu'est-ce que ça change pour toi ? Tu n'as plus de famille. Je t'en offre une nouvelle.

—Et c'est en me torturant et en m'humiliant que vous voulez m'encourager à vous rejoindre.

—Oh là, tout de suite les grands mots. On n'a même pas commencé. Qu'est-ce qui te fait dire que c'est ce que nous voulons ?

—J'ai vu les traces sur ma mère.

—Oui, c'est vrai, avoua-t-il l'air pensif. Mais elle refusait de coopérer, ajouta-t-il d'un air désinvolte.

Il marchait lentement dans la pièce, tournant autour de moi comme un vautour. A chaque fois qu'il me tournait le dos, je craignais le pire.

—Mais tu sais le meilleur ? dit-il, sarcastique. (Je ne répondis rien à cette question purement rhétorique) Tu as déjà commencé à nous aider en nous fournissant les sérums. Grâce à toi, nos recherches vont pouvoir effectuer un formidable bond en avant. Tu étais zombie depuis quelques jours seulement que tu trahissais déjà ta famille mieux que personne avant toi. N'est-ce pas merveilleux ?

— Ainsi tu m'as menti continuellement, affirmai-je en changant de sujet.

— C'est-à-dire ?

— Ta sœur.

Il bondit sur moi et violemment me tira les cheveux en me tordant le cou vers l'arrière. Il plaça son visage presque contre le mien et parla avec une froideur implacable.

— Ma sœur était une trainée qui avait trahi la famille. Elle a mérité son sort. Et tu peux être sûre d'une chose, lorsque je l'ai retrouvée, je l'ai torturée pendant *des mois* avant de la tuer. Mais elle était forte la petite, très forte. Elle n'a jamais lâché d'informations sur les Delarivière. Et maintenant, c'est ton tour, dit-il, mais je doute que tu sois aussi forte qu'elle.

Il avait raison, je n'étais pas une héroïne, loin de là.

— Que devrais-je faire pour coopérer ? dis-je, résignée.

— Déjà vaincue ? C'est rapide. Il est vrai que tu n'as pas la force de caractère de ta mère, mais je ne croyais pas que tu céderais aussi facilement. (Je le fusillai du regard.) Je me disais aussi que je n'aurais pas longtemps à patienter avant de te faire plier. Et bien voici ce que j'attends de toi. J'ai besoin de tes dons.

Je le regardai, dubitative. Quels dons ?

— Il est vrai que tu n'as pas encore vraiment eu l'occasion de les utiliser. Tu n'y pense donc pas directement. Ton pouvoir télépathique est un avantage tactique important. Et tu pourras nous aider dans notre lutte contre tes tontons et tatas, ajouta-t-il en ricanant, et contre les Acostas.

—Ensuite ?

—Ensuite, quoi ?

—Vous avez parlé de *mes* dons.

Il s'accroupit devant moi et ôta la mèche de cheveux devant mon visage avant de poursuivre. Il me dégoutait de plus en plus.

—Ton autre don est de contrôler les zombies, comme ta mère. Nos petits soldats sont bien efficaces, mais incontrôlables. Leur efficience est donc fortement diminuée du fait de ce manque de contrôle … et de leurs capacités intellectuelles proches de l'étoile de mer. Comme tu peux les contrôler, nous pouvons mieux orienter leurs dégâts et donc, augmenter substantiellement leur utilité.

—Je ne sais pas contrôler les zombies.

—Oh ! Mais si, tu sais.

—Comment pouvez-vous le savoir ? Ce n'est pas parce que ma mère savait que moi aussi j'ai ce don.

Il se releva pour marcher dans la cellule. Il me tournait encore le dos lorsqu'il répondit.

—C'est exact. Mais vois-tu ta mère a bien refuser de travailler avec nous … quelle force de caractère ! Il faut bien lui reconnaître ça. Mais elle a quand même dit certaines choses. Et notamment que tu as ce même pouvoir qu'elle. Ha ! Ha ! Elle croyait qu'on ne te retrouverait jamais.

—Et comment aurait-elle pu le savoir ? Je n'ai jamais essayé.

—Disons l'instinct maternel.

—C'est ridicule !

—On parie ?

—Parier quoi ? Tu ne pourras jamais prouver le contraire. Soit j'ai le pouvoir et je refuse de l'utiliser, soit je ne l'ai pas … le résultat est le même. Tu ne sauras jamais quelle est la vérité. Et je te dis que je ne l'ai pas, il va bien falloir que tu l'acceptes.

—Ou pas, dit-il, blasé, en claquant des doigts.

L'instant d'après, un de ses hommes de main entrait dans la cellule avec un zombie tenu fermement au bout d'une longue perche. Cayetano s'accroupit à nouveau et parla à mon oreille. Cette situation que j'aurais pu trouver très excitante il y a peu me dégoutait au plus haut point à présent. Comme j'avais pu être naïve !

—Vois-tu, ici je vais devancer ce que tu penses. Tu penses que les zombies n'attaquent pas les Sicars car nous sommes comme eux. Mais voilà, après un certain temps, la faim est telle que leur cerveau si peu actif n'arrive plus à faire la différence entre nous et les humains. Et ce zombie que tu vois là est dans nos cellules depuis presque deux cents ans. Donc, si tu veux rester en vie, il te faudra lui donner l'ordre de ne pas te toucher.

J'aurais pu prendre le zombie en pitié car la douleur, la faim et la colère qu'il devait ressentir après si longtemps sans manger devait être inimaginable. Mais là, la panique prit sans difficulté le pas sur l'altruisme.

—Ok, c'est d'accord ! dis-je, paniquée. Je ferai ce que vous voudrez. Ne faites pas ça ! Je vous en supplie !

—Dis donc. Tu craques réellement très vite. Ça en deviendrait presque trop facile. Mais voilà, il y a un problème. Je crois que tu m'as dit la vérité.

— A quel point de vue.

— Tu n'as jamais utilisé ton pouvoir. Il faut donc que tu apprennes.

— D'accord, j'apprendrai.

— Malheureusement … pour toi je veux dire … je suis adepte d'une théorie très spécifique sur l'apprentissage. (Je le regardai avec crainte.) Je l'admets, c'est mon caractère, je n'ai aucune patience. Cette théorie dit donc que c'est en situation de stress qu'on apprend le plus vite. (Il se releva et se dirigea vers la porte en faisant signe à ses gardes.) Dès lors, nous allons te laisser avec notre ami affamé pour voir comment tu t'en sortiras.

— Non ! Ne faites pas ça ! hurlai-je à m'en briser la voix.

Mais la porte claqua derrière eux sans qu'ils prêtent le moins du monde attention à mes supplications. Le zombie suivit des yeux leur sortie et me tourna le dos. Je le voyais immobile observer la fenêtre derrière laquelle la tête de Cayetano se dessinait. Il se balançait lentement de gauche à droite, ne sachant trop ce qu'il allait faire. J'étais tétanisée, je retins ma respiration malgré le sanglot qui me gagnait et évitai tout mouvement pour ne pas faire le moindre bruit. S'il n'entendait rien, il resterait peut-être sans bouger. Mon cœur battait si fort que je l'entendais dans tout mon corps et j'étais persuadée qu'il devait l'entendre lui aussi. La panique s'empara de tout mon être.

Soudain, il tourna légèrement les épaules et je le vis redresser la tête comme s'il reniflait l'air. Il avait senti mon odeur ! Il se retourna lentement, m'aperçut, puis se mit en marche.

—Non. Va-t'en ! Tu m'entends ? Je t'ordonne de t'en aller !

Mais il continuait à marcher vers moi.

—Vous voyez ! Vous vous êtes trompés, hurlais-je. Je n'ai pas ce pouvoir, il ne m'obéit pas. Venez m'aider ! Mes cris redoublaient, sans résultat, personne ne vint.

Le zombie était presque sur moi et je ne pouvais pas bouger, les jambes fixées l'une contre l'autre au sol et les mains menottées dans le dos. J'essayais de me débattre vainement, les cordes de métal s'enfonçaient plus profondément dans ma chair, m'infligeant une intense douleur.

—Non ! Pitié, va-t'en ! pleurai-je.

Il n'écoutait rien. M'agrippant un bras, il commença à le dévorer avidement.

—Aaaah ! Non ! Mais qu'est-ce que vous faites ? Je n'ai pas le pouvoir de ma mère, criai-je, les yeux fixés sur la porte, venez m'aider !

La porte resta close sur mes cris.

La douleur était atroce, je sentais ses dents pénétrer avidement ma chair et l'arracher violemment. Je perdais lentement conscience… Tout à coup, les images de ma mère au labo me revinrent à l'esprit comme une bénédiction. Lorsqu'elle avait ordonné aux zombies de se disperser dans le bâtiment, elle n'avait pas dit un mot, elle l'avait fait par la pensée. Malgré la souffrance atroce et les larmes qui brouillaient ma vue, je tentai de rester consciente et de me concentrer, mobilisant tout ce qui me restait d'instinct de survie.

—*Laisse-moi !*

Il cessa immédiatement son « repas », hésitant à ce qu'il allait faire. Même si la douleur était encore profonde, ce fut une véritable libération.

— *Lève-toi et va dans le coin de la pièce.*

Sans hésiter, il se leva et obéit comme un enfant puni. Il resta là sans bouger reprenant son mouvement de pendule comme si rien ne s'était passé.

Un morceau de chair sanguinolente pendait à mon bras et je souffrais atrocement, de grosses larmes m'aveuglaient. J'avais l'impression que l'air était rempli de piments tant la blessure me brûlait et je ne pouvais que subir.

— Ça vous suffit ! hurlai-je en sanglotant. Venez m'aider et me soigner, je vous en supplie !

La porte s'ouvrit aussitôt et Cayetano entra, un large sourire aux lèvres en applaudissant.

— Impressionnant !

Par-dessus son épaule, il fit un signe. Un médecin entra dans la pièce, le visage infiniment triste. Il me fit une piqûre contre la douleur, désinfecta puis recousit la plaie et l'entoura d'un bandage. Mon soulagement fut immédiat. Ensuite il me fit boire un peu de sérum rouge.

— Ne t'inquiète pas, me rassura-t-il, c'est seulement pour hâter ta guérison. Tu ne subiras pas de nouvelle transformation.

— Merci doc, intervint Cayetano. Elle s'en remettra. Alors, où en étions-nous ? A oui, donc tu sais contrôler les zombies, c'est magnifique ! Nous allons accomplir de grandes choses, toi et moi.

La douleur de mon bras blessé, contre laquelle je luttais si fort, fit naître en moi une incroyable colère, comparable à celle que je ressentais quand j'avais faim. Cette rage surnaturelle me fit considérablement gagner en assurance. Cayetano était responsable de toutes mes désillusions et de ma douleur, je lui en voulais à mort et l'envie de lui faire payer devint plus forte que toute autre forme de retenue.

—*Dévore-le !* ordonnai-je, au zombie sans trop réfléchir.

Le zombie sortit de son coin et s'avança vers mon tortionnaire. Mais l'un des gardes s'en aperçut et le stoppa en appelant Cayetano.

—Oh ! Non, tu ne ferais pas ça ! me nargua-t-il.

—Chiche ! répondis-je sèchement.

D'un seul coup de la main, sans le moindre effort semblait-il, il décapita le zombie. Je n'avais vraiment aucune chance de m'en sortir, condamnée à des semaines, des mois, des années de torture. Ce que je redoutais le plus dans la vie, plus que la perte d'un proche, plus que la faim … plus que de mourir, était en train de se produire.

Tout, je devais tout tenter pour empêcher cela. Je réfléchis à mon pouvoir qui me permettrait peut-être de compenser la différence de force, surtout dans l'endroit où nous nous trouvions. Une opportunité germa dans mon esprit. Il pouvait décapiter un zombie … mais pas dix mille !

L'instant d'après, un vacarme infernal jaillit de la passerelle. Tous les zombies enfermés dans leurs cellules commencèrent à frapper aux portes blindées pour les défoncer.

—Très malin ! s'exclama Cayetano, mais ils n'arriveront jamais à forcer les portes, c'est totalement inutile.

—C'est vrai, mais le bruit alertera les autres pensionnaires du manoir. Comment leur expliqueras-tu tout ce qui se passe ici ?

Il se retourna vers l'un de ses sbires, sans doute un

technicien et ce dernier acquiesça à contrecœur.

Sans hésiter, il me frappa violemment à la tête. Je tombai inconsciente ce qui mit fin très simplement mais efficacement à ma tentative.

Je me réveillais brutalement tandis qu'un saut d'eau glacée m'explosais au visage. J'eus l'impression de me noyer et mis quelques secondes à reprendre mes esprits. Nue, mouillée, tremblante de froid, je n'en menais pas large.

—C'était vraiment stupide de ta part.

—Je l'admets, dis-je, résolue. Ça n'arrivera plus.

Je ne pouvais rien tenter d'autre pour m'en sortir, il ne me restait plus qu'à capituler. La force de ma mère ne m'habitait pas et j'avais trop peur de la torture. Aucun moyen de m'enfuir, aucun moyen de mourir, je ne pouvais plus que me soumettre pour mettre fin à mes souffrances le plus rapidement possible. Une terreur sans nom s'empara de moi.

—Comment pourrais-je te croire ? (Je ne répondis pas) Pour l'instant, je ne peux pas te faire confiance, il va d'abord falloir que je te dompte. Quand tu seras brisée, je pourrai faire ce que je veux de toi. Ça prendra du temps, mais je ne suis pas à quelques mois près.

—Non, s'il te plait, ne me torture pas. Je ferai tout ce que tu me demandes.

—Ça ne me garantit pas ta loyauté à long terme. Mais je te rassure, je ne vais pas te torturer au sens où tu l'entends … pas tout de suite, en tout cas. La première étape d'un bon voyage vers l'obéissance, c'est la privation de sommeil. Et pour cela, j'ai un excellent moyen.

Un de ses gardes s'écarta du mur. Derrière lui, je vis un autre zombie fermement tenu par deux hommes au bout de longues perches. Il essayait en vain de les mordre.

—Dis-lui de rester calme dans le coin, comme avec le précédent, m'ordonna Cayetano.

J'obéis sans discuter. Le zombie se calma.

—Très bien ! A présent, nous allons te laisser. Tant que tu es éveillée, l'ordre que tu lui as donné sera maintenu mais dès que tu t'endormiras, le zombie retrouvera sa liberté. C'est étrange, mais c'est pourtant le cas. Et oui, comme tu vois, les discussions avec ta maman n'ont pas toutes été stériles. Donc, pour résumer, si tu t'endors, il viendra te dévorer.

Cette méthode barbare m'angoissait vraiment et je voulais à tout prix éviter de redevenir une proie. Je réfléchissais vite pendant qu'il parlait et je finis par trouver une ouverture possible.

—Ça n'a visiblement pas marché avec ma mère, alors qu'est-ce qui te fait penser que ta méthode fonctionne ?

—Oh, elle fonctionne, une partie des hommes que tu vois ici ont été … convertis, grâce à cette méthode. Ta mère fut une exception mais c'est uniquement parce qu'elle n'est pas restée en vie assez longtemps. Et comme nous savons tous les deux que tu n'es pas aussi forte qu'elle, ça devrait aller plus vite, heureusement pour toi. Je reviendrai d'ici quelques jours. Amuse-toi bien !

—Quelques jours ! m'exclamai-je.

—Oui, il faudra bien ça.

—Tu ne peux pas me laisser comme ça pendant plusieurs jours, je ne peux pas bouger.

J'avais trop peur. Des jours, seule, sans bouger, sans parler à quiconque, sans rien faire … à souffrir. Ce n'était pas possible, cela ne pouvait m'arriver, c'était un cauchemar dont j'allais bientôt me réveiller.

—Et pourtant si, dit-il simplement comme s'il me souhaitait bonne nuit.

—Non, par pitié … Pitié !… (La porte claqua) Non ! hurlai-je en pleurant.

L'instant d'après, la lumière s'éteignit, me plongeant quasiment dans le noir. La seule clarté qui pénétrait encore dans ma cellule était celle de la grande salle par la petite fenêtre blindée.

Je me retrouvais seule, dans le noir et le silence. Mon bourreau voulait vraiment s'assurer de mon sommeil ou que la tentative pour rester éveillée soit la plus ardue possible.

J'entendais les grognements du zombie dans le coin de la pièce, mais ne le voyais pas. Dès lors, même si je savais pouvoir le contrôler, cette présence morbide et grommelante non loin de moi, installa l'effroi au plus profond de mon être.

Comment avais-je pu me retrouver dans une telle situation ? A genoux sur un sol de béton qui me meurtrissait les pieds et les genoux, les mains liées dans le dos par des menottes trop serrées, nue, mouillée, grelottante de froid. Je pensai à Peitane. Pourquoi m'avait-elle trahie ? C'était inconcevable ! J'étais à peu près certaine qu'elle m'aimait. M'étais-je trompée à ce point, comme pour tout le reste ? Dieu que j'avais été naïve ! Elle devait bien rire à présent, bien se moquer du tour qu'elle m'avait joué. Et June, que lui réservait-il ? Où était-elle ? J'espérais qu'ils n'allaient pas lui faire de mal à cause de moi. Je priai qu'elle soit en sécurité … ou simplement morte.

Prisonnière, incapable de bouger, qu'est-ce que je faisais ici ? Pourquoi ? Pourquoi moi ? Je n'avais jamais fait de mal à personne, du moins délibérément.

—Je vous en supplie, ne me laissez pas ici. Je ferai tout ce que vous voudrez.

Je marmonnais entre mes dents.

Ils allaient certainement me torturer, peut-être dans quelques jours ou quelques semaines, mais ils y viendraient.

—Pitié, laissez-moi partir, pleurai-je. Je ne vous ai rien fait, je n'ai rien demandé. Laissez-moi tranquille…

Je fondis en sanglots, de nouveau paniquée. Je ne voulais pas rester là, seule, enchainée sur un sol glacial, incapable de bouger, à souffrir physiquement et mentalement.

—Aidez-moi, je vous en prie. Je veux partir et retrouver une vie normale. Pitié !

Il devait bien y avoir un moyen de sortir, je ne méritais pas cela.

—Aidez-moi !

J'allais me réveiller, ce n'était pas possible autrement. Ce n'était qu'un rêve de plus. En fait, je ne me suis jamais réveillée dans le laboratoire de mon père, je ne fais que dormir et je vais me réveiller. Me réveiller, enfin...

—S'il vous plait, articulai-je, au milieu de mes pleurs.

Tout ceci ne POUVAIT PAS m'arriver. Ce genre de choses n'existe que dans les films et ce sont les autres qui se font enlever et torturer, pas moi. Je voulais me réveiller, je *devais me réveiller !*

Mais non.

Les heures passèrent, infiniment longues. Mes larmes finirent pas se tarir. Il ne me restait plus qu'à accepter, admettre que toutes ces horreurs m'étaient destinées et que jamais je n'émergerais d'un sommeil ou d'un coma quelconque.

Mes genoux, mes tibias, mes chevilles et mes pieds me faisaient atrocement souffrir. Rester à genoux aussi longtemps sans aucune liberté de mouvement était une torture en soit, pas besoin d'équipements spéciaux. J'essayais de temps en temps de me redresser et de décoincer un peu l'articulation de mes genoux mais ce n'était que de courte durée.

Plus les heures avançaient, plus la douleur s'intensifiait. Bientôt, plus aucune position valable n'arriverait à me soulager, mes membres s'ankyloseraient. J'avais tellement mal qu'il m'était de toute façon impossible de dormir.

Le temps s'éternisait.

Seule, quasiment immobile, assaillie de douleurs et de peur, les secondes me semblaient des heures.

A part les gémissements rauques du zombie, rien ne venait troubler le silence de ma cellule. J'endurais un véritable calvaire. Pour tenter d'oublier ma situation, je pensais à ma vie d'antan, à l'école, à Marc, June, ou à des choses plus récentes, ma mère, les jeunes qui m'avaient offert leur pull, ma transformation en sicar, le manoir, Peitane. Mais cela me démoralisait et le temps ralentit encore.

Comme aucune lumière du jour ne perçait jusqu'à cet endroit maudit, je n'avais pas la moindre idée du temps qui s'écoulait mais il me semblait être là depuis des heures et des heures. Est-ce à cela que ressemble l'éternité ? Pour la première fois, ce mot prenait tout son sens.

Bientôt, le sommeil commença à me gagner. Je sentais mes paupières se fermer, et chaque fois que je sombrais un tant soit peu, les râles du zombie s'intensifiaient et je sursautais. Je maudis le fait de ne pas encore être une sicar accomplie, car j'aurais pu rester des jours sans dormir. Mais pour l'instant, je tenais à peine plus qu'un humain normal.

Je n'arrivais plus à lutter, sombrant peu à peu dans la nuit, le peu d'images s'offrant à moi se brouillant de plus en plus.

J'étais tellement fatiguée.

J'avais tellement mal.

Dormir un peu allait me permettre d'oublier la douleur pendant un court instant, quelques secondes, pas plus, c'est tout ce que je demandais.

Très vite, tout devint noir à côté de moi.

Je fus réveillée par une douleur intense au bras, là où le docteur l'avait bandé. Je crus d'abord que c'était l'antidouleur qui n'avait plus d'effet, mais le lancement était trop fort et irrégulier. Le temps pour moi de reprendre mes esprits, quelques secondes, et je me rendis compte que le zombie avait commencé à me grignoter le bras au même endroit que l'autre mort-vivant.

Je hurlai et lui ordonnai de retourner au plus vite dans son   coin. De nouveau, mon bras me faisait atrocement mal … mais pas plus que mes jambes. Tout mon corps n'était plus que douleur. Chaque muscle, chaque articulation était élancement.

J'étais tombée en avant pendant mon sommeil et ma tête avait heurté le sol car je ressentais également une douleur au niveau de l'arcade sourcilière. Je crois même qu'un peu de sang s'en était écoulé, je le sentais sur ma joue à défaut d'en voir sur le sol à cause de l'obscurité. J'essayai de me redresser, mais, à plat ventre, les tibias attachés au sol et les mains liées dans le dos, le geste fut aussi douloureux, ma peau raclant sur le béton râpeux de la cellule.

J'essayai encore de bouger mes membres, c'était impossible, les liens étaient trop serrés, le sang circulait difficilement.

Les heures passaient dans une succession de sommeils très courts, interrompus systématiquement par les morsures du zombie. Le temps que je mettais à me réveiller s'allongeait. Mon bras devait être déchiqueté et, comme le sang suintait, le zombie s'y attaquait systématiquement.

La douleur était insoutenable et j'avais beau pleurer et crier, personne ne venait à mon secours. Si de l'aide n'arrivait pas rapidement, j'allais bientôt me vider de mon sang. Est-ce que cela aurait un impact ? Allais-je mourir ? Non, sans doute pas. Je me souvenais de l'histoire racontée par Cayetano sur les expériences faites par les Laneiros, gardant des têtes, seulement des têtes, vivantes depuis des centaines d'années.

Lorsque la porte s'ouvrit enfin et que la lumière jaillit, je clignai des yeux. Je ne savais pas si un jour ou dix s'étaient écoulés mais je voulais que ça s'arrête, quoi qu'il en coûte.

Dans cette lumière aveuglante, il me fallut quelques secondes pour retrouver la vue. Un homme entra, petit, gros, mal rasé et certainement mal lavé également car il puait.

Il ne donna qu'un ordre.

—Suce-moi !

Je fus tellement surprise que ma première réaction fut instinctive.

—Crève, pervers !

—Elle n'est pas encore prête, dit l'homme en sortant. Doc ?

Une seconde plus tard, le docteur entrait avec sa trousse.

—Oh mon dieu ! s'exclama-t-il en voyant mon bras.

Je n'avais même pas pensé à regarder. Il ne restait déjà plus beaucoup de chair, l'os était visible à plusieurs endroits. J'aurais dû m'en effrayer et paniquer, mais j'étais tellement fatiguée et la douleur était si forte que je ne réagis même pas à la vue de ce carnage.

Le docteur fouilla frénétiquement dans son sac et en sortit un flacon et des compresses. Il imbiba une compresse et tamponna mes blessures. Dans la souffrance omniprésente, je ne ressentais rien de ce traitement. Je me révélais donc une patiente très docile ne se plaignant pas de quelques picotements.

Un moment, il se releva et alla discuter avec l'homme qui l'accompagnait. Choquée, encore dans les vapes, mon esprit n'arrivait pas à saisir leur conversation. Je transpirais abondamment. Je vis l'homme partir en courant tandis que le docteur revenait pour me soigner.

—Il vaut mieux que je ne mette pas de bandage, si le zombie s'y attaque encore, les morceaux de tissus qui se logent dans la plaie font plus de mal que de bien. Je suis désolé.

—Faut pas, répondis-je d'une toute petite voix.

—Je suis également désolé de vous voir comme

cela, croyez bien que je ne le désire pas.

— De quoi vous parlez ?

— De votre nudité.

Je n'y pensais même plus. J'étais si épuisée et la douleur était si présente que ma nudité semblait bien dérisoire.

Je crois que c'était le but recherché par Cayetano. Faire que plus rien n'ait d'importance et que je lui obéisse sans poser de questions, sans me demander pourquoi. Le processus était en marche et je ne pouvais pas lutter contre, je n'avais plus la force de me battre.

Dans un sens, les paroles du docteur étaient plutôt réconfortantes.

— Ah ça. C'est gentil à vous ... Docteur ?

— Oui.

— Pouvez-vous faire que ça s'arrête ?

— Oh ! Mon enfant, je suis désolé, répondit-il la voix empreinte d'une infinie tristesse. Je peux vous aider un peu, mais vous libérer n'est pas de mon ressort.

— Alors, tuez-moi.

— Quoi ?! Non, ça, j'en suis incapable !

— Je vous en prie, ne me laissez pas comme ça, à subir toute cette souffrance.

Il ne répondit pas, visiblement mal à l'aise et profondément triste. Il n'osait plus me regarder. J'insistai encore pendant un instant, mais compris rapidement qu'il ne pouvait rien oser sans risquer le même sort, je capitulai.

— Ce n'est pas grave. Merci quand même.

— Ne dites pas merci, mes soins ne font que prolonger votre douleur et je m'en excuse.

— Vous vous excusez beaucoup, doc.

— Je sais, pardon.

Un léger sourire déforma ma bouche, chose extraordinaire, mais très vite, il se figea car déjà mes lèvres gercées de soif se déchiraient.

—La faim est revenue, doc. Je peux avoir un yaourt ?

—Non, je suis navré. C'est interdit.

—Ok, je comprends. Un peu à boire ?

Il me regarda d'un air triste. Pas la peine d'insister, les ordres de Cayetano semblaient très stricts.

—Qu'avez-vous dit à l'homme qui est parti ? demandai-je difficilement.

—Qu'on retire le zombie de cette cellule sans quoi votre bras risque de ne plus pouvoir guérir même avec le sérum.

—Merci.

—Je fais mon travail. J'espère que vous ne m'en voudrez pas quand on vous libèrera.

—Jamais doc, vous pouvez vous rassurer.

—Merci.

Soudain, trois hommes entrèrent dans la cellule et emmenèrent le zombie sans dire un mot. Ils eurent même la décence de ne pas me regarder … mais cela n'avait plus la moindre importance à mes yeux.

—Courage, me dit le doc en se relevant.

—Vous partez déjà ?

—Oui, je ne peux pas rester.

Gêné, il quitta la pièce et la porte se referma derrière lui. Le claquement du métal lourd résonnait encore dans la grande salle quand la lumière de ma cellule s'éteignit. Je me retrouvais à nouveau dans le noir mais cette fois, c'était le silence complet. Je n'entendais plus que ma respiration et mon cœur battre dans mes tempes à cause de la douleur. Le noir, le silence, le noir, le silence, le n … envie de dormir …

Soudain, la lampe s'alluma et une musique explosa, si fort que j'eus le réflexe me boucher les oreilles. Mais mes mains étaient toujours menottées dans mon dos et je me fis mal à l'épaule.

Je me redressai comme je pus, raclant un peu plus ma peau sur le béton et vis la petite traînée de sang sur le sol, témoin de ma blessure à l'arcade sourcilière. Je me demandai comment j'avais encore la force de me relever.

Après quelques secondes, alors que je reprenais mes esprits, j'écoutai la chanson. C'était un groupe de heavy-metal que je ne connaissais pas. La chanson parlait de *Mister Torture*, une parodie pour un club sado-maso ou un truc dans le genre, difficile à dire. Une chose était sûre, Cayetano ou un de ses acolytes avait le sens de l'humour.

Puis, d'un coup sec, tout s'éteignit : la musique et la lumière cédèrent instantanément place au noir et au silence.

Pendant un instant, j'avais oublié mes douleurs et ma position inconfortable. Mais avec le silence, la souffrance et la faim revinrent en force. Je savais que d'ici quelques heures, mon esprit ne penserait plus qu'à une seule chose, manger, n'importe quoi, n'importe qui. J'espérais au plus profond de moi que Cayetano n'en profiterait pas pour me faire manger … n'importe qui. Des images atroces me vinrent à l'esprit : un petit garçon fut la pire.

Je fis tout ce que je pus pour rester éveillée, mais je luttais depuis trop longtemps. Quelques heures, ou quelques minutes plus tard, je n'en sais plus rien, je sombrai à nouveau. Aussitôt (je crois), la lumière s'alluma et la musique assourdissante retentit à nouveau.

Cette fois, je restai couchée, face contre terre, je n'avais plus le courage de me relever. Je me tournai légèrement sur le côté, juste pour bouger un peu et leur montrer qu'ils avaient réussi à me réveiller. Ma combativité, déjà si peu présente en temps normal, m'abandonnait petit à petit. Peu après, l'obscurité et le silence furent mes seuls compagnons.

Des jours et des jours s'écoulèrent me sembla-t-il, mais la notion du temps avait disparu complètement si bien que je ne pourrais pas le jurer. J'avais atteint depuis longtemps ma limite d'épuisement, je n'avais même plus la force de me relever. Je ne sentais plus mes jambes ni mes mains, la faim me tenaillait mais j'étais trop faible pour encore lutter.

Je m'abandonnai complètement.

Lorsque la douleur devenait trop insupportable, par moment, je suppliais encore … personne ne venait m'aider. J'implorai Cayetano de me libérer mais, le temps passant, je crois que même un seul mot n'était plus compréhensible dans ma bouche.

Je finis par abandonner tout espoir. J'en arrivai même à me désintéresser de la vie. Je voulais juste que ça cesse, tout simplement.

Lorsque la lumière jaillit, sans musique, et que la porte s'ouvrit, je n'eus même pas la force de relever la tête, tant j'étais faible. Quelqu'un entra, j'entendis des pas.

— Alors, comment te sens-tu ?

C'était Cayetano ! J'essayai de me redresser pour le regarder, mais l'effort me foudroya de douleur et ma tête heurta le sol dans un bruit sourd.

—Tu n'as pas l'air en forme, dis-moi. Pourtant, cela ne fait que cinq semaines que tu es là. Les autres ont tenu plus longtemps avant de s'écrouler.

Cinq semaines ! Cinq semaines que j'étais attachée à la même place, sans presque pouvoir bouger, sans boire ni manger. Je suppliais mentalement qu'il me libère, je ferais tout ce qu'il me demanderait, mais j'étais incapable de parler, aucun son ne sortait plus de ma bouche.

—Attends, continua-t-il. Je vais te libérer.

Ces mots sonnèrent comme … non, rien ne pouvait décrire ce que je ressentis à cet instant tant le sentiment de soulagement était fort, rien n'était comparable. J'ouvris les yeux et le regardai, les larmes envahirent mes paupières immédiatement.

—Oui, ma belle, je sais. Attends.

Il se pencha et desserra les liens qui m'attachaient au sol. Mes jambes se libérèrent, mais j'étais incapable de les bouger. Elles étaient couvertes d'escarres et à l'endroit des liens, là où le sang ne circulait plus, une odeur nauséabonde de pourriture m'agressa l'odorat.

Je restais allongée sur le sol.

Il me fit basculer légèrement pour desserrer entièrement mes liens et libérer mes mains.

Nue, recroquevillée sur le sol, j'étais à sa merci et à celle des trois gardes venus avec lui. Ils me regardaient, deux d'entre eux souriaient, le dernier affichait un regard triste. Je devais être dans un état lamentable.

—Ça va mieux ? me demanda-t-il d'une voix inquiète.

Je hochai imperceptiblement la tête, je n'avais pas la force de parler, ni même d'ouvrir les yeux. Il me souleva dans ses bras. Le changement de position vrilla mon corps d'une douleur insupportable. Je crispai le visage, retenant mes cris. Je n'étais pas bien lourde et il me souleva avec facilité.

Je pendais dans ses bras, inerte.

Il écarta mes cheveux de mon visage. Une telle douceur et tant d'attention me réconfortèrent le cœur, même venant de lui. A cet instant, je lui aurais promis tout ce qu'il demanderait tant il me soulageait. Je fondis en larmes dans ses bras et ma tête s'inclina sur son épaule.

—Je sais, je sais, dit-il avec compassion.

Pourvu qu'il m'emmène loin de cet enfer !

—Est-ce que ça va mieux ? Pourrais-tu te tenir debout ?

Je signai faiblement non de la tête.

—Comment? dit-il avec douceur avant de reprendre avec plus de fermeté. J'aimerai que tu répondes quand je pose une question. C'est extrêmement mal élevé de ne pas répondre quand on s'adresse à toi.

Je compris, dans mon intérêt, qu'il valait mieux redresser la tête et tout faire pour pouvoir répondre. Je tentai de dire *non*, tenir debout m'était impossible, mais le mot resta bloqué dans ma gorge.

—Que dis-tu?

—N.., n…

Il m'écarta légèrement de lui et me frappa si violemment au visage que je m'écrasai lourdement sur le sol telle une poupée désarticulée. La douleur infligée à mes membres lors de la lourde chute me foudroya à un tel point que je ne sentis même pas la gifle.

J'entendis les deux hommes derrière moi se réjouir du spectacle.

Cayetano se pencha au-dessus de moi en criant.

—Quand je te demande quelque chose, surtout si je le demande gentiment, tu le fais ! *Non* n'est pas une réponse satisfaisante. Est-ce clair ?

—O..., Ou...

—Quoi ? hurla-t-il.

—Ou..., oui.

—Je n'ai rien entendu !

Il m'attrapa par les cheveux et me souleva la tête du sol. Je pendais lamentablement au bout de sa main. Une nouvelle gifle fit rebondir ma tête sur le sol dans un bruit sourd. J'entendis un craquement sec lorsqu'elle heurta le sol. Je n'avais même pas la force d'y porter la main. Un sang épais s'écoula sans que je n'y fasse rien.

—Ou..., Oui, forçai-je plus fort, groggy par le choc.

—C'est mieux, mais tu hésites encore à faire les efforts nécessaires pour m'obéir. Tu n'es pas encore prête.

Je me tortillai sur le sol pour essayer à tout prix de me lever, du moins de m'asseoir, pour montrer ma bonne volonté ... et lui faire plaisir. Mais je n'arrivais qu'à me tordre.

—Si tu veux travailler pour moi, il va te falloir plus de volonté. Là, tu n'en as visiblement pas encore assez. Rattachez-la ! ordonna-t-il.

Les trois hommes s'avancèrent et m'attachèrent à nouveau les pieds et les genoux puis, les mains dans le dos. Ils serraient si fort les câbles de métal que je les sentis pénétrer ma chair meurtrie. Dès qu'ils me lâchèrent, je m'effondrai à plat ventre.

—Ton bras semble guéri, constata-t-il, c'est une bonne nouvelle. Ta blessure à la tête guérira vite. Nous allons te laisser encore quelque temps. Quand je reviendrai, j'espère que tu montreras plus de volonté à m'obéir.

La porte claqua derrière lui et la lumière s'éteignit.

Comment aurais-je pu lui obéir ? Je n'avais même plus la force de me tenir à genoux. Et pourtant, je voulais lui faire plaisir, c'était mon vœu le plus cher, mais je n'en avais plus la force. La prochaine fois, je tenterais plus d'efforts. Rien ne m'arrêtera pour y arriver.

Et pour cela, je devais empêcher mes muscles de tétaniser. Je commençai dès lors des exercices de contraction musculaire malgré la douleur et le manque de mouvements permis. D'abord le ventre puis les cuisses, les bras et les fesses. Si Cayetano ou ses pervers d'hommes de main me regardaient à l'aide d'une caméra, ils devaient bien se réjouir du spectacle. Mais cela m'importait peu car si je parvenais à retrouver suffisamment de forces, j'arriverais peut-être à me relever. Sans doute pas plus, mais au moins Cayetano serait-il content. De la sorte, je pourrais envisager une libération plus rapide.

Je n'aurais de cesse de me fortifier jusqu'à ce qu'il revienne et être assez forte pour lui obéir. Je transcendais la douleur pour assurer ma survie.

Comme les autres jours, ils brisaient systématiquement mon sommeil par la lumière et une musique assourdissante. J'avais de plus en plus de mal à pratiquer mes exercices tant la fatigue envahissait chaque partie de mon corps. Je ne parvenais même plus à me redresser, obligée de pratiquer à même le sol, couchée sur le ventre.

Le fait de me concentrer sur une potentielle remise en condition, luttant en permanence contre la douleur, m'aida finalement à passer le temps. Lorsque la porte s'ouvrit, je n'attendis pas qu'il me demande quoi que ce soit. Je fis immédiatement tout ce qui m'était possible pour me redresser … et j'y parvins, motivée par sa présence et la menace d'une cuisante sanction.

—Mais regardez-moi ça ! s'exclama-t-il en riant devant ses hommes. Elle a bien retenu la leçon ! Tu vois, ma chérie, ces deux semaines supplémentaires n'ont pas été vaines. Détachez-la !

—*Deux semaines ! Quelle horreur !* pensai-je.

Je ne m'étais pas rendu compte que le temps s'était écoulé aussi vite. L'apprendre rendait les choses encore plus difficiles. Je *devais* me sortir d'ici à tout prix.

Dès que mes mains et mes jambes furent libres, je mis tout en œuvre pour me relever. Redresser une jambe m'infligea une douleur atroce. Je n'avais plus effectué un mouvement aussi ample depuis si longtemps. Appuyée sur un genou, un pied devant et les deux mains au sol, je poussai aussi fort que possible. La douleur me paralysa presque, mais j'arrivai à en faire abstraction.

Rien ne m'arrêterait !

Je me redressai alors que tous mes muscles criaient à l'agonie … déclenchant une salve d'applaudissements.

—Bravo ! s'exclama Cayetano. Tu fais de vrais efforts, c'est remarquable ! Je crois que nous pouvons dire qu'elle est nettement moins pitoyable qu'il y a deux semaines, qu'en pensez-vous ?

Ils approuvèrent d'un signe de tête en souriant de bon cœur.

Mais ce n'était pas assez pour moi. Si je voulais vraiment qu'il soit content de moi, je devais lui en montrer plus.

—Je … Je veux seu …

—Comment ? demanda-t-il en s'approchant de moi.

—Je … veux que tu … sois cont … content de moi.

—Tu veux que je … hé ! Vous entendez ça ! Elle veut que je sois content d'elle.

Ses hommes éclatèrent de rire, je ne compris pas pourquoi.

—Tu n'as toujours rien compris. Je ne veux pas être content de toi, ce n'est pas ça qui te fera sortir d'ici. Je veux que tu m'obéisses, sans condition et sans refus, quel que soit l'ordre donné.

—D … d'accord.

—D'accord ? Ok. Suis-moi ! ordonna-t-il sèchement.

Il quitta la pièce sans rien dire de plus.

Non !

Ce n'était pas possible. Il ne pouvait me demander ça, pas aussi vite après autant de temps d'immobilité. J'avais besoin de rééducation.

J'espérais voir sa tête passer la porte et me dire qu'il blaguait. Que d'illusion ! Si je voulais que mes efforts n'aient pas été vains, je devais y arriver … je voulais lui obéir plus que tout au monde.

Je trainai mon pied droit par terre pour l'avancer de quelques centimètres. La douleur était atroce, comme si on m'enfonçait des dizaines de couteaux dans tout le corps à chaque mouvement. Je pris doucement appui et commençai à trainer l'autre pied.

Soudain, la tête de Cayetano passa par la porte. Et si … ?

—Je t'ai demandé de me suivre, pas de rester à la traine.

Mais non.

Au diable le pas à pas, je n'avais pas ce luxe, je devais bruler les étapes, quelle que soit la douleur et quel qu'en soit le prix. Le corps tremblant de mal, je mis un pied devant l'autre, forçant autant que je pus. Un instant plus tard, je passais titubante devant les gardes.

—Quel dommage ! s'exclama l'un d'eux. Un petit corps comme celui-là, je m'en serais bien occupé.

J'avais oublié que j'étais nue, mais cela n'était plus qu'un détail insignifiant. Ma dignité n'avait plus la moindre importance. Le monde entier pouvait me voir, je ne m'en préoccupais pas. Je voulais juste que Cayetano sache que je lui obéirais en toute circonstance.

Mes muscles se décoinçaient à chacun de mes pas, ma marche s'accélérait bien que la douleur fut toujours aussi forte. Un vif sentiment d'euphorie m'envahit, j'allais réussir ! Ma libération était proche !

Soudain, Cayetano réapparut devant moi. Il souriait tendrement, cela me réchauffa le cœur. Etais-je enfin arrivée à le satisfaire ? Allais-je enfin pouvoir quitter cet endroit atroce ?

Mais il ne dit pas un mot.

Il baissa les yeux pour regarder mon corps nu puis, du bout des doigts, me caressa délicatement un sein. Il pouvait, je lui appartenais désormais, et je serais même heureuse de le satisfaire entièrement

—Si je t'offrais à mes hommes, y verrais-tu un inconvénient ? demanda-t-il en me regardant tendrement.

A ses sbires !

Mais j'abandonnais. Oui, s'il fallait en passer par là, qu'il en soit ainsi, je ferais tout ce qu'il me demande. Je lui appartenais.

—Je ferai ... ce que tu ... me demandes.

—Tu coucherais avec les trois ?

J'hésitai, quelle horreur ! Mais ...

—Oui, dis-je totalement résignée.

Il me gifla si violemment que je m'écrasai contre le mur, la tête cognant la première, et m'effondrai sur le sol presque inconsciente.

—C'est comme ça que tu veux m'être fidèle. Comment puis-je savoir que tu ne me trahiras jamais si tu couches avec le premier venu ?

—Je ... suis ..., tentais-je de dire à moitié inconsciente.

Mais il ne m'écoutait plus.

—Remettez-la dans sa cellule et rattachez-la. Elle n'est pas encore prête.

Lorsque la porte se referma, je compris seulement.

Rien ne serait jamais assez bon. Il voulait me briser jusqu'à ce que je ne puisse plus réfléchir. Tant que j'étais capable de faire des efforts, et même de lui répondre, il ne m'avait pas brisée.

En voulant le satisfaire, je lui avais donné une raison de continuer à me torturer. Je n'avais dès lors plus qu'une solution ... l'abandon.

Je décidai de ne plus rien faire. Plus d'exercices. Je me laisserais dépérir et supporterais tout jusqu'à ce qu'il décide de mon total anéantissement. Même mon esprit je l'abandonnai, ne pensant plus à rien. Mes amis, mes parents ... mes souvenirs, tout ce qui m'avait permis de tenir le coup jusqu'ici, je les refoulais. Tant que je serais capable de réfléchir, il ne s'arrêterait pas. Je ne me focalisais dès lors plus que sur une seule image : la sienne. Rien ne devait plus compter ... que lui. Ce n'est qu'à ce prix que je sortirais de cet enfer.

Immobile, à plat ventre sur le sol, je laissai la douleur provoquée par la faim m'envahir totalement, sans même chercher à l'oublier. J'avais fait le vide dans mon esprit à un tel point que je ne ressentais même plus la colère, fidèle compagne des autres symptômes de manque.

Lorsque la porte s'ouvrit enfin, je ne réagis même pas.

— Alors, ces trois semaines supplémentaires t'ont-elles permis de te ressaisir ?

Trois semaines !

J'étais totalement déconnectée de la réalité. Cela faisait dix semaines qu'il m'affamait et me laissait pourrir ici à endurer d'atroce supplices. Si j'avais encore été humaine, je serais morte depuis longtemps.

Mais pas nous. Nous pouvons vivre éternellement sans manger … en souffrant. La soif de sang, la faim de chair humaine, des liens trop serrés, une position trop statique pendant trop longtemps, des escarres douloureuses et malodorantes, tant de choses que j'avais dû endurer et qui avaient pour seul but de me briser.

J'étais dans un état pitoyable, sale, nue, attachée comme un vulgaire objet. Ses hommes vinrent me détacher mais je restai allongée, trop faible, sans volonté. Il me souleva et me prit dans ses bras, je restais inerte, je ne voulais plus, je n'en pouvais plus.

— Ma chérie, regarde-moi.

Je n'avais plus la force, dix semaines d'immobilité totale avaient eu raison de moi. Même si j'avais encore voulu lui faire plaisir, j'en aurais été physiquement incapable.

La tête abandonnée vers l'arrière, je ne réagissais à aucune de ses demandes. J'étais morte en quelque sorte.

— Parfait ! dit-il alors. Mais nous devons vérifier. Messieurs, elle est à vous.

Quoi ! Non pas ça ! Par pitié !

— N..., Non, dis-je aussi fort que possible. J..., Je v..., vais ...

Pourquoi mon instinct de survie était-il encore si vif ? Il m'avait bien quitté la dernière fois. Alors pourquoi devait-il se réveiller maintenant. Je ne voulais pas. Car je n'avais plus la force de me battre pour quoi que ce soit. Cet instinct ridicule allait m'infliger une torture supplémentaire sous la forme d'un viol alors que s'il avait été absent, le viol n'aurait été qu'un court moment difficile mais si dérisoire par rapport au reste.

— Alors elle réagit toujours. Cette fois, ça suffit. Messieurs, achevez-là !

Il sortit à grands pas, furieux, de la cellule.

Un des trois gardes resta à l'extérieur, celui qui, la première fois, m'avait semblé si triste. Les deux autres s'approchèrent. Je savais ce qui m'attendait ... et je ne voulais à aucun prix.

Tout sauf ça !

Maudit instinct de survie, pourquoi ne me laissais-tu pas accepter cette humiliation pour l'oublier aussi vite ?

Je me découvris une énergie insoupçonnée pour bouger mon corps endolori. Dans un effort surhumain de peur et de douleur, j'arrivai à m'agenouiller mais mes bras n'avaient pas encore assez de force pour redresser mon corps et je restai prostrée en avant.

— Oh, regarde comme c'est gentil, dit l'un d'eux en

rigolant, elle s'offre à nous. Décidément, j'aime mon travail.

L'autre éclata de rire.

Imaginant ma position, je préférai me laisser retomber sur le sol et employer toute ma faible énergie à garder les jambes serrées, tout en sachant que cette protection était dérisoire.

Le premier homme me retourna sur le dos, je n'étais pas bien lourde pour lui. Il m'écarta brusquement les cuisses sans que je puisse lutter. Contre des sicars, j'étais bien trop faible.

Pour m'empêcher de gigoter comme un ver, le deuxième homme s'assit sur le sol et coinça mes épaules avec ses jambes et ses bras. De nouvelles larmes affluèrent rapidement.

Cayetano avait raison finalement, j'étais pitoyable.

Au-dessus de moi, un large sourire déformant sa bouche, le premier homme dégrafait sa ceinture puis j'entendis sauter les boutons de son pantalon pendant que l'autre en profitait pour me peloter.

Je ne pouvais plus bouger, j'étais coincée.

—Tu es drôlement mignonne, lança-t-il. C'est rare qu'on en ait des comme toi. Ça va être un véritable plaisir.

Je tentai encore de me tortiller pour me libérer de leur emprise, sans résultat. Il me bloqua les hanches de ses deux mains.

Je fermai les yeux, préférant ne plus rien voir.

Soudain, un bruit sourd interrompit les deux hommes, puis la porte de ma cellule grinça. Deux coups très rapprochés me parvinrent encore.

Lorsque j'ouvris les yeux et redressai difficilement la tête, le premier garde était allongé, inerte, le pantalon sur les genoux et le second avait arrêté de me malaxer douloureusement les seins.

Au-dessus de moi, le visage de l'Ange était apparu, puis quelqu'un tomba à côté de moi et me couvrit d'une veste : Peitane !

— Ça va, ma chérie ? On va te sortir d'ici !

— Le temps presse, me dit l'Ange, donc excusez l'Ange s'il vous habille.

— *Me libérer ? Mais que va dire Cayetano ? Il va être furieux.*

— C'est fini, me rassurait Peitane. Je suis désolée de t'avoir amenée là, mais je n'avais pas le choix, je te promets.

— Plus tard ! la coupa l'Ange. On doit se dépêcher. Mets-lui son t-shirt et on part. Pauvre petite, ajouta-t-il en me regardant.

Peitane termina de me vêtir, m'infligeant une douleur fulgurante à chaque manipulation, puis me souleva dans ses bras. Pendant ce temps, l'Ange fouillait les poches de l'un des gardes. Il y prit une clé rouge, bizarre.

— Je l'ai ! Laisse, dit-il ensuite, l'Ange la portera.

— Non, objecta Peitane, je m'en occupe.

— Ne soit pas aussi catégorique. L'Ange est plus fort que toi. L'Ange courra plus vite avec elle dans les bras et s'il faut se battre, aura plus de chance de s'en sortir.

Je passai dans les bras de l'Ange qui me bascula sur son épaule comme un vulgaire sac à dos (et je ne devais pas peser beaucoup plus) puis il fit signe à Peitane de sortir.

Au pas de course, ils arpentèrent la passerelle, prirent par le pont qui menait à la colonne centrale en verre où l'escalier nous mènerait vers une sortie. Ils ne comptaient manifestement pas sortir par la grande porte.

J'aurais voulu parler pour les arrêter. Tous les mouvements de course de l'Ange me torturaient. Cayetano allait bientôt arrêter de me torturer et me prendre à son service. C'était la seule chose que je voulais car, ainsi, je ne souffrirais plus jamais. Si je m'enfuyais, il me retrouverait, ou quelqu'un d'autre lancé à ma poursuite, et me torturerait à nouveau en recommençant les sévices depuis le début ... et peut-être même plus cruellement. Je souffrirais deux fois plus. Il n'en était plus question, si près de la libération. J'avais trop enduré de violences, je n'en pouvais plus.

Je me tortillais sur l'épaule de l'Ange pour qu'il me laisse descendre, mais il était trop fort. Comprenant malgré tout que quelque chose n'allait pas, il s'arrêta au bout de la passerelle qui menait à la colonne centrale et me posa sur le sol.

— Peitane ! l'apostropha-t-il. Attends, elle veut quelque chose.

Peitane s'agenouilla à côté de moi.

— Que se passe-t-il ? me demanda-t-elle.

— Pas ... partir. Cayetano ...

— Tu ne reviendras plus entre ses mains, je te le promets. On a mis du temps à venir te chercher, mais crois-moi, on n'a pas eu le choix. Si on voulait avoir une chance de réussir, on était obligé d'attendre le bon moment.

— Non, Cayetano ... sera ... gentil.

— Quoi ! Non, mais ...

— Il l'a brisée, dit l'Ange en l'interrompant d'une main sur le bras. Il faudra du temps ... ou du sérum rouge. Allons-y, il ne faut plus s'attarder.

— D'accord. Ecoute, ma chérie. Pas question de te laisser ici, me dit-elle, alors que l'Ange fouillait son sac, tu n'as plus toute ta tête, mais crois-moi, Cayetano est une véritable ordure, tu ne seras jamais en paix en restant à ses côtés.

L'Ange prit mon bras et m'injecta le liquide rougeâtre. L'effet fut immédiat. Le sérum se répandit dans tout mon corps comme une vague de chaleur réconfortante me rendant une certaine vitalité.

Il me souleva à nouveau sans ménagement et me rejeta sur son épaule.

Nous avions parcouru deux niveaux de plus lorsque des cris retentirent. Un des deux hommes que l'Ange et Peitane avait assommé dans ma cellule était revenu à lui et alarmait le manoir.

— Il faut nous hâter, dit l'Ange. Nous devons atteindre le tunnel en bas et arriver aux égouts avant qu'ils nous rattrapent.

— Alors arrête de parler et cours ! lança Peitane.

Les escaliers étaient plus sombres que les paliers, ce qui me permit de compter les étages que nous franchissions à chaque fois que la lumière s'intensifiait. Trois de plus. Nous étions environ à la moitié du parcours.

Je commençai à reprendre mes esprits. J'appréhendais mieux l'environnement et ma situation. Mon cerveau renaissait … en quelque sorte. Je me surpris même à envisager notre réussite … le sérum faisait rapidement effet.

Soudain, une sirène retentit dans un bruit assourdissant qui me vrilla le cerveau. L'Ange ralentit sa course pour s'arrêter sur le palier. Peitane ne s'en rendit pas compte de suite, si bien qu'elle dut remonter quelques marches pour nous rejoindre.

—Mais qu'est-ce que tu fais ? s'énerva-t-elle.

—Nous sommes coincés. L'Ange aurait dû tuer les trois hommes.

—Mais non, il faut continuer !

L'Ange m'assit délicatement sur le sol contre la paroi de verre.

—Les issues sont fermées, le déclenchement de l'alarme condamne cette salle pour tous ceux qui sont à l'intérieur. Nous ne pouvons plus sortir, mais par contre, eux peuvent entrer, ajouta-t-il en montrant le bas de la salle du doigt.

Je tournai péniblement la tête. Des sicars s'engouffraient par dizaines. Puis voyant Peitane et l'Ange lever la tête, je fis de même. Là aussi des dizaines de sicars entraient en force. Tout le manoir était mobilisé.

—Merde, qu'est-ce qu'on va faire ? paniqua Peitane.

—Il n'y a plus qu'une seule solution si nous voulons sortir d'ici vivants, répondit-il, dépité.

—Laquelle ? cria-elle.

—Les *Ondes*.

Peitane qui faisait les cents pas s'immobilisa brusquement. Elle ne répondit rien mais son air horrifié en disait long. De quoi pouvait-il bien s'agir : les *Ondes* ? Pourquoi Peitane en avait-elle tellement peur ? Même Cayetano ne l'effrayait pas autant.

—Nous n'avons pas le choix, dit l'Ange, comme pour une évidence. (Peitane était au bord des larmes.) Ils le feront un jour ou l'autre et dans peu de temps, nous ne faisons qu'avancer l'échéance car il est trop tard pour les en empêcher. Nous devons sauver notre peau si nous voulons encore nous battre demain.

Nous battre demain ? Mais de quoi parlaient-ils ? Je ne voulais plus me battre. Je voulais partir d'ici et vivre tranquille ... et surtout ne plus jamais entendre parler du manoir, des familles et de mon tortionnaire.

— Il ... Il doit y avoir une autre solution, bégaya Peitane que les larmes envahissaient. Et si on se rendait.

— Ils nous tueraient sans hésiter et Caroline serait de nouveau enfermée ... et cette fois, nous ne serions pas là pour la sauver de ses geôliers, personne ne viendra plus à son secours. Est-ce réellement ce que tu veux ?

J'aurais voulu les supplier de ne pas les laisser me reprendre, mais je n'arrivais pas encore à parler. La liberté à peine retrouvée, il était hors de question de retourner dans cette maudite cellule et de laisser Cayetano me torturer à nouveau.

— N... non, P...pitié, articulais-je à peine.

— Non ... enfin ... Je ...

— Ecoute, dit l'Ange à toute vitesse en la prenant par les épaules. Nous avions envisagé cette possibilité avant de venir la sauver, c'est pour ça que j'ai pris la clef au garde. Nous sommes les seuls à pouvoir combattre les deux familles et tu sais pourquoi ! Si nous mourons, elles auront gagné. En plus, nous sommes arrivés trop tard pour contrer leur plan, les ondes seront lâchées avant la fin de l'année et ça, tu le sais aussi. Nous ne faisons qu'avancer l'échéance à un moment où ils ne sont pas encore prêts, ce qui nous donne un avantage, même minime. (Il me désigna de la main) Et finalement, s'ils remettent la main sur elle, ils gardent un avantage stratégique capital, on ne peut pas se le permettre ! On n'a pas le choix. Est-ce que tu es avec moi ? … (Elle restait muette de peur) Est-ce que tu es avec moi ? insista-t-il.

— D'accord, finit-elle par répondre. J'espère que le ciel ou n'importe quel dieu nous viendra en aide, nous allons en avoir salement besoin à l'avenir.

— *Merci Peitane*, pensai-je, même si je ne savais pas du tout ce qu'ils prévoyaient de faire.

— Alors, il ne faut plus hésiter. L'Ange va les attirer vers lui. Pendant ce temps, descends de deux niveaux et cache-toi. Quand la voie sera suffisamment dégagée, tu fonces vers la salle de contrôle et tu fais ce qu'il faut, dit-il en donnant la clef rouge à Peitane.

— Et toi ?

— L'Ange s'en sortira et protègera Caroline. Va et ne te retourne pas ! ordonna-t-il.

L'Ange me souleva comme une poupée de chiffon et me déposa sur son épaule avant de dévaler les marches. Le stress et le malmenage auraient bientôt fini de m'achever, je sentais que j'allais sombrer à nouveau dans l'inconscience, ma vue se troublait et j'avais la tête qui tournait.

Quelques étages plus bas, nous rencontrâmes les premiers sicars, un petit groupe de dix, qui avaient été envoyés pour nous arrêter pendant que les autres nous attendaient de pied ferme en bas.

L'Ange me laissa tomber sans ménagement sur le sol et engagea le combat. Je dus me concentrer pour observer la lutte tant ma vision se brouillait. Il faisait preuve d'une incroyable dextérité, son marteau défonçant les crânes avec une aisance déconcertante. Sa place en hauteur dans l'escalier l'avantageait, si bien qu'en quelques secondes, les dix sicars gisaient morts.

Sans plus attendre, il me saisit et reprit la descente.

Deux niveaux plus bas, il quitta l'escalier et emprunta le pont vers les cellules remplies de zombies. En bas, nous entendions crier les sicars. C'était la débandade.

J'essayai de relever la tête pour voir où en était Peitane, mais en vain, la course de l'Ange me brinquebalait trop. Il courait le long de la passerelle, mais bizarrement, sa course semblait ralentir. Sans doute commençait-il à fatiguer, je n'étais pas bien lourde pourtant. Les sicars nous rattrapaient peu à peu, je les entendais crier derrière nous.

Soudain, j'entendis d'autres cris … devant nous … nous étions coincés !

Sans hésiter, l'Ange sauta dans le vide, relâchant son étreinte sur moi. Je me séparai de lui et, en plein vol, il me ramena devant lui pour m'agripper à la tête et au bassin. Lorsque ses pieds heurtèrent le sol, il roula en avant, amortissant la chute pour moi en me lâchant. Le choc fut important, mais sans conséquences. Il se releva d'un bond et courut vers moi.

Mais avant qu'il puisse me saisir, une main m'agrippa et me souleva du sol sans ménagement, je reconnus immédiatement son parfum … Cayetano !

—Laisse-là ! hurla l'Ange.

—Sinon quoi ? demanda Cayetano en souriant sadiquement.

Me retrouvant entre les mains de mon tortionnaire, j'entrai dans une panique monstre. Mes yeux se mouillèrent instantanément et implorèrent l'Ange de venir m'aider.

—Sinon l'Ange devra mettre fin à tes jours.

—Alors c'est comme ça que tu veux qu'on t'appelle : l'Ange. C'est ridicule, tu en as conscience. Regarde autour de toi, tout est fini, tu n'as aucune chance de t'en sortir.

— Alors tu n'as aucune raison de me refuser un combat loyal.

— Ça n'empêchera pas mes soldats de te mettre en pièce même si tu gagnes.

— Peu importe à l'Ange. Si tout doit finir, ce sera dans l'honneur. Tu es de l'ancienne école, tu sais encore ce que ça veut dire. Et je ne crois pas que tu sois du genre à avoir peur de quiconque. Alors ?

— Pourquoi t'accorderais-je un combat loyal à l'ancienne. Qui crois-tu être pour mériter cela ?

— Qui est l'Ange n'est pas important. Ce qui compte, c'est qui j'étais et que j'aie assisté au massacre de la population de Ciñera.

— Comment ? s'exclama Cayetano, surpris. Tu y étais ! Et tu en as réchappé ?

— Oui. Je n'étais alors qu'un enfant, je ne vous intéressais pas et j'étais plus rapide que les zombies.

— Incroyable. Donc, tu as bu à la source. C'était toi !

— Oui. Je suis moi aussi un élégide.

— Boire à la source ne fait pas de toi un élégide, le toisa-t-il avec mépris. Tu es tout au plus un bâtard qui n'a rien à voir avec la famille. Ne te compare pas à nous.

— Et pourtant, je suis plus fort que vous. Ta mère et Onan en ont déjà fait les frais.

— Ainsi c'est toi qui as tué cette brave Adelma. Tu es fort en effet. Onan, par contre, ce gros porc d'Acostas vissé à son fauteuil, n'a pas dû être bien difficile à tuer. (L'Ange ne rétorqua pas.) Très bien, je t'accorde un combat loyal … même si cela ne changera rien dans les faits.

Cayetano regarda autour de lui, des dizaines de

sicars nous encerclaient. Je sentis un spasme courir dans ses bras qui me serraient, il se moquait.

—Vous n'interviendrez pas ! hurla-t-il à ses hommes. Toi, charge-toi d'elle, je la reprends après.

Il me jeta à un sicar qui faillit me rater. Je perdais de plus en plus connaissance, poupée désarticulée dans les bras de celui qui me tenait. Je n'avais même plus la force de tenir ma tête droite.

—Hé là, dit l'homme en me redressant le visage. Tu dois voir ce qu'il va faire à ton ami.

Il me fit pivoter et tint ma tête droite pour que je puisse tout voir du combat. Mon cœur se mit à battre plus fort car l'Ange allait peut-être perdre la vie en essayant de me sauver. Mais surtout, j'étais à nouveau dans les bras de mes bourreaux et je me doutais bien que les deux gardiens qui avaient été assommés en tentant de me violer allaient prendre une sérieuse revanche. Cette idée me terrorisa. J'étais tellement faible … la panique pris encore de l'ampleur et je me remis à sangloter.

L'augmentation de mon rythme cardiaque me redonna un peu de conscience qui me permit de suivre le duel.

Je vis l'infime onde du pouvoir de Cayetano fondre sur l'Ange qui sourit.

—Le pouvoir des élégides n'a aucun effet sur moi. Tu vas devoir te battre à armes égales.

—Et tu crois que cela te laisse la moindre chance, lança Cayetano en fonçant sur lui.

Lorsque j'avais vu les azuls se battre pour obtenir leur titre de sicar, j'avais été impressionnée par leur dextérité et leur capacité à interagir avec l'espace. Ils sautaient sur les murs avec une incroyable agilité et se déplaçaient à une vitesse phénoménale.

Mais je me rendis compte en assistant au combat de l'Ange et Cayetano que les azuls étaient vraiment des débutants. Le combat qui se déroulait sous mes yeux était d'une toute autre dimension, les coups portés avaient pour but de tuer et leur vitesse était indéniablement supérieure. Si j'avais dû affronter Cayetano moi-même, je serais déjà morte … dès la première attaque. Lorsqu'un coup atteignait sa cible, un bruit sourd traversait la grande salle. Heureusement pour l'Ange, sa constitution d'élégide lui permit d'encaisser sans être blessé trop gravement.

Mais le combat s'éternisait et l'Ange montrait des signes de fatigue, à l'inverse de Cayetano qui semblait très à l'aise. Se rendant compte de la faiblesse croissante de son adversaire, Cayetano prit de l'assurance et même le temps de le narguer.

A deux reprises déjà, l'Ange s'était lourdement écrasé contre un mur, s'affalant sur le sol le souffle court mais toujours il était revenu à la charge.

Cette fois, il heurta si violemment un pilastre que j'imaginai sa colonne vertébrale voler en éclat. Le béton se fissura. Malgré tout, il se releva. Essoufflé, il toisait son adversaire. Il était clair à présent qu'il n'arriverait pas à le vaincre, c'était la fin … et je ne pouvais rien faire pour l'aider.

A moins que …

Je me rappelai à cet instant que je pouvais communiquer avec lui par la pensée. Pourquoi n'y avais-je pas pensé plus tôt ? Déjà au moment de notre fuite et encore avant, pendant mon isolement, je m'acharnais à essayer de parler avec Cayetano alors qu'il me suffisait de penser.

—*Ange*, lui pulsai-je à l'esprit. *Oubliez la force, vous devez le prendre par surprise.*

Il tourna son regard vers moi, la tristesse et le découragement se lisaient dans ses yeux.

—*L'Ange a déjà essayé mais il est bien trop rapide.*

Je réfléchis rapidement. Il devait bien y avoir un moyen de distraire Cayetano.

—*Hurlez en attaquant et au dernier moment, taisez-vous en changeant d'attaque. Je le distrairai.*

—Abandonne, lança Cayetano. Tu n'as plus la moindre chance. Tu es déjà épuisé.

—*Mais vous devrez faire vite*, continuai-je, *car à mon avis, cela ne durera qu'une fraction de seconde. A ce moment, il vous faudra le tuer, vous n'aurez peut-être pas d'autre chance.*

Il acquiesça discrètement sans plus me regarder afin de ne pas attirer l'attention.

—Tant qu'il me restera un souffle de vie, répondit l'Ange à son adversaire, tu n'auras pas gagné.

Il se mit à hurler en fonçant, bras droit levé et main en position pour griffer profondément, son marteau dans l'autre main. Il courait à peine à vitesse d'homme, mais je n'aurais pu dire si c'était une ruse pour mettre son adversaire en confiance ou si réellement il n'était plus capable de mieux. Ce furent les deux secondes les plus longues de ma vie.

Cayetano resta immobile en souriant tant la vitesse de son adversaire était dérisoire.

Soudain, le cri de l'Ange fit place au silence. J'appelai mentalement Cayetano pour attirer son attention.

Il détourna un instant les yeux vers moi alors que la

main gauche de l'Ange venait le frapper violemment en pleine gorge, lui arrachant la moitié du cou. L'élégide n'avait pas encore réalisé ce qui lui arrivait que l'Ange frappait à nouveau. La pointe du marteau s'enfonça dans son crâne comme dans une pastèque. L'Originel posa des yeux étonnés sur l'Ange, il ne s'attendait pas à cela. Toute lumière s'éteignit dans son regard, il s'effondra sur le sol dans un bruit sourd soulevant un peu de poussière.

A bout de souffle, l'Ange le regarda un instant et l'insulta dans une langue que je ne connaissais pas, une sorte d'espagnol je crois. Sa phrase suivante parvint clairement à mes oreilles :

—Et de trois !

Je ne savais pas de quoi il parlait et cela m'importait peu, il avait vaincu Cayetano, l'un des Originels, et c'est tout ce qui comptait à cet instant.

Reprenant mes esprits, je réalisai que l'homme qui me tenait tremblait. Il ne s'était visiblement pas attendu à ce que son patron puisse être vaincu. Tous les sicars se regardaient inquiets, se demandant quoi faire.

Pourtant, un baksicar prit la parole.

—Rends-toi ! Tu n'as aucune chance.

—C'est ce qu'il pensait, dit l'ange froidement en pointant Cayetano.

—Oui, mais il était seul. Nous sommes plusieurs dizaines, ça change pas mal de chose.

—Pas pour moi, je peux tous vous exterminer, les toisa-t-il en avançant.

—Si tu bouges, cria le baksicar, elle meurt.

Je sentis la main de mon gardien serrer ma gorge et commencer à m'étouffer en me soulevant du sol. Je pendais dans ses mains, trop faible pour tenter quoi que soit. L'Ange s'arrêta et hésita une seconde.

Puis, il se concentra, comme s'il était en transe, les yeux révulsés. Une lumière blanche naquit sur son torse, visible à travers ses vêtements, comme s'il devenait incandescent.

Les sicars reculèrent d'un pas.

Le vent se leva. Nous étions isolés profondément sous terre, c'était impossible ! L'instant d'après, le sol trembla.

Les dons de l'Ange ne se limitaient pas à son imperméabilité aux pouvoirs des élégides, il pouvait également agir autrement. Que nous réservait-il encore ?

Mais il fut interrompu par une autre sirène qui se mit à retentir dans toute la salle, un hurlement plus fort encore que l'alarme précédente. Tout le monde se boucha les oreilles et, très vite, sur la plupart des visages, se dessina la peur, une peur atroce qui vira rapidement à la panique.

C'est à cet instant que je compris que Cayetano m'avait vraiment menti sur toute la ligne. Tous les habitants du manoir savaient exactement ce qui s'y tramait. Si jusque-là je pouvais encore penser qu'il les avait convaincus de s'attaquer à nous comme à des traîtres, ce n'était plus possible à présent. Contrairement à moi, ils savaient tous exactement ce qui se tramait. J'étais bel et bien tombée dans un nid de scorpions.

L'Ange se redressa, calmant le vent et le tremblement de terre. La lumière sur son torse disparut, il respirait fort.

— Elle a réussi, dit-il en regardant vers le haut de la salle.

La main du gardien se desserra de ma gorge et lorsqu'il me lâcha, je m'effondrai sur le sol dans une atroce douleur, encore trop faible pour tenir debout.

Les sicars fuirent en masse dans une véritable débandade. Dans leurs cris, j'arrivai à distinguer quelques mots : fuir, peu de temps, la fin et … *ondes* !

Je levai les yeux vers l'Ange, incrédule des événements en cours. Il s'approcha de moi lentement, s'agenouilla et déposa une main sur mon épaule.

Il m'avait sauvée. Je ne savais pas comment il avait fait pour provoquer la fuite de tous les sicars, mais à cet instant, à mes yeux, il portait parfaitement bien son nom. Il m'avait débarrassée de mon tortionnaire qui jamais plus ne pourrait m'infliger de sévices. Dans la lumière métallique de la grande salle, les cheveux blancs et les yeux très clairs de l'Ange ressortaient plus encore, accentuant la perception positive que j'avais de lui.

—Ça va être à vous de jouer, dit-il d'un ton solennel.

— A moi ? … mais pour … quoi faire ?

Ma gorge commençait à se dénouer, les mots sortaient plus facilement.

Un claquement sec qui résonna dans toute la salle me fit sursauter et un bruit métallique de glissement et de roulement rouillés me vrilla les oreilles. Relevant la tête, je vis les portes de toutes les cellules s'ouvrir à l'unisson.

Les zombies !

—Que … Que se passe- … t-il ? articulai-je péniblement en fixant l'Ange avec stupeur.

— L'*Onde* est lancée ! Peitane a réussi !

— Mais que …

— Peu importe pour l'instant, l'Ange vous expliquera plus tard. Ce qu'il faut maintenant, c'est que vous ordonniez aux zombies de se diriger directement vers la sortie, peu importe laquelle et surtout, que vous leur demandiez de ne pas nous attaquer. Et n'oubliez pas Peitane !

— Mais je …

— Ne discutez pas ! Les premiers descendent déjà les escaliers. On ne pourra pas tous les combattre, ils sont des milliers.

Je me concentrai sans plus discuter et envoyai à tous les zombies une image mentale de l'Ange, Peitane et moi-même avec un sentiment de protection. A présent, ils ne nous attaqueraient plus. Puis, je leur transmis des images du chemin vers la sortie principale du manoir et des égouts par lesquels nous allions également nous enfuir à leur suite.

Je relevai la tête, apercevant le raz de marée s'engouffrer au ralenti dans les escaliers et les couloirs du manoir. Une autre vague passa à côté de nous sans même nous remarquer avant de s'engouffrer dans le passage qui menait aux égouts.

C'était réellement une vision apocalyptique.

Certains sicars redescendaient les escaliers par lesquels nous étions arrivés avec Peitane le jour où je m'étais fait capturer. Sans doute voulaient-ils tenter leur chance par un autre chemin, moins engorgé. La panique leur faisait perdre toute logique. Les zombies n'auraient jamais pu les rattraper. Cherchant à s'engouffrer dans l'escalier de la colonne centrale, ils furent pris au piège par la marée de morts. Déjà, nous entendions les cris de certains sicars qui s'étaient fait attraper et dévorer par la masse. Les zombies qui sortaient étaient trop affamés, ils ne faisaient plus la différence entre les humains et nous.

Soudain, Peitane apparut au sommet de la grande salle, hurlant vers nous. Elle jeta un rapide coup d'œil à la colonne centrale où les zombies se massaient. Ne se sachant pas protégée, elle se croyait coincée, elle n'arriverait pas à nous rejoindre. Elle devait remonter et sortir par la grande porte avant que les zombies ne la rattrapent. Nous la retrouverions bien dehors. J'essayai bien de la prévenir par la pensée, mais dans la cohue et le stress qui devait l'habiter, son esprit ne m'entendait pas.

Puis, elle bifurqua rapidement. Au lieu d'emprunter l'escalier central comme les autres sicars, elle sauta dans le vide, se rattrapant à un mur pour se projeter vers la colonne centrale puis sauter vers l'étage du dessous. A plusieurs reprises, elle heurta si fortement le béton des passerelles que j'étais certaine qu'elle s'était brisé plusieurs côtes. Mais elle ne ralentissait pas, elle était vraiment d'une incroyable agilité. Elle atterrit finalement près de nous, essoufflée, couverte d'éclaboussures de sang, son marteau dégoulinant encore.

— Alors, dit-elle, en se tenant tout le côté, qu'est-ce que vous faites encore ici ?

L'Ange sourit et me souleva du sol pour me déposer à nouveau sur son épaule. A ce moment, Peitane remarqua le cadavre de Cayetano et s'arrêta net.

— Waw ! T'es encore plus fort que je croyais.

— L'Ange a été aidé, ajouta-t-il en me désignant.

La surprise s'inscrivit sur le visage de Peitane.

Comment avais-je pu l'aider dans l'état de faiblesse dans lequel je me trouvais ? Mais l'Ange ne lui donna pas l'occasion d'approfondir la question et se mit en route.

A la sortie du tunnel, nous étions revenus à la hauteur du manoir. Je me rendis compte qu'il faisait jour. Je n'avais plus vu la lumière du soleil depuis des semaines et cela m'avait même semblé des mois. Lorsqu'il frappa mon visage, je dus me protéger les yeux avec les mains, le temps pour eux de s'accoutumer.

Courbée en deux sur l'épaule de l'Ange, je lui fis deux petites tapes dans les reins pour attirer son attention. Il s'arrêta et me déposa délicatement contre un muret.

La vague de zombies progressait lentement, inlassablement, provoquant un nombre incalculable d'accidents … et de victimes. Partout, nous entendions des bruits de tôle froissée et des cris de terreur ou de douleur. Le nombre de zombies allait croître de manière exponentielle.

Un massacre en temps réel ! C'était horrible !

Qu'avais-je provoqué ?

Si mon père ne m'avait pas ramenée à la vie pour faire de moi un zombie, et que Cayetano ne m'avait pas donné le sérum rouge pour faire de moi l'héritière, tout ceci ne serait pas arrivé. Personne n'aurait attenté à ma vie ou tenté de m'utiliser et personne, comme l'Ange et Peitane, ne serait venu à mon secours en provoquant cette catastrophe. Tout ceci à cause de moi !

Qu'avais-je fait ?

Des cris affreux d'hommes et de femmes se faisant

dévorer … des enfants ! Mon dieu, quelle horreur ! Qu'avais-je fait ?

Effondrée contre le muret, je me mis à pleurer, assistant impuissante au spectacle. Il était trop tard pour donner l'ordre aux zombies de retourner au manoir, seules quelques-uns répondirent à l'appel, les plus proches. Mon pouvoir avait visiblement une portée limitée de quelques dizaines de mètres tout au plus ou alors ma faiblesse était-elle en cause. Et quand bien même, cela aurait été parfaitement inutile, car dès que je m'endormirais, ils reprendraient leur marche macabre. J'allais être responsable de l'extermination d'une partie entière du pays … si les autorités ne parvenaient pas à circonscrire le raz de marée.

Peitane s'approcha de moi et voulut me caresser la joue. Mais avant que sa main touche ma peau, j'avais tourné la tête pour m'en détacher. Elle venait certes de me sauver, mais je n'admettais toujours pas qu'elle m'avait vendue à l'homme qui m'avait torturée pendant des semaines.

—Ecoute, dit-elle, attristée. Je n'ai pas eu le choix. Il allait …

—Pas maintenant, intervint l'Ange. Nous devons trouver un abri. (Il regarda rapidement autour du manoir.) Là ! Cette maison.

—Si près ? s'insurgea Peitane. Mais c'est du suicide !

—Justement pas. Ils ne nous chercheront pas ici. Et dans quelques jours, nous prendrons la route. Mais nous devons d'abord nous ressaisir, réfléchir à ce que nous allons faire et, plus important que tout, attendre que Caroline soit de nouveau en état de marcher. Tu es d'accord ?

—Oui, je te fais confiance.

—L'Ange te remercie.

Il me porta vers une maison de maître à une petite centaine de mètres de manoir. En chemin, l'ange nous dévia vers le point de vue où nous étions si souvent venues, Peitane et moi.

Elle me regarda d'un air triste que je ne lui rendis pas.

L'Ange voulait que nous attendions ici quelques heures, à l'abri des regards, le temps que les zombies évacuent la colline. Et nous étions bien placés pour tout observer.

Les scènes de mort se noyaient dans les cris, et des fumées noires s'élevaient dans le ciel. Les accidents en chaine avaient inévitablement provoqué des incendies. D'où nous étions, nous pouvions tout voir. Les pauvres humains qui arrêtaient leur voiture après avoir renversé un zombie sortaient pour aider la victime et se faisaient dévorer par la horde. Les femmes et les enfants hurlaient enfermés à l'intérieur de l'habitacle tandis que les morts-vivants frappaient aux vitres, avides de chair fraîche. Leurs cris résonnaient dans la vallée et nous parvenaient clairement au milieu du brouhaha des accidents. Mon cœur se serra.

Tout autour de nous dans la colline, d'autres cris de terreur et des plaintes lugubres nous agressaient. Les zombies attaquaient les habitants des villas, massacrant sans discrimination de sexe, de race ... ou d'âge. Les cris des enfants étaient les plus terrifiants.

Je me pris la tête dans les mains et pleurai.

Nous restions à regarder le spectacle, sans trouver de mots à placer sur cette horreur et assistions, en observateurs impuissants, à l'apocalypse.

Quelques heures plus tard, nous n'entendions presque plus rien à part des accidents éparpillés et les sirènes des voitures immobilisées. Les zombies progressaient lentement mais ils avaient déjà dévasté et semé la terreur dans une bonne partie de la ville. Autour de nous, le silence régnait sur la colline, plus oppressant encore que les cris des victimes.

Quelques zombies erraient encore, perdus, et je les renvoyai vers la ville. Je ne me rendis compte que bien plus tard de la gravité de mon geste, accompli par dépit. Ces zombies allaient encore augmenter le nombre des victimes. Nous aurions dû les tuer. Cela n'aurait pas changé grand-chose, mais nous aurions peut-être sauvé une personne ou l'autre.

—Il est temps de prendre position, dit l'Ange.

Il me prit dans ses bras et nous gravîmes les quelques dizaines de mètres qui nous séparaient de la maison qu'il avait choisie. De là, nous allions pouvoir observer le manoir dans les jours à venir.

La porte était ouverte. Un silence de mort, oppressant, nous accueillit. Le salon était rouge de sang mais nous ne trouvâmes aucun corps. D'après ce que je pus déterminer, deux personnes auraient dû vivre ici, sans doute avaient-elles déjà repris vie et erraient dans les collines à la recherche de nourriture, comme leurs assassins. L'Ange me posa sur le divan et, en silence, fit signe à Peitane de vérifier la cave. Il monta contrôler l'étage. Dans les chambres, il découvrit le corps de deux enfants âgés d'à peine une dizaine d'années. Ils étaient trop ravagés pour reprendre vie.

Je me remis à sangloter, c'était ma faute !

Pour dissiper les odeurs, il les avait jetés par la

fenêtre dans le jardin ... sans aucune compassion ... mais ce sentiment était dépassé ici. Il pouvait se révéler d'une telle froideur, nécessaire pourtant à notre survie. Peitane était remontée, la cave était déserte. Elle avait trouvé d'épaisses couvertures qu'elle comptait utiliser pour opacifier les fenêtres. Elle aperçut encore quelques zombies qui traînaient et me demanda gentiment de les éloigner. Trop faible pour réfléchir et me plaindre, j'obéis sans discuter, mais je ne la regardai pas.

L'Ange m'apporta une boisson et une barre de céréales pour me redonner de l'énergie et faire disparaître la faim et la douleur qui me tenaillaient depuis si longtemps. J'avais presque occulté sans m'en rendre compte les derniers évènements du manoir et je me jetai avidement sur le jus, sentant sa douceur salvatrice envahir tout mon corps. La faim disparut immédiatement ainsi que la douleur, me libérant enfin l'estomac après plus de dix semaines de souffrance. Le manque était atroce dans notre vie de zombies et, contrairement aux drogués, aucun sevrage n'était possible, même après des années.

Le terme de mon calvaire me rassérénait. Assise sur le divan, je jouissais pleinement de l'absence de douleur et ce moment de plénitude était une réelle délivrance. Une larme coula sur ma joue, larme de soulagement cette fois due à cette nourriture revigorante.

Le divan était très confortable. Je ne me souvenais même plus à quel point il était agréable de se coucher normalement dans un endroit paisible.

Dès lors, malgré tout ce qui se passait encore à l'extérieur, je ne mis que quelques secondes pour m'endormir. Comme je ne pouvais pas maintenir les zombies à distance dans mon sommeil, l'Ange et Peitane s'organisèrent pour barricader portes et fenêtres et les colmater complètement afin qu'on ne vît pas la lumière de la demeure.

Lorsque je me réveillai une première fois, ils étaient encore occupés à caler des planches, pendre les épaisses couvertures aux fenêtres et glisser des meubles devant les portes avant la tombée de la nuit. Trop faible pour les aider, je devais me contenter de les regarder. Peitane n'osait pas s'approcher de moi, attendant visiblement que je sois suffisamment rétablie pour entamer une discussion et m'expliquer sa version des faits.

Quelques instants plus tard, je sombrai à nouveau.

Je me réveillai le lendemain. Je ne le sus pas de suite naturellement car le rez-de-chaussée était très sombre, toutes les portes et fenêtres avaient été barricadées. Une seule lampe, en partie camouflée, diffusait une faible lueur, qui permettait les déplacements sans être visibles de l'extérieur.

Peitane avait ôté mon pantalon et m'avaient recouverte d'une couette qu'elle avait dû trouver sur un lit à l'étage. Je la repoussai sur le côté et regardai mes jambes. A leur aspect visqueux, je me doutai qu'elle les avait enduites de pommade cicatrisante.

J'étais étonnée qu'ils aient pensé à en emporter, peut-être en avaient-ils trouvé en fouillant la maison. Mes escarres se résorbaient et ma terrible blessure au bras, soignée efficacement par le docteur, guérissait bien.

Je me sentais beaucoup mieux. Notre pouvoir de

régénération, couplé à notre nourriture spéciale, nous permettait de récupérer rapidement des fatigues les plus fortes et des blessures les plus graves.

Je marchais encore maladroitement, m'appuyant sur tout ce que je trouvais à portée de main et parvins à me tenir debout. La douleur s'estompait peu à peu. Je portais à nouveau le pull que les jeunes m'avaient prêté en m'échappant de la cache de ma mère. Ils avaient pensé aussi à l'emporter, cela me réchauffa le cœur.

J'arrivai dans la cuisine où Peitane et l'Ange étaient assis à manger nos habituels yaourts insipides et à boire nos cubes. Je ne sais pas si je m'y ferai un jour. Plus jamais de bonne nourriture, de petits plats mijotés pendant des heures dont les arômes empliraient toute la pièce. Même plus une limonade ... simplement une limonade. Tout cela nous était dorénavant interdit, tout cela était devenu du poison. Dans cette situation, une phrase entendue prenait pleinement son sens : la vie perdait tout son goût.

Après autant de privations, un simple jus et une barre n'avaient pas suffi à me délivrer complètement et, déjà, la faim et la douleur reprenaient leurs droits. Je m'assis avec eux et bus une longue lampée. Immédiatement, je me sentis mieux. Même si cette nourriture n'avait aucun goût, elle n'en était pas moins réparatrice et la sensation de bien-être qu'elle procurait était sans égal, un peu comme une drogue, j'imagine.

—J'ai dormi longtemps ? demandai-je en me surprenant d'entendre ma voix.

—Presque vingt heures, répondit l'Ange, alors que Peitane ne relevait pas la tête.

—Waw, ça fait pas mal.

—Vous en aviez besoin.

—C'est sûr. Mais j'ai l'impression d'être encore fatiguée.

—Cayetano vous a privée de sommeil pendant des semaines. Vous aurez encore besoin de quelques jours pour vous rétablir complètement.

—Oui, sans doute. Vous avez fini de barricader la maison ?

—Oui, nous avons terminé depuis quelques heures. Nous nous sommes reposés un peu, à tour de rôle.

—Merci d'avoir pensé à reprendre mon pull, dis-je en regardant Peitane.

—Avec plaisir, je savais qu'il était important pour toi.

—Oui, j'espère que les jeunes qui me l'ont donné survivront aux zombies.

—Je l'espère aussi, dit-elle. Ils sont forts et débrouillards dans ces quartiers, je ne me ferais pas trop de soucis pour eux.

…

Et voilà, la conversation s'arrêtait déjà. La tension entre Peitane et moi était pesante. Aucune des deux ne savait trop que dire et il s'en suivit un long moment de silence. Pourtant, l'abcès devait être percé sans quoi nous ne pourrions plus communiquer. Quelle que soit l'issue de nos explications, nous devions les entamer, même si cela devait signifier un départ dans des directions différentes.

—Vas-y, dis-je sans la regarder. Dis ce que tu as à dire.

Elle hésita un instant relevant doucement la tête pour me regarder. Elle cherchait ses mots.

—L'Ange et moi ne faisons pas partie des Laneiros.

Nous étions infiltrés pour faire tomber cette cache. Nous faisons partie d'une organisation qui est presque aussi ancienne que les élégides eux-mêmes. Nous recherchions et détruisions les caches des Laneiros et des Acostas partout dans le monde. C'est pour cela que nous étions ici, mais les choses ont mal tourné. Avec ton arrivée, tout s'est compliqué. Tu es la première sicar descendant directement d'Iona Laneiros. C'est pas rien.

— Et ils voulaient voir ce qu'ils pouvaient tirer de moi et surtout les différences entre un élégide et moi. Je suis au courant.

— En effet. Nous ne pouvions donc plus nous contenter de saboter l'installation comme nous l'avions déjà fait auparavant. Nous avons alors décidé une autre approche : te faire ouvrir les yeux sur la situation. Là aussi, tu as été au-delà de nos espérances et beaucoup plus vite que nous ne le pensions. Tu as fait part de tes soupçons à Cayetano beaucoup trop tôt et il a alors décidé de te faire transférer vers la *Casa Originale*, la « Maison d'Origine » littéralement. Il m'a demandé de te suivre et de ne plus te lâcher. Je devais lui faire un rapport tous les jours sur tes mouvements et tes soupçons jusqu'à ton transfert.

Elle se leva et prit une bouteille d'eau sur la table. Elle but longuement avant de poursuivre son récit. Pendant cet entracte, je regardai l'Ange qui me fit signe de continuer à l'écouter. Ce qui m'assura qu'elle disait la vérité.

— Je me retrouvai dès lors dans une situation plus critique encore. Nous devions te faire sortir le plus rapidement possible, avant lui et en même temps, je devais faire des rapports à Cayetano qui comportaient suffisamment de vérités pour rester crédibles car j'étais certaine qu'il avait demandé la même chose à d'autres sicars. C'est alors que nous avons eu l'idée de te parler de l'aile aux zombies.

— Tu étais au courant ?

— Bien sûr, pourquoi ?

— Tu avais l'air surprise quand nous y sommes arrivées.

— Je l'étais, c'est vrai. Je connaissais l'existence de cette aile, j'en avais déjà vu une autre, dans une cache que nous avons détruite il y a deux ans avec l'Ange. Et nous savions que les cellules étaient là pour les mêmes raisons que toi : une aile complète du manoir qui restait si longtemps en travaux, ce n'était pas normal. Mais celle-ci était sans commune mesure avec l'autre. Elle était trois fois plus grande au moins. Quoi qu'il en soit, le but était de te faire passer par là pour deux raisons. Te faire comprendre de manière certaine qui était réellement Cayetano … et te faire sortir le jour même par les égouts.

— Mais Cayetano l'a compris et nous y a piégées, continuai-je.

— C'est ça. Il a été averti lorsque tu as ouvert la cellule de ta mère.

— Désolé.

— Oublions cela. J'ai été obligée de faire semblant de rien, comme si je t'avais trahie car je devais rester en vie pour prévenir l'Ange et ensuite pouvoir te libérer.

— Si c'est vrai, dis-je en doutant encore, pourquoi m'avoir laissée croupir pendant autant de semaines.

— J'en suis vraiment désolée, dit-elle les larmes aux yeux, ça m'a vraiment brisé le cœur de devoir t'abandonner entre ses mains, sachant de quoi il était capable.

Elle voulut poser sa main sur la mienne, mais je la retirai.

—Je t'en prie, pleura-t-elle, je te jure que nous n'avions pas le choix. Cayetano m'a fait surveiller, je ne pouvais plus faire un mouvement sans qu'il soit au courant. Je ne sais pas comment, mais il se doutait de quelque chose … à moins qu'il ait eu des doutes depuis le début et m'ait utilisée, ce n'est pas impossible non plus, il était très intelligent.

—Et sans elle, ajouta l'Ange venant au secours de Peitane qui pleurait de plus en plus, je ne pouvais pas intervenir. Cela aurait été trop dangereux. Dès lors, notre première option était de risquer de nous faire tuer en essayant de vous libérer trop tôt mais alors vous seriez restée sous son emprise pour toujours. La deuxième était d'attendre … sachant qu'il vous torturerait. Croyez-vous que le choix fut aisé ? Non, loin de là. (Son regard changea pour devenir plus sévère.) Il est temps que vous vous rendiez compte de ce que nous avons fait pour vous. Sans nous, vous seriez à la *Casa Originale* à subir les pires sévices, bien pires que ce que vous avez vécu ici. Nous avons risqué nos vies pour vous sauver. C'est aussi grâce à nous que vous vous êtes rendu compte de l'endroit où vous étiez, sinon, à l'heure actuelle vous vous battriez peut-être aux côtés des Laneiros en croyant servir votre famille. (Son regard changea à nouveau pour s'adoucir. Il s'adossa à sa chaise) Pendant tout ce temps où vous étiez prisonnière, l'Ange a vu Peitane se décomposer et se renfermer sur elle-même jour après jour tant elle souffrait de vous savoir torturée, impuissante à vous aider. C'est certainement pour cela que Cayetano a eu des soupçons. Elle n'arrivait plus à cacher sa tristesse.

C'est son amour pour vous qui a fait que nous avons mis autant de temps à vous libérer et non l'inverse comme vous semblez le sous-entendre.

Je venais de prendre une bonne série de claques et j'avais proprement été remise à ma place. Je l'avais mal jugée et je m'en voulais à présent. Elle m'aimait … et je l'aimais. Je le savais au plus profond de moi. Une fois de plus, je ne m'étais fiée qu'aux apparences sans développer mon esprit critique comme me l'avait enseigné mon père. Du haut de mes dix-sept ans, je réagissais encore trop vivement.

Il me faudrait apprendre très vite car le monde dans lequel je me retrouvais ne serait pas de tout repos, et j'aurais besoin d'aide à mes côtés.

Je me levai difficilement et marchai maladroitement vers Peitane. Voyant mon effort, elle bondit pour me soutenir.

—Je suis désolée, Peitane. Je t'ai jugée sans savoir et je m'en veux à présent. Pourras-tu un jour me pardonner?

—C'est déjà fait ! dit-elle promptement alors que les larmes explosaient dans ses yeux.

Lorsqu'elle me prit dans ses bras, je sentis une vague d'amour me submerger. Dans le même temps, toute la tristesse et le désespoir que j'avais contenus jusque-là se libérèrent en moi comme un volcan, éclatant dans un sanglot infini. Je hoquetais sur son épaule.

—J'ai eu tellement peur et tellement mal. J'étais à deux doigts de craquer complètement … et de faire tout ce qu'il me demanderait… et je t'en ai voulu de ne pas être à mes côtés pour me libérer …ou m'aider à tenir le coup. Je pensais même réellement que tu m'avais livrée à lui, j'étais anéantie, seule et sans défense.

—J'en étais consciente, me dit-elle. Je suis désolée pour tout ce que tu as dû subir. C'est fini à présent, nous sommes là et nous ne laisserons plus rien de mal t'atteindre, tu as ma parole.

—Je suis tellement fatiguée. J'ai l'impression que je ne me remettrai jamais de cet emprisonnement. C'était vraiment affreux d'être attachée au sol sans pouvoir bouger d'un centimètre. J'étais à genoux ou couchée sur le ventre ... toujours à la même place, les mains liées dans le dos. Et ça a duré des semaines. Je suis tellement fatiguée.

—Je sais, je suis près de toi à présent. (Elle me prit dans ses bras.) Viens te reposer, je vais rester près de toi.

Les yeux rougis de larmes, je signai oui de la tête et elle m'aida à rejoindre le divan. En quittant la cuisine, je me tournai vers l'Ange.

—Merci ... pour tout.

Il hocha simplement de la tête.

Sans trop d'effort, Peitane prit l'autre divan et le mit en vis-à-vis du mien pour se coucher près de moi. Je me blottis contre elle et m'endormis tandis que sa main caressait mes cheveux. Tant de douceur après tant de cruauté me fit me rendre compte qu'il faut vraiment profiter de tous les bons moments que l'on peut avoir dans la vie ... et surtout s'apercevoir qu'il s'agit d'instants privilégiés, car d'un moment à l'autre, tout peut basculer.

Je ne dormis que quelques heures tout au plus. Mon sommeil était parsemé de cauchemars où les zombies se répandaient dans la ville, dévorant hommes, femmes et enfants. Il fut malgré tout réparateur car, à mon réveil, j'avais les idées plus claires et me sentais bien mieux... surtout d'avoir retrouvé Peitane.

Elle dormait lorsque j'ouvris les yeux. Son visage m'apparut plus beau que jamais et je souris en regardant ses lèvres pleines, je les avais toujours aimées.

Redoutant la douleur, je soulevai le bras avec beaucoup d'hésitation mais je ne ressentis aucune souffrance et lui caressai les cheveux. Elle se réveilla et se tortilla en ronronnant avant d'ouvrir les paupières. Ses yeux clairs, presque incolores, me fixèrent intensément tandis que ses lèvres se tendaient dans un sourire.

— Bonjour, dit-elle, la voix encore endormie.

— Bonjour, merci d'avoir été là.

— Avec plaisir.

Je me redressais et aperçus l'Ange assis à la table de la cuisine, comme s'il n'avait pas bougé depuis des heures.

— Et maintenant ? demandai-je.

Elle s'assit à son tour.

— Il est temps que tu comprennes tout ce qui se passe. Tu es prête à présent.

J'étais impatiente d'entendre toute la vérité sur le monde dans lequel j'émergeais, même si je savais que cette vérité n'allait pas être facile à entendre ... et encore moins à accepter. Et pour cela, l'Ange me raconta sa propre histoire.

— Je suis né en 1683 à Ciñera en Espagne. (Je me souvint que c'était l'endroit dont il avait parlé avec Cayetano avant leur combat) C'est également là que se trouve la *Casa Originale*. (J'étais étonné qu'il dise *Je* car jusque-là il avait toujours parlé de lui à la troisième personne.) Le professeur vous a expliqué le massacre perpétré par les Laneiros qu'ils ont mis sur le compte d'une épidémie de peste. (J'opinai du chef.) Mes parents étaient parmi les victimes, assassinés sauvagement par Eras Laneiros, un des fils originel. Jamais je n'oublierai son visage.

» Je n'étais encore qu'un gamin et je ne les intéressais pas vraiment puisqu'ils s'étaient nourris de mon père et ma mère. Tout au plus s'étonnèrent-ils de mon apparence d'albinos. J'étais horrifié, tétanisé par la peur … et cette peur se transforma en panique lorsque mes parents se relevèrent et tentèrent de me dévorer à leur tour. Je sortis en hurlant, courant de toutes mes jambes pour leur échapper et j'assistai hébété aux massacres perpétrés par les Laneiros. Il y avait tellement de sang, dans mon souvenir je le vois couler dans les rues de Ciñera comme une rivière.

Il s'arrêta un instant, les yeux perdus dans le vague.

—Malgré les centaines d'années qui se sont écoulées, je m'en souviens comme si c'était hier.

Une profonde tristesse l'envahit. Son teint blême et ses cheveux blancs intensifiaient encore cette tristesse.

—J'arrivai à me faufiler au milieu de la cohue. J'étais petit et rapide, les zombies ne pouvaient pas m'attraper. Au prix d'une course épuisante, j'arrivai quelques heures plus tard chez mon oncle. Après l'avoir convaincu de ce que j'avais vu, il m'accueillit chez lui et m'éleva comme son fils.

» Les années passèrent mais pas mon sentiment de haine envers les Laneiros. Si bien qu'un jour, prétextant la conclusion d'une affaire commerciale, mon oncle invita des Laneiros à un repas. Il leur montra la propriété et surtout, sa fierté, son cheval, d'une inestimable valeur à ses yeux. Bientôt, la discussion trébucha sur le véritable objet de cette invitation. Les Laneiros rirent de nous et mon oncle ne le supporta pas. Il les insulta. Adolfo lui sauta à la gorge et l'immobilisa sur le sol : « Tu n'aurais pas dû nous menacer » dit-il simplement avant de s'éloigner, hilare. (L'Ange marqua une courte pause.) Le lendemain matin, à son réveil, mon oncle découvrit les draps couverts de sang, sa femme assassinée à côté de lui et … la tête de son cheval au pied du lit.

— Mon dieu, quelle horreur ! m'exclamai-je.

— Les Laneiros avaient très bien intégré les méthodes mafieuses. Nous voulions nous venger, mais ils étaient trop forts physiquement et aussi par leur influence dans Ciñera, bien plus importante que celle de mon oncle. Nous devions dès lors trouver un autre moyen pour les affronter.

» C'est comme cela que l'*Union* est née. Avec des amis et des relations fiables de mon oncle, nous avons créé une confrérie qui n'avait qu'un seul but : tuer tous les élégides ! C'est à ce moment que je suis devenu l'Ange. Je n'étais plus l'enfant de Ciñera, j'étais devenu un anonyme qui devait éradiquer ces démons.

A ces mots, mon sang ne fit qu'un tour. Peitane et moi étions des élégides … puis je réfléchis … lui aussi en était un. Je ne comprenais donc plus très bien les tenants et aboutissants de son histoire. Je décidai de le laisser continuer sans l'interrompre.

— Mais ça c'était autrefois, dit-il, un peu amer. Aujourd'hui, ça n'a plus beaucoup d'importance.

— Pourquoi ? lui demandai-je.

— Parce que, répondit Peitane à sa place, maintenant que les *ondes* sont lancées, tuer tous les élégides ne règlera plus aucun problème. Ça n'a plus la moindre importance puisque l'Union se battait pour la défense des humains. Il ne reste donc plus que la vengeance.

—En quoi les zombies que nous avons relâchés remettent-ils cette mission en cause ? La menace est toujours bien présente... à moins que ...

Plusieurs éléments des discussions du passé me revinrent subitement à l'esprit et s'imbriquèrent de manière étonnante ... mais surtout effrayante. Je me souvins notamment d'une explication du professeur : *Les Laneiros et les Acostas ne cherchent pas à accroître leur influence dans tous les régions du monde, mais seulement à être présents partout et ils y sont arrivés en moins de quatre cents ans.* Et donc ...

—Tu as vu une salle comme la nôtre dans un autre manoir que vous avez détruit ? demandai-je à Peitane. (Elle opina du chef.) Et les Laneiros se sont installés dans le monde entier avec l'aide des Acostas ... Oh ! Mon dieu !

J'avais vu juste ! Les têtes de Peitane et l'Ange le confirmait. Tous les manoirs disposaient de ce type de salles remplies de zombies. Des zombies qu'ils avaient créés depuis des décennies, ne tuant que quelques personnes de temps en temps pour passer inaperçus. Je compris mieux les larmes de Peitane au moment de notre fuite et la panique sur les visages des Laneiros lorsque nous avons libéré ...

—*Les* ondes ! m'effondrai-je finalement. Ce n'était pas uniquement la nôtre.

—En effet, dit l'Ange. Les zombies ont été libérés simultanément partout dans le monde.

La réalité ... atroce.

—Nous avons déclenché l'apocalypse, dis-je, absente.

Je pensais que la situation que j'avais vécue était à son paroxysme, je m'étais trompée. Je pensais qu'il ne pouvait rien y avoir de pire, là encore je me trompais. Des milliers, des millions, voire des milliards d'individus allaient mourir en quelques jours, nous venions de détruire le monde. Par un seul acte nous avions fait bien pis que n'importe quel génocidaire au monde.

Les Laneiros préparaient leur plan depuis des centaines d'années, avec patience et minutie … et personne n'y a jamais rien vu.

—Pas exactement, intervint Peitane. Ils avaient prévu de le faire d'ici peu et nous n'aurions pas pu les en empêcher. Lorsque l'Ange découvrit leur plan, il y a une centaine d'années, l'Union a tout mis en œuvre pour les détruire, mais nous n'étions pas assez nombreux. Nous n'avons pas pu en détruire plus d'un millier.

—Seulement ?

—Oui, mais il faut savoir que l'Ange et moi sommes les seuls élegides, créés par la source. Il m'a fait boire à la source, dans la *Casa Originale*, mais nous nous sommes fait voir. Depuis, plus personne de l'Union n'a pu y retourner sans y perdre la vie.

—Et quel âge as-tu ? demandai-je craignant un peu la réponse.

—Bientôt soixante-quinze ans.

—… Ok … D'accord. Ça surprend. (Je marquai une courte pause pour réfléchir.) Mais dans notre cas, cela ne veut finalement pas dire grand-chose.

—Je ne te le fais pas dire ! s'exclama Peitane, soulagée.

—Pourquoi ne pas avoir créé d'autres élégides avant toi ?

—Il lutte contre les élégides, le but n'était donc pas d'en créer à tout va pour risquer un fléau parallèle. Nous sommes les deux seuls, les autres sont des humains et beaucoup, la plupart d'entre eux pour être honnête, ont échoué. Nous nous sommes rendu compte que notre combat était vain mais nous avons continué dans le seul but d'affaiblir le monstre autant que possible. Donc tu vois, tu n'y es pour rien, nous n'avons fait qu'avancer l'échéance.

—L'échéance ! Il ne s'agit pas de finir de payer une voiture. C'est de la fin du monde dont on parle !

—Nous en sommes conscients, dit l'Ange, et cela ne nous plait pas. Nous avons beaucoup discuté avec Peitane et finalement, nous en sommes arrivés à la conclusion qu'il s'agit d'un mal pour un bien.

—Un mal pour un bien. En quoi l'extermination du monde pourrait n'être qu'un *mal* ?

—Car les Laneiros et les Acostas n'étaient pas encore fins prêts, répondit Peitane, et ce sera un atout pour nous.

—Un atout ? Pour quoi faire s'il n'y a plus rien à défendre ?

—Il y aura toujours quelque chose à défendre, continua-t-elle en regardant l'Ange. Il y aura toujours des humains quelque part qui survivront, même dans cet enfer. Mais pour qu'ils aient une chance, même infime, nous devons continuer notre mission.

—Tuer les Laneiros et les Acostas ! C'est ça ?

demandai-je en m'énervant. C'est ça votre plan ?

—Oui, répondit calmement l'Ange. Sans eux pour diriger le monde, les humains aurons une chance de reprendre ce qui est à eux.

—Rien ne garantit qu'ils y parviendront même contre les zombies seuls.

—Non, en effet.

—Et qui vous dit que les deux familles sont fragilisées ? criai-je sans doute trop fort alors que nous devions rester discrets.

—Ils continuent à se faire la guerre, continua-t-il. Ils n'ont accepté la préparation des *ondes* en commun que parce que cela servait les intérêts des deux clans. Ils ont prévu hypocritement de se partager le monde en deux, mais continuent de s'attaquer sournoisement ... avec le sourire.

Mais tout cela était loin de me faire rire et ne m'arrachait même pas un timide rictus. Je paniquai à l'idée de devoir affronter les familles au complet alors que nous avions failli y rester contre un seul de leur représentant.

—Non ! Ça suffit ! Je ne suis pas une guerrière, explosai-je avec dédain. Je ne peux pas affronter deux familles plus fortes que des gouvernements. Je ne suis qu'une gamine qui n'avait même pas terminé l'école, nulle en sport, avec pour seul combat, la conquête des garçons et l'écartement des prétendantes. (Dans ce chaos, je repensais bizarrement à Axelle qui devait bien profiter de mon absence avec Marc ... s'ils étaient encore en vie.) Je ne suis pas taillée pour ce que vous voulez faire.

—Si, tu l'es ! objecta Peitane. Tu as survécu à la torture. Le reste n'est que de l'entrainement. Tu as démontré que tu avais la volonté.

— N'importe quoi ! Je n'avais pas d'autre choix que de supporter la torture, je n'avais aucun moyen de mettre fin à mes jours, sinon, je l'aurais fait depuis longtemps. Il n'y avait aucune *volonté* là-dedans.

— Vous n'avez toujours pas le choix, dit l'Ange. Désolé de vous le dire comme cela, mais soit vous venez avec nous, soit ils vous retrouveront et recommenceront à vous torturer … mais activement cette fois.

Coincée, j'étais coincée ! Je ne pouvais pas partir seule et risquer de me faire reprendre. Je ne supporterais plus la torture. Et je savais déjà que je n'avais pas le courage de mettre fin moi-même à mes jours, j'en avais fait l'expérience lorsque j'étais encore avec ma mère dans la cave.

— Ne peut-on pas simplement nous enfuir, demandais-je en regardant Peitane, et aller dans un endroit où ils ne nous retrouveront pas ?

— Cayetano vous a retrouvée avant tout le monde alors que vous étiez à peine devenue zombie, répondit l'Ange à la place de Peitane. Ils disposent plus que certainement d'un moyen pour vous localiser. Ils vous retrouveraient où que vous alliez. C'est sans issue. Si nous ne les détruisons pas, ils vous trouveront un jour ou l'autre.

— Et comment voulez-vous procéder ? demandai-je énervée et paniquée.

— Nous allons attaquer la *Casa Originale*.

— QUOI ! hurlai-je en me levant brutalement de ma chaise. Mais vous êtes complètement fous !

— Ils ne nous attendent pas là parce qu'ils ne nous croiront jamais assez fous pour une telle tentative.

Voilà ce que l'Ange pense. Cayetano est arrivé un peu avant vous au manoir. D'après les sources de l'Ange, il venait de la Casa Originale, et donc, l'Ange croit que leur système de localisation est là-bas. Si nous pouvons le détruire, vous pourrez choisir ce que vous voulez faire, continuer le combat ou vous enfuir.

— Il y a juste un petit hic dans votre raisonnement. Vous dites qu'ils ne nous attendront pas. Je crois que c'est plutôt l'inverse ! dis-je sèchement en laissant tomber la chaise. Ils vont me chercher plus que jamais et s'ils peuvent vraiment nous localiser, il n'y a plus …

— L'Ange n'a jamais dit qu'ils pouvaient *nous* localiser. L'Ange a dit qu'ils pourraient *vous* localiser. (Je me calmai, bouche bée, à côté de la table.) Le pouvoir de l'Ange en tant qu'élégide est d'être insensible aux pouvoirs des autres. C'est pour cela que l'organisation m'a choisi pour ces missions de destruction. Et donc, ils ne pourront pas utiliser leur pouvoir pour vous retrouver … tant que vous resterez avec l'Ange.

— Quoi, vous me forcez ! m'insurgeai-je en frappant sur la table.

— Non, bien sûr que non, dit-il d'un ton calme et détaché, mais vous devriez faire moins de bruit. (Je me redressai … il avait raison, des zombies rôdaient sûrement encore dans les parages et nous devions éviter d'attirer l'attention) Les buts poursuivis par l'Ange sont plus importants que sa petite personne et plus importants que les deux vôtres. L'Ange ne vous oblige à rien. Vous pouvez partir si vous le désirez. Mais si vous voulez profiter du pouvoir de l'Ange, vous devez naturellement venir avec lui.

— Ça ne change rien, on n'a pas plus de choix.

—C'est vrai, mais ce n'est pas sa faute. C'est celle des familles qui vont vous poursuivre. N'en veuillez donc pas à l'Ange puisque la seule chose qu'il fait est de vous offrir son aide ... que vous pouvez naturellement refuser.

Il avait raison. Je devais arrêter de l'agresser alors qu'il m'avait toujours aidée et que c'était grâce à lui si je n'étais plus aux mains de Cayetano.

Rester en vie ne m'imposait d'autres choix que de le suivre. En plus, rester cachée en permanence et dans la crainte d'être retrouvée n'aurait pas été une vie. Je serais rapidement devenue folle. En demeurant avec lui et offrant autant que possible mon aide, j'avais une chance de pouvoir un jour vivre en paix ... si par miracle nous y arrivions naturellement.

Il était temps pour moi de mettre mes frustrations et mes craintes de côté et de me joindre aux bonnes personnes. Bien que j'aurai dix-sept ans toute ma vie, je ne serai plus jamais la petite fille que j'étais. Il me fallait grandir ... et vite !

Je devais apprendre à me battre, mentalement et physiquement, cesser une fois pour toute de me poser en victime et d'attendre que les autres prennent ma défense. La fille du rêve qui avait annoncé mon réveil en tant que zombie devait devenir la nouvelle moi.

June n'était plus là pour prendre ma défense. Mon père et ma mère n'était plus là pour répondre à toutes mes questions. Le monde avait changé. Je ne pouvais plus me contenter d'envoyer balader ceux qui m'ennuyaient, j'allais devoir les combattre et souvent risquer ma vie.

Je sentis la peur m'envahir ... elle devrait disparaître ! Elle m'avait tétanisée à plusieurs reprises, obligeant les autres à risquer leur vie pour moi. Je ne pouvais plus me le permettre. Si elle ne disparaissait pas, je devrais apprendre à composer avec et l'utiliser à mon avantage.

Je devais renaître … en tant que sicar !

— Vous avez raison. Je vais vous aider. Combien de temps resterons-nous cachés ici ?

— Quelques jours, une semaine ou deux, au plus. Juste le temps pour l'Ange d'observer ceux qui viendront inspecter le manoir et d'en apprendre plus sur eux.

— Dans ce cas, je veux mettre ces jours à profit pour m'entrainer au combat. Plus question pour moi de n'être qu'une victime. (Les yeux de Peitane s'illuminèrent.) Je me doutais bien que cela allait te réjouir. Ensuite, nous irons à la Casa Originale détruire leur système de localisation. Et après cela, je m'en irai … avec ou sans vous, ajoutai-je en regardant Peitane.

— Et j'irai avec toi, ajouta-t-elle.

— Parfait, dis-je sans sourire car déjà j'avais une autre idée en tête. A présent, j'exige la vérité au sujet de June.

Peitane marqua le coup, elle ne s'attendait vraiment pas à ce que je reparle d'elle. Sans doute avait-elle secrètement espéré que je ne penserais plus à ma meilleure amie. Je ne lui en voulais pas du tout, j'aurais certainement agi de même à sa place. Son visage s'empourpra et elle baissa les yeux. Face à cette gêne, c'est l'Ange qui me répondit.

— Nous sommes désolés, Cayetano l'a fait tuer peu après votre arrivée.

Etrangement, je n'en fus pas vraiment étonnée. Je crois que je m'en doutais, et tout au fond de moi, je le savais. J'en fus très triste, mais sachant ne plus jamais la revoir, je ne m'effondrai pas en larmes ... pas tout de suite.

— Pourquoi ? demandai-je.

— Elle connaissait notre existence. Si les Laneiros et les Acostas sont parvenus à maintenir leur secret pendant quatre siècles, c'est notamment grâce au fait qu'ils ne laissent aucun témoin ... mais vous le saviez, n'est-ce pas ? (J'opinai du chef.) Vous l'avez su dès le moment où vous avez découvert le journal de votre amie sur le bureau de Cayetano, je suppose.

— J'imagine que oui, inconsciemment en tout cas. D'ailleurs, avez-vous eu l'occasion de le subtiliser ?

— Non, Cayetano l'a repris peu après vous avoir enfermée. Nous ne savons pas où il l'a caché et le chercher aurait été un risque supplémentaire que nous ne pouvions nous permettre.

Sans dire un mot de plus, l'Ange se leva et se dirigea vers la fenêtre qui donnait sur la rue. Il écarta légèrement le tissu opaque pour scruter les environs. Puis, il se dirigea vers la porte d'entrée où il commença à déplacer le meuble en chêne massif qui la barricadait pour nous protéger des zombies. Avant de sortir, il se tourna vers moi.

— Caroline, vous venez d'apprendre beaucoup de choses en très peu de temps. Toutes ces informations doivent se bousculer dans votre tête. Vous devriez prendre un peu de temps pour y réfléchir et vous reposer un peu. Demain, il sera encore temps de commencer votre entrainement.

— Où allez-vous ? demandai-je.

—Il n'y a pas de zombies proches dehors, l'Ange va au manoir fureter un peu, (il ouvrit la porte) et voir si quelqu'un est arrivé. Il en profitera pour reprendre à boire et à manger, et du sérum s'il en reste, ajouta-t-il, en jetant le sac à dos vide sur son épaule.

—Du sérum ? Pourquoi, vous comptez créer d'autres Sicars ?

—Non, C'est pour vous. Le sérum n'est actif que pendant quelques mois, six à huit tout au plus d'après ce que l'on sait. A partir d'un certain moment, la décomposition reprend.

—J'avais presque oublié ce détail. Mais dites-moi, comment avez-vous fait pendant toutes ces années sans le sérum rouge car il n'existe que depuis peu.

—L'Ange n'en a pas besoin, il a été créé par la source, c'est le cas pour Peitane également. Il y a quatre cents ans, les deux sérums n'existaient pas comme vous venez de le dire. A la création de notre organisation, lorsque je me rendis compte qu'il ne serait pas possible de les combattre avec nos moyens, je décidai de prendre les mêmes armes qu'eux, quoi qu'il m'en coûte. Cela ne fut pas aisé, mais après des semaines d'espionnage, je découvris le secret de leur force : la source.

C'était inhabituel cette façon qu'il avait de parler de lui. Lorsqu'il parlait de sa vie avant sa transformation, il parlait à la première personne. Mais depuis sa mort, il parlait à la troisième personne en se nommant l'Ange. Cela démontrait tout le poids que cette décision avait eu dans sa vie et les marques indélébiles qu'elle avait laissées. Il se considérait comme mort, son « je » était mort et l'Ange avait pris sa place. Quelle tragédie.

—Je réussis à m'introduire chez eux et à boire. A cet

instant, j'étais encore quelqu'un. Il ne me restait plus qu'à mourir pour devenir aussi fort qu'eux ... et devenir ... personne. C'est ainsi que l'Ange est né. Cette période de la vie de l'Ange est loin à présent, mais elle reste douloureuse à son souvenir. L'Ange désirerait ne plus en parler si vous le permettez.

— D'accord, lui souris-je tendrement.

Il s'apprêtait à sortir mais je le retins une fois de plus.

— Attendez encore un instant si vous le permettez. (Il baissa les épaules de lassitude mais s'arrêta quand même) N'avez-vous pas peur qu'on vous reconnaisse si les Laneiros ou les Acostas sont déjà au manoir ?

Il se figea, le dos tourné et resta silencieux. Je lançais un regard interrogateur vers Peitane qui me sourit en pointant l'Ange d'un signe de la tête pour que je le regarde. Il redressa les épaules pour se tenir bien droit et prit une grande inspiration. Lorsqu'il me fit face, je sursautai sur ma chaise, la faisant basculer vers l'arrière et me retrouvai allongée sur le sol.

— Bon dieu de m... !

Ce n'était plus lui ! Ses cheveux blancs, ses yeux clairs, son teint pâle et sa carrure athlétique avaient totalement disparu. A la place, se tenait un homme légèrement bedonnant, les cheveux noirs, les yeux sombres et le teint bronzé.

— Je ne crois pas qu'ils me reconnaîtront, dit-il en souriant avant de quitter la maison. Remettez le meuble dès que je serai sorti.

Je me tournai vers Peitane qui riait de bon cœur devant ma tête ahurie.

— Tu ... tu as vu ?

— Bien sûr. Notre ami est plein de surprises et tu

n'as pas encore tout vu.

—Pas tout vu ! Que veux-tu dire ?

—Il y a encore beaucoup de choses que tu ignores à propos de notre monde. Il n'y a pas que les zombies et les sicars. L'Ange est un changelin.

—Un *changelin* ? Comme la peinture dans le gymnase ?

—Exactement. Tu ne connais pas la légende ?

—Non.

—La légende veut que les fées, les trolls et les elfes enlèvent de temps en temps des bébés humains car seuls les humains ont le pouvoir de procréer avec une diversité suffisante pour maintenir une espèce en vie.

—C'est une blague ?

—Cependant, continua-t-elle sans répondre, les fées et les elfes qui sont des créatures pacifiques éprouvent souvent des remords et remplacent le bébé par un changelin, une créature magique qui ressemble parfaitement au bébé enlevé et qui grandira comme un humain normal. La plupart du temps, les parents ne se rendent compte de rien et le changelin mène une vie normale, à la différence près qu'il sera stérile. A l'âge adulte, certains d'entre eux découvrent, par hasard, ou non, qui ils sont réellement … ainsi que leur pouvoir de changer d'apparence.

—Je ne trouve pas ça crédible, dis-je, tellement ce récit était exagéré.

—Pense ce que tu veux de cette légende, et aussi que les fées, les elfes et les trolls n'existent pas, mais tu dois bien reconnaître que les changelins existent, tu viens d'en avoir la preuve devant toi. Quoi qu'il en soit, c'est également pour cela qu'il se nomme toujours à la troisième personne. Lorsqu'il découvrit qui il était, il considéra qu'il n'avait plus vraiment d'identité, son entrée dans l'Union et sa mort ne furent que des éléments déclencheurs de plus.

— C'est complètement dingue !

— Maintenant, libre à toi de croire que ce n'est qu'un homme qui a reçu un don particulier.

— Et dois-je m'attendre à d'autres surprises de ce genre-là ?

Elle se contenta de sourire.

Elle venait de massacrer ma mère sous mes yeux. En sortant de la cave, lui arrachant le cou d'une profonde morsure, comme un animal sauvage. Le sang giclait et rougissait le pavé de l'entrée. Sous le choc, je m'assis dans l'escalier pour ne pas tomber et m'accrochai au garde-main. Les larmes coulaient à flots continus sur mes joues. Comment ma meilleure amie, ma confidente, avait-elle pu commettre une pareille horreur ? Elle ne semblait même pas avoir hésité une seconde.

Elle ne disait pas un mot. Je savais qu'elle ne pouvait pas parler, mais je sentais qu'elle aurait voulu me dire quelque chose ... quelque chose comme « June, je suis désolée ». Mais June n'était plus là, je n'étais plus là. Quelque chose s'était fracturée en moi, comme si une porte s'était fermée dans mon esprit. Je n'arrivais même pas à regarder Caroline, mes yeux restaient rivés sur le corps sans vie de ma mère.

Malgré son histoire abracadabrante, je lui avais offert mon aide et l'avais cachée dans la cave. Je comprenais à présent que son histoire était vraie, mais la Caroline que je connaissais n'aurait jamais fait une pareille chose, pas à nous qui l'avions si souvent accueillie dans notre foyer. Elle avait eu raison lorsqu'elle me raconta son histoire, Caroline était morte et un monstre avait pris sa place.

— *Pars*, pensais-je, *ta place n'est plus ici.*

Elle avait déjà tourné les talons et s'enfuyait à travers le jardin.

Mon corps ne m'obéissait plus. Je restai prostrée sur la marche, incapable de me relever. Je voulais dévaler l'escalier et me jeter sur ma mère pour tenter de la sauver, j'en étais incapable. Mon esprit déconnecté de mon corps, ne donnait plus qu'un seul ordre, celui de pleurer. Des sanglots lourds dans un profond hoquet que j'étais incapable de contrôler.

Mon regard fixait le corps inerte baignant dans une mare de sang jusqu'à ce que tout le décor disparaisse. Plus d'escaliers, plus de carrelage, juste le corps et le sang qui semblaient flotter dans le vide.

Et ces larmes qui ne cessaient de couler.

J'étais détruite de l'intérieur, jamais je ne pourrais refaire surface après avoir été témoin d'une telle atrocité.

Je devais bouger, aller près de ma mère, téléphoner à mon père, à la police … mais je n'y arrivais pas. Mon cœur était en morceaux et mon ventre un bloc de béton. Mes jambes et mes mains tremblaient, j'avais beau m'efforcer de me concentrer, je ne parvenais pas à arrêter ces spasmes.

Combien de temps cela allait-il durer ? Mon état catatonique s'évanouirait-il assez vite pour que je puisse réagir ? Rien n'était moins sûr, mon esprit s'était totalement détaché de mon corps.

Soudain, je ressentis un profonde vague de chaleur

naissant dans mon ventre. Elle se généralisa peu à peu à l'ensemble de mon corps m'apportant un immense réconfort. Le nœud qui me paralysait disparut doucement et mon cœur reprit son rythme normal. Je sentis mon esprit s'apaiser, j'arrivai à bouger les doigts.

Je me levai en titubant, descendis les escaliers maladroitement dans une hâte fébrile et me dirigeai vers ma mère. Arrivée à sa hauteur, je ne parvins pas à m'agenouiller à côté d'elle. Je n'en trouvai pas la force devant l'horreur de cette boucherie. J'éprouvais une infinie tristesse, mais paradoxalement, je me sentais bien. Le foyer qui réchauffait mon corps consolait mon esprit meurtri.

Et puis, je sentis une présence derrière moi.

—Bonjour, June.

Je me retournai doucement.

Etrangement, je n'eus pas peur en voyant l'homme qui se tenait dans l'entrée. Je me sentis immédiatement rassurée … pourtant, je ne le connaissais pas.

—Qui êtes-vous ? demandai-je calmement.

—Mon nom est Cayetano Laneiros, je suis venu pour t'aider.

—M'aider, à quoi ?

—A mieux vivre la mort de ta mère pour commencer.

—Ça va, je vous remercie. Etrangement, ça va.

—Oui, dit-il en souriant. Je sais. Je peux également t'aider à te venger de Caroline.

Au simple nom de mon amie, une intense vague de rage déferla dans tout mon corps remplaçant instantanément le réconfort. Elle avait atrocement massacré ma mère et gâché ma vie. Une seule idée s'imposait encore à mon esprit lorsque je pensais à elle, la vengeance. Elle devait mourir ! Je savais à présent avec certitude ce que serait ma vie. Je ne passerais pas mon temps à m'apitoyer sur mon sort, j'userais chaque minute, chaque seconde à la retrouver pour la tuer.

— En quoi pouvez-vous m'aider ? dis-je sèchement.

— Peux-tu me faire confiance ?

Le foyer réconfortant recommença à brûler en moi, confirmant mon acceptation. J'opinai du chef.

— Très bien. Dans ce cas, si tu le veux bien, les hommes que voici (deux hommes au visage doux émergèrent derrière lui) vont t'emmener loin d'ici. Ils te conduiront dans un endroit où nous te donnerons les armes indispensables pour combattre Caroline.

— Vous ne nous accompagnez pas, répondis-je comme s'il était évident que je devais les suivre.

— Malheureusement non, j'ai à faire ailleurs et je ne peux pas perdre de temps. Je te laisse entre de bonnes mains, crois-moi. A très bientôt ?

— D'accord.

L'instant d'après, il avait disparu. La chaleur réconfortante quitta peu à peu mon corps, envahi de nouveau par la tristesse et la douleur. Ces deux sentiments n'étaient plus uniques, la colère les accompagnait.

— Pouvons-nous y aller, mademoiselle ? demanda un des deux hommes.

Je jetai un dernier regard vers ma mère, les larmes aux yeux, puis j'acquiesçai, le cœur rempli de rage à l'encontre de Caroline. Cette colère avait effacé tout notre passé, notre amitié. La tristesse et le désarroi s'en étaient allés aussi. Etrangement, je n'éprouvais même pas le besoin de rester plus longtemps avec ma mère. Je savais que je ne serais pas là quand les secours l'emmèneraient ni lorsque mon père la mettrait sous terre … mais je n'en avais que faire. Seule la vengeance animait désormais mon être tout entier.